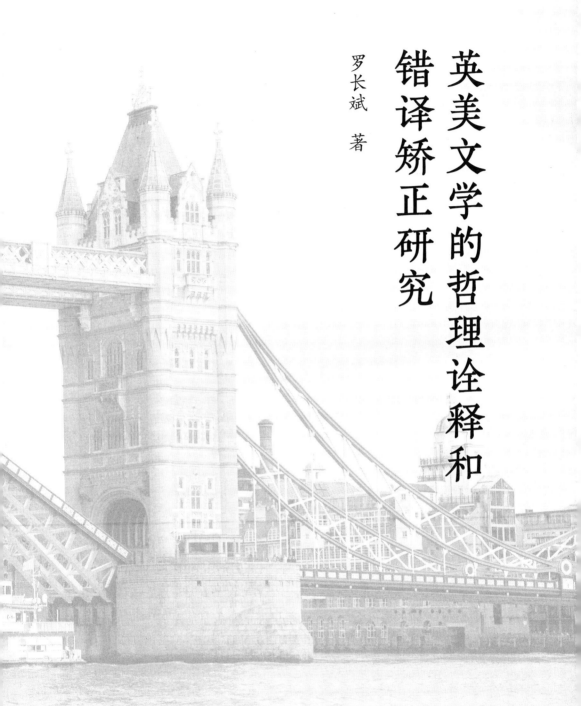

罗长斌 著

英美文学的哲理诠释和
错译矫正研究

河南人民出版社

图书在版编目（CIP）数据

英美文学的哲理诠释和错译矫正研究 / 罗长斌著. —
郑州：河南人民出版社，2021. 10（2022. 8 重印）
ISBN 978 - 7 - 215 - 12882 - 8

Ⅰ. ①英… Ⅱ. ①罗… Ⅲ. ①英国文学 - 文学翻译 -
研究②文学翻译 - 研究 - 美国 Ⅳ. ①I561.06

中国版本图书馆 CIP 数据核字（2021）第 208560 号

河南人民出版社 出版发行
（地址：郑州市郑东新区祥盛街 27 号 邮政编码：450016 电话：65788072）
新华书店经销　　　　　　　河南文华印务有限公司印刷
开本　710 毫米×1000 毫米　　　1/16　　印张　16.25
字数　260 千字
2021 年 10 月第 1 版　　　　　　2022 年 8 月第 2 次印刷

定价：46.00 元

目　录

第二编　英国文学的翻译研究

第三编 美国文学的翻译研究

前言

一

从古到今，从事外国文学翻译事业的译者无数，译著更是无数，译本的质量却参差不齐。比如，单单一本《简·爱》就有三十多个中文译本，浪费了大量人力物力，笔者却没有发现令人信服的权威译本。

从很多错译事例中，我们可以看到译者缺乏知识储备，仅仅在汉英语言的表面理解和掌握上面，就很不细致也不精致。更有甚者，有些译者抄袭别人的译文，有些译者乱译和擅自删减原作。

在《我们身处"伪书时代"》一文中，作者葛红兵说道：

> 我常读丘吉尔回忆录，中文版分别为《第一次世界大战回忆录》《第二次世界大战回忆录》，这是卷帙浩繁的出版工程，而且是诺贝尔奖得主的获奖作品，我是怀着仰望的心情读的。但是，想不到的是，2004 年，我去英国访学，看到英文原作才发现，中文版是一本彻头彻尾的伪书，里面删节了大量所谓敏感内容。
>
> 这对读者是一种蒙骗，对作者是一种羞辱，对原作是一种冒犯，是对真相、对历史的犯罪，对知识的最无耻篡改。但是，我没有看到任何人哪怕是一点点的对此有愧疚感和忏悔心的表述。

翻译是不同文化、不同国家、不同人民和不同种族间最重要的桥梁。没有翻译就没有交流；没有交流就没有发展和进步；没有正确的翻译就没有正确的交流，没有正确的交流就没有正确的发展和正确的理解。我们生活在翻译的时代，我们生活在翻译的世界，我们大家都需要翻译。

二

本书累积了笔者一生的理论研究成果和翻译实践经验,其中包括了翻译史、翻译论、西方文化论、文学艺术论、人论及译文比较研究等方面的内容。它所涉及的总体内容是非常丰富和深奥的,处处体现出笔者的独立思考;这些思考也是翻译学习者最应该知道的道理,它以很多真实事例为基础,深入剖析了错译的原因,提出了解决文学翻译问题的最根本、最实用、最有效的态度和方法。

笔者认为,文学译者的总态度是诚实和中立;文学翻译应遵循"先理解、再翻译、再修改、做注释"的翻译原则。①先理解,就是先博览群书许多年,打好知识基础,再细读原文,达到深度理解。②再翻译,就是在深度理解原文的基础上,再动手翻译。③再修改,是指在认真翻译完全文之后,在全面深入理解全文的基础上还要再进行全面的修改润色。④做注释,是指在翻译的过程中,为了方便读者的理解和阅读,译者要不时地给理解难点和知识点添加简短、扼要、权威的注释。

当前,译文质量差的根本原因有两个:

其一,社会各界长期对译者和译著不重视。社会需要译著,但轻视译者,稿酬低,也没有监督译著质量的体系,这难免使得部分译者在翻译时采取敷衍了事的态度。

其二,译者自身的修养有问题。具体表现在:一是部分译者剽窃别人已有的翻译成果而形成全译本、简化本,或有意删节或篡改原作;二是译者对西方基督教文化和古希腊罗马神话都很无知,严重错解基督教义和神学知识,一碰到这方面的句子就译错了味道、译错了单词;三是译者对中国经典传统文化(儒、释、道)的理解也比较肤浅;四是译者对英汉语言的理解和表达都比较差,不能把原作的语言风格在译文中恰当地表达出来,其治学态度和精神也不够踏实,不愿查阅权威字典和书籍,没有把译著当成外语界最重要的科研成果。

既然译文、译著问题不少,在此情况下,广大的外国文学学习者和研究者基本上是依据错译的西方小说和西方理论著作进行学习或研究的。那么,不管他们是介绍、质疑、批评西方文学或赞扬西方文学,其研究的基础资料都是有错译偏差的,其研究成果必然是在沙滩上建高楼,是无源之水、无本之木。

三

从低层次上讲,文学就是故事。然而本书所讲之文学,绝非青少年能够看懂的儿童故事,它是一门专业,一门学问,是需要专门深入学习的专业和学问,包含着中西文化的精髓。因此,建立在这样一门"文学专业"基础之上的"文学翻译",就更是一门艰难的专业和学问,就更需要指导和学习了。

许国璋先生是吴宓教授的学生,他继承了吴宓教授的教学思想,并贯彻在他主编的《英语》四册之中。他经常说:"学英语实际上就是学习英国文化。"这是非常正确的英语教学思想,笔者早年正是学习许国璋《英语》成长起来的。笔者最近购买了这四本书,翻阅之中,重温几十年前学过的内容,深切感受到这才是真正为中国培养英语人才的教学思路。可是,这几十年来,许老的好思想已经被当代许多英语专家彻底否定了。他们大搞听说领先,导致外语界翻译能力快速弱化,从而形成错译遍地的局面。

吴宓教授的关门弟子、90 多岁高龄的恩师江家骏教授来信说:"我们搞外语的,尤其是涉及文学方面的,我们的本族语素质是根本。作为中国人,无论你研究外国的诗歌、小说、散文还是戏剧,最终都要与自己国度的优秀传统文化相拥抱。好多所谓的外国汉学家,他们背后差不多都有一个精通中国文化的中国专家。我们只有不断提高中国传统文化素养,我们的外语水平才能不断提高。"

吴宓教授在讲课时,亦十分强调要不断学习、提高中国优秀的传统文化素养。比如,他讲到如何翻译英谚"A friend in need is a friend indeed."时,他翻译为:"急难相扶助,才是真朋友。"其译文质量真是上乘之作,"急难"二字用得很奇妙,那是因为他的英汉语言和中西文化都学得非常深入。

本书的目的在于破除对于学术权威和国外理论的迷信,破除思想上的桎梏和障碍,给翻译学习者提供一个真正解决文学翻译问题的有效的新方法。

有智者言:"不可因传说而信以为真;不可因经典所载而信以为真;不可因合乎传统而信以为真;不可因合乎逻辑而信以为真;不可因根据哲理而信以为真;不可因权威而信以为真。人借着自己一生的实践可揭示一切的秘密,而你是自己最好的裁判。"

一切翻译论文和翻译教材都必须建立在正确合理地解决翻译实践问题的基础之上。这本专著正是建立在笔者长期的、艰苦的翻译实践之上,所以笔者不会"因经典所载而信以为真",也不会"因权威而信以为真",而是努力去发现文学翻译的"秘密",并把它写出来。

四

让我们再次回顾一下几个常见的翻译概念:直译、意译、归化和异化。

(1)直译(literal translation)是指"在合乎译文语言的全民规范的情况下,译文刻真求真,通过保留原作形貌(表达方式)来保持原作的内容与风格"。直译尤其用于习语、俚语和谚语的翻译,但并不限于此。它不仅指在将 Oxford 译为"牛津"、Cambridge 译为"剑桥"、armed to teeth 译为"武装到牙齿"中所体现出来的直译,更是指要保留住原作的体裁、编排方式、写作方式等外形外貌,而后者往往被忽视。当我们看到大量的译者纷纷将英语格律诗译成自由体时,我们尤其应该警醒:直译的内涵也应该包括要保留原诗的格律体形式,即应该将英语格律诗形式译成汉语格律诗形式。

(2)意译(free translation,liberal translation)是指在译文语言中使用与原文相似的表达形式和表达内容,以代替原作中因两种语言的差异而无法在译文中保留的内容与形式。此时,译语会改变原作的一点形貌、丢掉原作的一点内涵,但从整体来看,该意译的译文仍然是最贴近原作内容和风格的。

比如,将"千灯湖站"译为 Light Station 是意译,是最佳的神似译文;译为 Qiandenghu Station 是直译;译成 Qiandenghu Lake Station(千灯湖湖站)是歪译,因为"千灯湖"是一个地名也是有一个湖面的。再如,将菜名"宫保鸡丁"译为 Kung Pao Chicken 不仅不是直译,而且是歪译,此时,应扔掉"宫保"二字,抓住要点,意译为 Stir-fried Chicken nuggets(爆炒鸡块)即可。

(3)归化(domestication,或 domesticating,或 assimilation)是指"要把原文译成本土化风格的文本,以目标语读者为归宿,采取目标语读者所习惯的表达方式和内容来传达原文的内容"。

"归化翻译要求译者向目标语读者靠拢,译者必须像本国作者那样说话和写作,译作必须变成地道的本国语言。归化翻译有助于读者更好地理解译文,增强译文的可读性和欣赏性。"那么,译者如何翻译 John,Peter 呢? 译成"李约翰、张彼得"还是译成"约先生、彼先生"? 那都不是归化。实际上,归化说往往就是歪译在术语上的美化和对错译的掩盖,在翻译实践中更是走不通的死胡同。

(4)异化(foreignization)是"异域化"的简称,不能翻译为 alienation(转让;疏远,离间;让渡;[医]精神错乱)。它是指译者尽可能不去打扰作者,译者要向作者靠拢,读者要向译者和作者靠拢。在翻译上,就是译文语言要迁就外来文化的语言特点,吸纳和模仿外语表达方式,采取相应于(或模仿)作者所使用的源语表达方式和风格,来传达原文的形式、内容和寓意,即以源语文化风格和语言风格为目标和归宿,当然译语也要符合其语法系统的各项要求。

使用异化策略的目的在于充分考虑到民族文化的差异性,保存、反映和介绍异域民族特征和语言风格特色的差异性,为译文读者保留和传达颇具异国色彩的文化情调和语言情调,并以其可读性的译文丰富译文语言的弹性、表现力和张力。当然,以上是指英译汉,不适合于汉译英。

毫无疑问,"异化"的定义恰如其分地描述、阐述、支持和佐证了笔者在 1995 年翻译《兔子归来》时的情形,当时笔者并不知道"异化"一词。在本书中,笔者对于诗文的翻译和对他人译文的评价也都是基于"异化"定义的运用,并辅之以直译和意译的灵活运用。

在本书出版之际,首先要衷心感谢很多支持我的单位和个人,他们支持我成功翻译出版的美国当代著名长篇小说《兔子归来》形成了这本专著的写作基础。他们是年过九旬的澳大利亚专家 Neville Houghton 及其去世的夫人 Sheila,中国社科院外文所的钱满素研究员,西南师范大学(现西南大学)外语学院及导师江家骏教授和赵伐教授(现在浙江外国语学院),南京大学张子清研究员,河南人民出版社的编辑刘玉军老师,上海译文出版社的编辑冯涛老师和宋玲老师。

最后,感谢佛山科学技术学院人文与教育学院的出版资助!

罗长斌

2021 年 2 月 6 日于佛山

第一编

漫谈英美文学的翻译

第一章
论文学译者的历史地位和价值

一、历史与现状

从古到今的实践证明,国与国之间不可或缺的商业、金融、教育、文化、科技和政治交往催生了翻译这个重要职业;交往的日益扩大使得翻译事业及译者的桥梁作用也愈发显得重要。

唐朝的玄奘(602—664)是著名的佛经翻译家和旅行家,通称"三藏法师",正确的称呼应是"最伟大的佛法修行者"。他原名叫陈祎,家住河南省偃师县缑氏镇。他13岁时经隋炀帝在洛阳的度僧考核后,被接受出家;21岁受具足戒,27岁(629)时决心独自西行去印度求取真经。他违背唐太宗禁止出国的禁令,单身一人从唐都长安惨然而勇敢地西行,争取偷越国境。他途经甘肃省武威市、敦煌、新疆及中亚等地,充满艰辛和死亡的威胁。4年后他抵达古印度的佛教中心那烂陀寺,求学数年,以求取佛祖释迦牟尼的梵文经书。

他逗留古印度共10余年。其间,他游学印度各地数十邦国,巡礼各地圣迹,偶遇险境。他几乎学遍小乘学说和大乘学说,以图做到融会贯通,据说他能够精通50本高难度经书。后来他又回到那烂陀寺主讲部分重要的佛经,或者和别的高僧进行经书知识的辩论。最后,他谢绝印度高僧的挽留,在大队人群的协助护送下,毅然携带大量佛经,光彩地回到了唐都长安。

所谓"真经",是指用古印度的梵文所撰写的原版经书。在玄奘之前的中国经书,也都是由外国人前来东土之后,从西亚文字转译成汉语的;这一转译,可能有不少错漏。实际上,释迦牟尼时代没有文字,他所讲的经文都是由众多弟子背诵下来后,再用梵文把记忆中的经文记录下来,再向其他地方传播,或被译成别国文字。玄奘大师所求取的就是这样的用梵文所写的原版大乘学说经书,是写在一种长条形树叶上面的,又称贝叶经。

玄奘此次西行历时 19 年(一说 17 年),其中在印度求学游历 10 余年。他来回行程共 5 万里,途经 138 个国家,迎回佛典 520 夹,657 部。终于唐贞观十九年(645),他及大队随行人员回到了唐都长安,受到 10 万民众和唐朝政府的热烈欢迎。

此后,他根据唐太宗李世民的安排,住在长安(今大雁塔附近,后建慈恩寺),主持数千(一说 600 名)国内外高德弟子翻译佛经 19 年。在他主持下共翻译经书 75 部,1335 卷,包括《大般若经》《大菩萨藏经》等。他们把梵文经书译成了古汉语,用语极其精致高超;还把《老子》等译为梵文,传入印度。

他还将西行见闻撰写成《大唐西域记》一书,呈送给唐太宗观览,便于唐太宗了解西域民情。这本书就成为研究中亚、南亚各国历史、宗教和地理的唯一重要文献,并帮助印度恢复了印度的历史风貌。在所有经书还未译完之时,于 62 岁(664 年,唐高宗十七年)时他在延安市南部的玉华寺圆寂了。圆寂之后 1 个月,在唐高宗的命令下,暂停译场的翻译工作,安排盛葬法师的活动。此后,译经继续进行,但是辉煌不再了。

这次翻译盛会给中国社会带来了深刻的划时代影响。在李唐王朝尊奉道教为国教之时,玄奘大师还能在皇帝的大力支持下,把最正统的佛教经典传入中国,从而极大地丰富中国人的文化、思想观念,可以说是一次最大规模的中西文化交流,同时这也是中国翻译史上最辉煌的时期,前无古人可借鉴,后无来者去仿效。

玄奘大师留给我们的翻译经验是:(1)一个成功的翻译家必须做足专业知识上的准备。(2)小组讨论式翻译可以确保译文质量。(3)译者都是愿意奉献的不重名利的高僧。

翻译事业后来一直不曾中断,只是规模根本无法与玄奘大师之时相比,基本上只是少数人的个人翻译行为。乃至于到了现代的富裕时期,也没有人组织经费和人力以合力方式把四大名著等中华经典译成英文。相比之下,玄奘大师的翻译活动,真是让人可惊可叹的大师级留学生的报国气派!

晚清翻译家林纾(1852—1924),字琴南,清朝光绪时福州举人。民间尚有林纾"偷"家里的大米送给贫穷教书先生的故事流传。他先后翻译了英、美、法、俄、德、瑞士、比利时、西班牙、挪威、希腊和日本诸国的小说 180 多种,其中有不少是世界名著,已出版 160 多种,从而成为中国近代第一个大量介绍西方文学的翻译家和文学家。但是他不懂外文,是靠别人口译后自己用文言文润色而成,在那个时代有此突出贡献仍是功不可没的。他翻译的部分著名小说有:

《巴黎茶花女遗事》[即法国小仲马(1824—1895)之《茶花女》];

《鲁滨孙漂流记》[即英国笛福(1660?—1731)之《鲁宾逊漂流记》];

《海外轩渠录》[即英国斯威夫特(1667—1745)之《格列佛游记》];

《块肉余生述》[即英国狄更斯(1812—1870)之《大卫·科波菲尔》];

《贼史》[即英国狄更斯(1812—1870)之《雾都孤儿》];

《黑奴吁天录》[即美国斯托夫人(1811—1896)之《汤姆叔叔的小屋》];

《吟边燕语》[即英国查尔斯·兰姆(1775—1834)和其胞姐玛丽·兰姆(1764—1848)合编之《莎士比亚故事集》]等等。

在那个时代,林纾先生必然是极其缺乏工具书的,但是其翻译活动是显著的贡献。译文质量的优劣当然是可以评价的;但评价性语言应注意到历史和时代的局限性,对前人开拓者的失误不应苛责太多。比如,茅盾指责林纾是"歪译",这种贬低之词是不妥的,是苛责。前人成功的故事,可以成为我们的经验;前人失利的故事,亦可成为我们的教训。一个有智慧的人,应善于从别人的失败中总结经验,从而使自己少走弯路;而不是显示自己的成功,嘲笑前人的不足。

除此之外,很多翻译家共同努力从事译介活动,丰富了晚清和民国初年的中国文化和思想的多元化发展,从而掀起了传播西方各种思想的热潮。

但是,在一系列"社会功臣"名单中,唯独看不见翻译家的名字。他们总是站在时代的前列,专注于传播文化的事业;他们的良知和责任感导致了翻译事业的大发展,可是论功行赏之时,译者们就被严重忽视了。

译者的功劳和地位被贬低;有时,译者的名字也不在封面上。在实际操作中,他们面临的困境就是很低的稿酬和评职称时对译著价值的贬低。这种无视历史事实的作风和学术腐败密切相关。译者的整体形象和翻译积极性受到打击,从而影响了真正现代化思想在中国的传播,也阻碍了中国经典文化向西方世界的翻译传播。

二、小议翻译标准

翻译者的任务是异常艰巨的,对他们的要求也是非常高的;然而他们的生存环境是非常地艰难,他们一直在夹缝中求生存。

研究翻译,无法绕过严复。严复(1854—1921),字又陵,汉族,福建侯官县人,在福州市的三坊七巷有一处旧居,是留英归来的海归派,因其翻译贡献而被称为近代著名的翻译家、教育家、思想家。他翻译了《天演论》、亚当·斯密的《原富》以及约翰·穆勒、孟德斯鸠等人的著作,创办了《国闻报》,系统地介绍了西方民主和科学,将西方的社会学、政治学、政治经济学、哲学和自然科学介绍到中国。最重要的是他提出了"信、达、雅"的翻译标准,对后世的翻译工作产生了深远影响。

近年,反思严复的文章甚多。在 2015 年,有人撰文称:"严复扭曲作者本意翻译《天演论》。"该文要旨摘录如下:

> 学术上,严复扭曲作者本意翻译《天演论》,鼓吹错误的救亡思想。此书译自英国博物学家赫胥黎的名作《进化论和伦理学》,严复在翻译时夹带了太多私货。5 万余字的译文中,严复的 30 条按语,占了约 1.7 万字,完全背离作者原意,也背离他倡导的"信、达、雅"。他也错误地把书名译为《天演论》,而忽视了原著中的"伦理学"思想。
>
> 赫胥黎认为,自然界没有道德法则,是弱肉强食、适者生存;而人类社会具有高于动物的"天性",在道德的约束下,是能够相亲相爱、互助互敬的。即只有"自然达尔文主义",没有"社会达尔文主义"。严复却吹捧"社会达尔文主义",认为人类社会也同样是"物竞天择,适者生存",这完全忽视了道德法则。
>
> "社会达尔文主义"的核心理念,是承认"弱肉强食"乃是人类社会的基本规律,在"种族主义"和"纳粹主义"的思想背景里,都有"社会达尔文主义"的影子。
>
> 《天演论》自 1897 年问世后,十余年间就发行了 30 多个版本,以致在

相当长的时间里,"社会达尔文主义"横行中国知识界。梁启超、孙中山、鲁迅、胡适等人都深受影响。胡适提倡文学革命,鲁迅表现出对中国文化的批判,都是典型的达尔文主义者。[①]

这个例子非常典型,非常糟糕,也是很多译者的通病,它严重地违背了翻译工作者的职业道德。严复起到了推动译者走向错译的挂帅作用。显然,严复说一套做一套,并不遵守他自己提出的翻译原则。

同时,在近一个世纪的时间内,围绕翻译标准的讨论异常热闹,新的见解层出不穷,足见各路译家对翻译理论的重视。如鲁迅和瞿秋白提倡在内容上要"忠实"、在表达上要"通顺"的原则,朱生豪力求"保持原作之神韵",而傅雷则追求"不在形似而在神似",等等。文学翻译的实干家朱生豪和傅雷等前辈的观点甚有道理,见解非凡,值得借鉴。

朱光潜非常客观地评述道:

> 严又凌以为译事三难:信,达,雅。其实归根到底,"信"字最不容易办到。原文"达"而"雅",译文不"达"不"雅",那还是不"信";如果原文不"达"不"雅",译文"达"而"雅",过犹不及,那也还是不"信"。所谓"信"是对原文忠诚,恰如其分地把它的意思用中文表达出来。有文学价值的作品必是完整的有机体,情感思想和语文风格必融为一体,声音与意义也必欣合无间。所以对原文忠实,不仅是对浮面的字义忠实,对情感,思想,风格,声音节奏等必同时忠实。稍有翻译经验的人都知道这是极难的事。[②]

也经常有人喜欢对"雅"提出质疑,这是非常不明智的。须知,严复的翻译是个人行为,而不是政府行为;因此,他不是在为全国译者提出通用的翻译原则。他是站在自己的角度进行的总结,它来源于翻译理论书籍的经验,而不是来自于翻译小说的实践。所以,严复的这三个字对他而言是非常正确的总结,对他人也有借鉴作用。

辜正坤提出了"翻译标准多元互补论",包括一个由三条标准组成的标准系

---

① 严复扭曲作者本意翻译《天演论》[EB/OL]. 乐思闲. 2015 – 04 – 29.

② 朱光潜. 谈翻译[EB/OL]. 2017 – 08 – 02. http://www.docin.com/p – 1985787147.html.

统:绝对标准(应指符合原作)、最高标准(应指最佳近似度)和具体标准(应指分类标准,翻译不同类型的作品应有不同的标准)。① 辜先生的这篇文章的确让笔者耳目一新。但是后来研究他的译文时,笔者遗憾地发现,辜先生自己在翻译时也不遵守他所提倡的翻译标准。

诸如此类的讨论林林总总,对翻译工作的认识似乎也在随之而深化,加上无数讨论翻译的文章,翻译人士早已是沸沸扬扬,然而粗制滥造的译作却没有止步的迹象,翻译界却对此视而不见。显然,面对新的困境和命运的挑战,翻译界的声誉已经受到侵害,致使译者的待遇只降不升。原因在于,那些理论总结都只是来自译者身外的技巧,而来自译者内部的知识素质培养被忽视了。这个素质就是译者本人的翻译职业道德方面的素质,即诚实、责任心、理解力、知识面等。

所以,笔者才在本书中提出一个文学翻译的步骤,一个来自对译者的知识量进行考量的文学翻译步骤,即先理解、后翻译、再修改、做注释。译者首先要博览群书,遍览中西传统文化书籍,进行自我人文教育,然后才能理解好做人的道理,才能理解好人类;理解好了人类才能理解好文学;理解好了文学才能翻译好文学。

因此,在此百年大变局的时代,翻译界有必要对世界文学经典进行重新翻译,推出权威版本,让烂译、歪译、抄袭、错译较多的译本永远退出图书市场。

三、翻译者的自省

在所有文体的翻译中,文学作品的翻译难度为最,因为作为艺术品的文学不允许译者进行任意修改和删节。犹如绘画艺术中的整体构思、色彩的浓淡、着墨的粗细以及音乐艺术中的各个音符,它们都有着重要的含义,文学作品的整体构思、段落长短以及句子长短的安排、单词及特殊符号的选用等,也都有其特殊的内涵,不容删减。

从某种意义上讲,善于利用外在语言和排版形式是许多文学艺术品的特点之所在。如乔依斯的《尤利西斯》、福克纳的《喧哗与骚动》、康拉德的《吉姆老

---

① 杜承南,文军主编.中国当代翻译百论[M].重庆:重庆大学出版社,1994:45-46.

爷》、厄普代克的《兔子归来》、艾略特的《空心人》和《荒原》以及惠特曼、卡明斯的诗句等等，不胜枚举。李文俊翻译了《喧哗与骚动》，萧乾夫妇翻译了《尤利西斯》，他们都保留了意识流或其他现代派写作的外在形式，这是译家的一种表率。而许多译者都乐于任意改动原作特有的艺术修辞和语言风格，从而大大歪曲了原作的含义，降低或改变了原作的风格和价值。

如前所述，朱光潜对作品的文学特性早有评述。而要做好这份工作，绝非几条翻译原则和标准就能起到作用的；它特别涉及译者本人的内在素质问题。正如学者型的作家能够创作出具有深刻思想和颇具艺术性的作品（如钱钟书的《围城》）一样，具备艺术家和学者素质的译者方能产生高质量的译作。这样，翻译家＝艺术家＋学者。"艺术家"是指译者要具有高超的文字写作能力，"学者"是指"文学批评家"。

文学译者所具备的艺术家素质应指思维敏感、感情丰富细腻、善于观察、善于总结、善解人意、善于形象思维、善于语言表达。他还应该喜欢其他艺术形式，如绘画、雕刻、书法、音乐等，以扩大他对艺术品的感知和爱好。他无需像作家那样善于想象和精于创造，但至少应该是作家的朋友，能够理解作家的一举一动。他也不妨创作一点诗文或小说。哪怕不是为了发表，他也会从中学会站在作家的角度来观察事物和表现事物。比如，笔者就创作了不少格律诗和自由体诗，也曾经试图创作歌曲和写小说。笔者发现，写小说真是很难，写诗要容易很多。

文学翻译是一门再创造的文学艺术，但是译者的创作自由受到了极大的限制。他必须克制自我和调整自我。他既要竭尽全力去表达原著的主题和风格，不能有太明显的疏忽，又要竭力使译文的表达质量尽可能匹配原著的水平，从而符合原作者的艺术追求、创造性表现、寓意和象征。

不同的作家有不同的风格，同一作家的不同作品也会有不同的风格。把握不住这一点，译家就会把不同的风格统统用一种风格来翻译，这也是篡改和歪曲。译家不能因为自身水平不够而把一流的原作译成二流的译作，也不能为了"雅"而把二流的原作美化、刷新、拔高成一流的译作。若如此，那也是对原作者和读者不负责任的表现。

因此，在具体翻译时，译者更像是个人文科学的研究者，他要具备沉着冷静、细心严谨、理智坚韧、实事求是、善于分析求证、逻辑思维能力强、勇于创新和锲而不舍等素质。对于原著,大到全书及整个章节的风格安排,小到每句话、每个字及每个标点符号,译者都要认真对待,不可任意改变。他不能因为某个字不知其意或难以用汉语表达而丢弃;也不能因为政治或宗教理由而删减原著的字句或段落。他必须像做科学实验一样一丝不苟,并且能够理解和客观评价"被实验品"的喜怒哀乐。这样,译者在气质上应是个艺术家,在实际的翻译工作中应是个科学研究者,二者缺一不可。

在动手翻译作品之前,译者应做好充分的准备。通读一遍原著是不够的,还必须阅读原作者的其他作品,了解作者的基本情况,如生平、家庭背景、历史背景、创作风格,从而对原著所属的艺术流派、文体风格、语言风格及作品主题做出恰当的判断,这样才能为自己的翻译风格选定一个适当的基调。这个翻译风格要尽可能去再现原著的风格,既要体现在作品的内部结构上面,又要体现在作品的外部结构上面。

例如,译者不能把惠特曼那散文式的特长诗句切断,变成传统意义上的短诗句。译者也不能把海明威的那些简洁流畅的短句连成长句。译者更不能在意识流的作品或段落中任意增减标点符号。在译著《喧哗与骚动》和《尤利西斯》里,几位译者模仿原作的意识流,很多地方都没有标点符号,这是正确的做法。故事是别人写的,译者的任务是翻译、再现,而不是修改原作。

这样,译者的学者风度,就不仅表现在具体翻译时所应采取的严谨态度上,更表现在对这些内容进行细致研究的方面。翻译前,译者就已经以文学批评者的眼光在审视这部作品;翻译后,译者就能够写出一篇较高质量的评论文章作为序言,以引导和启发读者。这篇译序甚至也能够对专题研究者起到重要的参考作用。那种不写序言、请别人代写序言或只写简单介绍性文字的做法,可能暗示译者在文学理论和对作者、作品的研究方面都是比较肤浅的,从而让人怀疑译作质量的可信度和权威性。

四、翻译事例补叙

(一)《莎士比亚全集》译者

在中国,翻译莎翁作品的重量级翻译家有很多。不仅有唯一翻译完莎翁全集的梁实秋,还有翻译了大部分莎翁作品的朱生豪,另外还有卞之琳、孙法理、杨德豫、梁宗岱、张谷若、方重、杨周翰、方平、章益、屠岸、黄雨石、辜正坤等。

现代译者不只应该学习翻译了大部分莎翁作品的朱生豪(1912—1944),更应该学习唯一翻译完《莎士比亚全集》的梁实秋(1903—1987)。

朱生豪先生在新中国成立前开始翻译莎翁作品,翻译了 31 部剧作后就因病去世了,估计是贫困交加而生病离世。莎翁写的古典戏剧主要由诗一般的对白所构成,是所谓的"无韵体诗"(blank verse),朱先生也把他们译成汉语诗的形式。这可能会改变原文的部分意思,但面对这种难度极大的翻译工作,这也是极有价值的尝试。显然,他还来不及做其他事情,如释注和考证等。

后来,剩余的几部作品由别人补译完成,这就成了大陆唯一的《莎士比亚全集》。在 20 世纪 80 年代,全集分成 11 册由人民文学出版社以平装本出版。但在 1994 年 11 月,该全集却以 6 册厚厚的精装本形式出版,印刷装帧的质量却是非常一般,这是不够重视的表现。① 这种处理形式说明,莎士比亚一直没有受到出版社应有的重视。

也有两部全集之外的作品由别人补译而成。如孙法理翻译了《两个高贵的亲戚》②,杨德豫翻译了《贞女劫》③。或者有些全集中的部分剧作由别人再次翻译,如卞之琳重译了《哈姆雷特》。然重译的数量有限,未成规模。遗憾的是,中国现在比过去"拥有"更多的莎士比亚"专家"和"莎士比亚研究会",却对组织人力重译莎翁诗篇和剧作不感兴趣。

梁实秋在战乱中去了台湾,于是在大陆少有介绍。大陆人或不知道他,或把他当作反面人物。甚至在 2006 年的报纸上,鲁迅与周作人的研究专家还发表了谈话。他贬低梁实秋说:"以学者自鸣得意的梁实秋也挖苦说他(指鲁迅)是'死译''硬译'。"④ 显然,此人陈旧的大脑中只装有鲁迅,只认鲁迅是"旗手",别人的贡献就微不足道了。于是,任何和鲁迅有不同意见的人,都会被长期贬低。实际上呢,鲁迅译文的缺点可能就是"死译和硬译",怎能不许别人评说呢? 须知,评论译文质量是非常正常的学术活动,完全不应该反讽批评者是在"挖苦"鲁迅。

---

① 莎士比亚.莎士比亚全集(1—6 卷)[M].朱生豪等,译.北京:人民文学出版社,1994.
② 莎士比亚.两个高贵的亲戚[M].孙法理,译.桂林:漓江出版社,1992.
③ 莎士比亚.贞女劫[M].杨德豫,译.桂林:漓江出版社,1992.
④ 纪念鲁迅逝世 70 周年.南方日报(文化 A15 版).广州.2006 - 10 - 18.

梁先生翻译完了莎翁的 37 部戏剧和 154 首十四行诗。① 从台湾回到大陆的画家李振铎先生说,梁先生把这些作品翻译了两遍。在梁先生翻译出版的全集中笔者发现,他没有翻译戏剧《两个高贵的亲戚》和长诗《贞女劫》。

梁先生翻译时所采取的处理方法很独特,很有价值,值得后人参照。对于十四行诗和剧中无韵体诗的台词,他译得很自由:或译成汉语诗的形式,或译成散文体的形式。他还另有杰出的做法,即为每部戏剧写一个序。序包括"版本(考证)""著作年代""(戏剧)来源""舞台历史"或"几点批评"几个方面。他还为每部戏剧和十四行诗补充了大量的注释。这整套做法都堪称所有译者的表率,都是很重要的译文样板。此外,梁先生还编辑了《英国文学选读》3 册,撰写了《英国文学史》3 册,另有《梁实秋散文全集》6 册等,是真正的著作等身。

梁先生翻译的莎翁全集共有 10 本,于 1995 年 3—8 月,由中国广播电视出版社以精装本的形式出版,印刷质量也很一般。后来在朱生豪等人翻译的全集版本的基础上,由何其莘等莎翁专家校阅,于 1998 年 5 月由译林出版社出版了精装本《莎士比亚全集》(1—8 卷)。② 可惜的是,近几年出版的莎翁喜剧或悲剧小册子都是选自朱先生的译本,从而不利于梁先生译本在大陆的传播,也不利于文学翻译事业的健康发展。

(二)译者的培养

培养一个译者的模式,如果是让他在国内学 4 年翻译,在美国 4 年为翻译而留学,在英国 4 年为翻译而留学,然后再从事专业的翻译工作,那么,他翻译时必定是困难很少。但是,社会需要的译者是相当多,完全不可能有时间和资金去这样培养翻译人才。尤其是有些留学并移民的华人,他们的英语水平自然比较高,但是他们大多崇拜老外而忽视汉语水平的提高,尤其是瞧不起那点翻译费,极度缺乏唐朝留学生玄奘的胸怀。所以,国内的文学翻译还得靠国内的英语人才。

于是,许多译者就必然是在国内边学习边翻译。那么,由于有时代、民族、宗教、文化、个人经历和能力方面的差异和限制,译者所遇到的翻译难度必然很大,翻译时出现少量错误也是正常的。即使译者穷其一生去应付一部作品,错误也在所难免。翻译是为了供各种各类读者去阅读的,而不同的读者对译著的

---

① 莎士比亚.莎士比亚全集(1—10 卷)[M].梁实秋,译.北京:中国广播电视出版社,1995.
② 莎士比亚.莎士比亚全集(1—8 卷)[M].朱生豪等,译.南京:译林出版社,1998.

要求又不同。

　　有一个要点需要弄清楚,那就是译著和原作是两个不同的艺术产品。原作是一部纯艺术品,是专门为原作者的所在国服务的,而不是为他国读者服务的,所以他们写出了只有他们本国人才能看懂的东西,别国人却不容易看懂。原版书不用加注释,不用写说明。但在译著中若如此,中国人就必然更难看懂了。因此,翻译时就需要添加注释。那种不加或少加注释的译著,其文学故事的作用、价值和翻译质量的可信度就会大大降低。

　　文学翻译是一个来料精加工的过程,译著包含着原作者和译者两份辛劳,译著不仅仅是一部文学艺术品,它还是一部经过精加工、再加工的艺术品,是一部带有浓厚研究色彩的半理论著作。为解决好那些翻译难题,译者除了要勤查各种资料并随时向国内外同行请教外,还必须增加许多脚注并注明原文。这样,一是倘有译错的地方,内行看到了可以很快指出来,再版时就能予以更正;二是在注释中写下必要的中外文的对照,可使外文学习者在阅读中顺便学些外文词汇;三是用脚注为最普通的读者提供必要的解释。这才是实事求是的科学研究的态度。

　　做个文学翻译家是天底下最困难、最富有挑战性、最吃力不讨好,然而又是最有价值、最有意义的事情。绝对没有学点儿英语、学点儿翻译理论就能胜任翻译工作的神话。尤其是空谈西方翻译理论是非常有害的,因为西方的翻译理论不是来源于中英互译,对中国译者没有大的指导价值。

　　一部优秀的译作是译者几年甚至终身关注研究该作家、作品,再经过艰苦细致的再创作才能完成的艺术结晶和科研成果。例如,萧乾夫妇对《尤利西斯》的关注长达五六十年。在倾其终身的知识和经验翻译这部巨著时,夫妇俩仍花了 4 年时间,相当于一个人翻译 8 年才翻译完这样一部书。其中的甘苦,只有做过如是献身的译者方能体会。这绝对不是靠几个人分工合作就能迅速完成的。

　　(三)翻译《兔子归来》

　　笔者于 1990 年开始研究厄普代克,很早就打算出版一本英文专著《论厄普代克》。该书约于 1995 年就已完成初稿,终于 1997 年 7 月由河南人民出版社出版了。该社在获得国外出版许可之后,于 1995 年初在钱满素研究员的推荐下约笔者翻译厄普代克的《兔子归来》。笔者花了 11 个月完成了翻译,稿纸写了1000多页,工作非常艰苦,导致长期头疼,至今不敢领受翻译任务。然而,由于个别译者未能按时完成其他分册的翻译任务,"兔子四部曲"推迟于1998年2月才得以同时出版。这也说明,翻译厄普代克的小说是很不容易的,难度很大。

黑龙江出版社于1988年6—11月出版了"兔子三部曲",笔者未曾见到。重庆出版社也是很早就陆续出版了"兔子三部曲"中文版,但该套书未标明它是否获得了国外出版商的准许。

上海译文出版社的精装本"兔子四部曲"于2008年1月出版,此后又印刷了两次。在所有早期厄普代克的十几位译者中,笔者的译本是唯一被上海译文出版社选中再版的。其他三本小说的译者是上海译文出版社重新聘请的。

上海译文出版社于2008年出版了"兔子四部曲"。该套小说是属于"十一五"期间(2006—2010年)国家重点图书规划中的一项。笔者的译本被上海译文出版社选中再版,说明它经受住了时间的考验。笔者也因此做了许多重要的、必要的修改和更正。

在河南人民出版社的版本中,笔者增加了500条脚注,为"兔子四部曲"撰写了总序,刊登在第一部《兔子,跑吧》之中;另写了一篇评论刊登在《兔子归来》之中。

在上海译文出版社的版本中,除以上安排外,笔者特别为4本书各写了一个人物小传,共涉及大小人物150个左右,刊登在每本书的末尾处。

在2017年8月,上海译文出版社又再次和笔者签约,同时以更高级的精装本形式出版了厄普代克的10种小说,包括"兔子四部曲"。

笔者一直在思考怎样做才算是个合格译者的问题。现在,笔者把思考的结果写在这本书里,和同行深入交流一下。笔者认为,当翻译界同仁能够就某些问题达成一些共识,并采取切实可行的措施去艰苦细致地努力时,一个译者出版一本精品,"经典重译"也不是难事,进入社会中的翻译精品就会越来越多,劣质译品也就会越来越少,社会各方对译者的尊重也就会随之而提高,翻译界为之奋斗的目标也就会越来越近了。

第二章
翻译能力培养是英语学习的最高目标

一、前言

翻译是不同文化、不同国家、不同语言、不同人民和不同种族间最重要的桥梁和媒介,是少数最能体现独创性的科研工作之一,是集文字表达、翻译科研和求证阐释于一体的十分精细的科研工作。

但是,翻译能力的培养是个漫长而又艰难的过程,它包括低层次和高层次的需要。因此,外语学院对于学生的培养,不能把自己当成外国大学的预科,而是要充分体会到中国社会的差异性需要,充分体会到英语培养的最高目标就是提高学生的英汉互译能力。这样才能恰当地依据各个层次的需求,认真地设计好各类不同层次的翻译课程,为学生未来的发展打下坚实的基础,这样才能更好地为中国的各行各业服务,而不是为少数富有学生的留学和移民服务。

从古到今的实践都证明,国与国、民族与民族、地区与地区之间不可或缺的商业、经贸、文化、宗教、科技、医学、军事、外交和政治交往催生了翻译这个最重要的职业和桥梁。现在,交往范围的全球化更使得翻译事业以及译者的桥梁作用愈发显得重要。但是不同专业的知识含量非常可观,所需要的译者也都不得不划分为不同专业。万金油式的译者是不存在的,能够培养万金油译者的外语学院也是不存在的。译者的培养和成长,首先取决于外语学院的翻译基础知识的培养,其次更是取决于译者本人的自学钻研能力和精神。

所以,翻译是世界交往中最重要的桥梁和媒介。没有翻译就没有交流;没有成功的翻译就没有成功的交流,没有成功的交流就没有真正的发展和进步。当然,没有正确的翻译就不会有正确的交流,没有正确的交流就不会有正确的发展。我们大家都需要翻译,更需要文学翻译精品。

　　但是，近几十年来，在大力强调"交际法"，在强调"听、说、读、写"能力培养的过程中，人们更热衷于应付各类考试的需要而进行编书、培训和考试训练，翻译能力的培养和考核被大大地忽视了，而英语教育者实际奉行的是做题法、做选择填空和考试法，以应考为一切英语教学工作的指挥棒。

　　英语教学指导委员会的专家安排的这种教学模式，把学生培养得怎么样呢？根据笔者二十多年来对于著名译者的译文所进行的比较研究来看，文学译者的错译之处遍地皆是，不忍目睹；他们的译文如同儿戏，如同是学生的习作，简单的材料都翻译不好，竟然就出版面世了。译者们没有把英语理解透彻，汉语表达能力更是乏善可陈。而遍布各地街道、地铁、高铁、公交车等处的低级翻译错误更是多如牛毛。

　　这充分说明，因为当代外语界反对"语法翻译法"而提倡"交际法"，所以，他们以强调"听、说、读、写"能力培养为幌子，并把"听说"安排成高考的内容，极其忽视英汉互译能力的培养。如此重视"听说"能力培养，除了能够把数十万中国学生送到外国留学和移民之外，对国内没有多大好处。

　　大量的来自外语专家和平民的翻译错误证明，这是一个南辕北辙、错误百出的教学规划，因为这个规划忽视了中国人学习英语的真正目的，忽视了英汉互译对国内的重要性，培养出了大量的不合格译者，从而产生了大量的错译百出的译文，严重地、大面积地误导了读者、路人和外国人。

二、英语学习和翻译能力

　　在中国，英语学习的最高目的是交流。交流分高低两个层次。其一是低层次交流，就是个别人之间的交流，是交谈、会话、讨论、口译、一般的笔译等。本科阶段的口译、笔译都应设定为低层次的交流需要，并按照这个层次的要求来安排课程，这也是在为高层次翻译能力的培养打基础的阶段。在批量生产本科生的年代，学科规划专家们本应该清楚现在大学生的文化基础和发展潜力很不乐观。毫无疑问，学生的大学入学考试的选择填空成绩是很棒的，但是这一点不能等同于他们的文化素质也很棒，这尤其不能等同于他们未来的发展潜力也很大。尤其是"发展潜力"，他们绝对不能和精英教育时期的本科生相比肩。因此，高层次培养他们在翻译能力方面的"发展潜力"要寄希望于研究生阶段。

其二是高层次交流,是大面积的文化交流,是翻译流通各类经典书籍和影视作品,其最高境界就是翻译经典文学作品。因为文学是一个民族最珍贵的文化积淀,是最骄傲的文字艺术和文化巅峰,里面也包含着很有价值的智慧和思想。若无此积淀,无此巅峰,那么这个民族在世界的地位和软实力就会很低,很没有品位。这是金钱都买不到的品位和地位。

因此,翻译就是在把别的民族有品位的文化艺术产品进行介绍和宣传,同时使翻译文本成为本民族的文化积淀和文化巅峰的一部分,成为本民族的金钱都买不到的文化产品和软实力。这个软实力叫做接纳异域优质文化的胸怀,而不是惧怕、拒绝他国文化。

在当前,职业译者的水平和能力主要依靠外语学院和翻译学院的长期培养。翻译工作实际上是比较艰深的,本科毕业生难以胜任,他们至少还得需要研究生阶段在翻译方向的进一步培养。实际上,研究生毕业之后还需要进一步研习多年才能胜任。

现在,英语本科生和英语研究生阶段的课程安排得比较杂乱。比如,与翻译能力培养毫无关系的课程很多,这无端地浪费了学生很多宝贵的时间。作为沟通桥梁的译者,他的一个基础桥墩是英语,另一个基础桥墩是汉语,英汉语法是基础桥墩下面的基础。如果学生在英汉语言的知识和写作表达能力方面都很欠缺,看到那些英汉词语,他们只知其表面意思,看不懂它们的深刻内涵,就没法成功翻译。

而资深译者刘其中先生却说:"因为中文是我们的母语,一般不存在对原文的理解问题。我们的困难主要是在英文表达方面。"①这个认识很不符合实际。恰恰相反,中国人的汉语水平很差,汉译英的能力更差。这主要是因为很多外语学院的师生都非常轻视、藐视母语,他们以听说英语为荣,以忽视母语为荣。因此,英语语法、英译汉、汉译英、古汉语和现代汉语语法等课程应该是最重要的基础课程。

有关翻译方面的课程,往往也是以翻译理论为主。这自然反映了课程的专家设计者对于翻译的本质还没有理解到位。比如,广东外语外贸大学设置有英文学院和高级翻译学院。其英文学院给本科生开设的翻译课程就很多,像是又

---

① 刘其中.新闻翻译教程[M].北京:中国人民大学出版社,2006:132.

一个翻译学院,这反映了其特别重视翻译课程。它除了必要的"笔译""口译"
"文体与翻译",还有与翻译密切相关的英美文学课程和"希腊神话与圣经"。
当然,这个教学计划是对过去错误计划的重要纠正,但是它又出现了新的偏差。
例如,它开设了很多时髦的、面面俱到但目标过高的课程,如"经贸/法律翻译"
"汉英语言对比与翻译批评""同声传译""政治外交口译""科技翻译"和"连续
传译"。其中最值得称道的,自然是他们开设了"希腊神话与圣经",说明它清楚
这类知识在英汉翻译中的文化作用,但是翻译实践课程还是被大大忽视了。尤
其"同声传译""政治外交口译"是层次很高级、很特殊的口译课程,人员的需求
量也很少,有北京外国语大学、北京大学、北京第二外国语学院、外交学院之类
的特殊大学在进行培养,是少数很有语言天赋特长生的专利,更需要长期留学
的培养。

因此,这样杂乱的、超过本科阶段要求的课程自然也是浪费学生宝贵时间
的拔苗助长之举。这种虚高教学计划,都是因为计划者本人缺乏翻译书籍的艰
苦经验,却只有发表翻译理论文章的经验。因此,他们没有真正搞清楚翻译的
本质任务、学习内容和培养目的,其教学计划最终也达不到真正培养和提高翻
译能力的目的,都在纸上谈兵。

尤其出格的是"科技翻译"课程,因为科技翻译人才是由理工科大学的科技
外语系负责培养的。比如医学英语人才,那是由医学院自己培养出来的。文科
外语学院怎么能办成一个万金油外语学院呢?

以腐败心态使用外语的情况需要指出。有知名英语教授在攻读在职博士
时,却只知大面积地抄袭英文原著作为自己的博士论文,被人揭发而辞职了;有
知名语言学教授将英语论著翻译过来,作为自己撰写的论著出版了,从而"成
就"了他的语言学权威地位;有博士告诉笔者,她的博导叫她翻译一本书,然后
作为博导撰写的论著而出版了,有两章归她自己"撰写";有一些英语老师跑到
国外,搞到一些外语资料,胡乱整理翻译一下,这就"代表"了前沿理论,却很受
核心刊物的欢迎,剽窃者因此受到很大的鼓励和提拔。

著名翻译家傅雷说过:"翻译重在实践。"[①]这是非常重要的经验之谈,却被
严重忽视了。如果真正重视翻译实践的话,开设的课程就应该包括"译文对比

---

① 傅敏.傅雷谈翻译[M].北京:当代世界出版社,2006:37.

研究"之类,从而使学生重视前人的翻译经验,在比较中提高对译文质量的鉴赏能力,而后提高自己的翻译能力。比如,这类课程就叫做"中国翻译史""诗歌译文研究""散文译文研究""中国古代文学翻译研究""文学翻译研究"等。它还应该包括"新闻翻译""公示语翻译""流行语翻译""政治术语翻译"等。

翻译能力的提高,一方面,是学生要亲自动手翻译,翻译作业做得越多越好;另一方面,是学习前辈翻译家的翻译经验,是体察、体会、分析别人译文中的错误,以增强辨别译文质量的能力,提高自己理解原文和译文表达的能力,提高修改译文的能力。

因此,如果本着实事求是精神去安排教学计划,怎么会给本科生安排"同声传译""政治外交口译""科技翻译"等华而不实的课程,同时却藐视、忽视前辈老翻译家们的贡献呢?

三、翻译的定义和原则

翻译的基础定义应该是什么呢? 人们对此是众说纷纭。百度解释说,翻译"是指在准确通顺的基础上,把一种语言信息转变成另一种语言信息的行为。翻译是将一种相对陌生的表达方式,转换成相对熟悉的表达方式的过程。其内容有语言、文字、图形、符号的翻译"[①]。请问定义者,哪门外语相对于中文而言是"相对陌生的表达方式"呢? 是英语、法语,还是日语、俄语?

张培基说:"翻译是运用一种语言把另一种语言所表达的思维内容准确而完整地重新表达出来的语言活动。"[②]这个定义很笼统,却也不至于像上一条定义那样无知而可笑。但是,在张先生编撰的畅销翻译教材中,他也做不到把翻译例句"准确而完整地"翻译过来。如果增加"尽可能"三个字,其陈述就可信得多。

尤金·奈达(1914—2011)是美国著名的语言学家、翻译家和翻译理论家,是中国外语界热捧的学术明星。他说:"翻译是用最恰当、自然和对等的语言从语义到文体再现源语的信息。"[③]奈达还指出,翻译不仅是词汇意义上的对等,

---

① 翻译.百度百科[EB/OL].2014 – 02 – 13.

② 张培基.英汉翻译教程[M].上海:上海外语教育出版社,2010:5.

③ 尤金·奈达.百度百科[EB/OL].2014 – 04 – 04.

还包括语义、风格和文体的对等。翻译传达的信息既有表层词汇信息,也有深层的文化信息。①

　　根据二十多年的翻译实践和理论研究,笔者认为,全球的语言文化差异相当大,奈达根本不可能提出一个适合全球的"翻译"定义。可是,奈达的中国粉丝却没有搞清楚,奈达的思考基点是指导美国人的翻译活动,它可能比较适合英法、英德互译,却不适合中国的英汉互译、德汉互译、法汉互译、日汉互译等。

　　奈达的中国粉丝那么多,笔者从未见到有粉丝宣传说,奈达拥有从事英汉互译的成果。也未见到有粉丝宣传说,"因为有奈达的理论指导,自己成功地翻译了一本巨著;若无奈达的理论支持,自己则一片茫然,翻译不了"。

　　实际情况是严重的崇洋媚外,在论文中布满外国人名,言必谈外国人,热炒外国翻译理论,藐视国内前辈翻译家的贡献,是中国外语界、外语核心刊物的"伟大发明""伟大动力"和"伟大潮流"。

　　歪用外语单词,也是很多"高端人才"的"天才发明"。他们在"外国语大学"的校名翻译中频频使用 international(国际的)为自己脸上贴金。可是,堂而皇之、正大光明地互译中外书籍,标注清楚版权责任,很多"高端人士"就不会了。他们自认为水平很高,满世界地跑,自己却不会翻译书籍,还要藐视译著的价值,藐视外语学习的最高目的就是翻译,藐视翻译的最高目的就是翻译书籍。这是外语界的又一"伟大发明"!

　　在英法互译中,译者可以做到"对等"翻译,那是因为英法语言的相似性很大。可是,在英汉互译中,如何使用中文去"对等"地表达英美的深层文化信息呢? 或者使用英语去"对等"地翻译中国的深层次文化信息呢? 中美、中英的文化差异尤其巨大,在很多方面都不可能有对等的词汇或翻译表达。比如,如何翻译"麻婆豆腐"和"宫保鸡丁"? 四大名著和其他古典小说的翻译也能很清楚地说明:书中有大量的不可翻译的内容。

　　我们应该明白,外国人在其他语种的互译中所得到的翻译体会对于英汉互译没有太大的帮助。

　　所以,笔者对翻译的定义是:"翻译是用一国的标准文字系统尽量合理准确

---

①　尤金·奈达.百度百科[EB/OL].2014-04-04.

地表述他国文字系统及其内容的再创作和特殊科研活动。"笔者提倡"尽量合理准确",并使用"文字系统"四个字来规制译文的表达。因为这个定义强调的是,译文首先要符合译语的整套标点符号体系、语法体系和习惯用法,这在翻译中都要全部转换,而且也只能是"尽量合理准确"地转换,不可能完全"对等"地转换。

翻译的过程是语言系统的整体转换,这当然像是在重新写作一样。但是,它不是译者的自由写作,而是必须按照原作者的思路进行艰难的再创造和精加工。在文学翻译中,这就是在跟随着作家的文字艺术思路在进行着文字艺术的再创作。这显然不是简单的文字转换,一步步都伴随着译者的艰苦钻研、学习、分析和解剖,单纯的语法分析是远远不够的。由于它和传统的科研方式不同,所以它是一种"特殊的科研活动"。

翻译的本质价值就是:它是一座经久耐用、能经受长期考验的桥梁,它是连接两种文化交流的唯一桥梁。译者需要遵守的根本工作态度是"诚实和中立"。"诚实"就是在翻译中,译者要老老实实地对待原文和译文,不能随意、任意增删。"中立"就是在翻译中,译者要保持政治上、宗教上、哲学上、文化上、种族上的中立态度,不能把个人的好恶、褒贬态度带到翻译工作中去。

所以,译者的总态度应该是"诚实""中立"。翻译应该按照"先理解,再翻译,再修改,做释注"的步骤进行。简言之,译者要"博览群书许多年,要读别人不读的书,才能理解好翻译材料的深刻内涵(先理解),然后再老老实实地认真翻译(再翻译),翻译完全文之后再认真修改一遍(再修改),同时在翻译的过程中要及时地、尽可能多地添加注释(做释注)"。

因此,我们所需要的译文应该是中国读者能读懂的、外国味儿十足的汉语译文。西方各国的原作风格都应设法保留,译者绝对不应该把它们都"归化修改"成为中国作家的写作风格,比如短句甚多等。

新中国成立前,比较盲目的中国知识分子处于思想空前自由和活跃的阶段。许多外国名著和其他社会科学著作纷纷被翻译和介绍。但限于条件(如缺少权威外语字典、语法书、百科全书、地图、习语字典等必备翻译工具书),可能错译较多,名著翻译和出版的数量、传播的地区也都只限于大中城市。译者基本上都是留学归来的知识分子,外语水平较高。他们本着自己在外国的外语学习心得,靠着一腔热血,在做一项开拓性的事业,在为后人铺路。他们的错译、漏译、歪译也是难免的,也是应该被原谅的。但是天才的贡献也极其巨大,有一些人的文学翻译水平也是后人无法超越的,比如梁实秋和朱生豪翻译的《莎士比亚全集》等。

今人在翻译时可以借助的手段很多,理应做得超过前人,而且也是可以超越的,但是可惜的是也常常出现对不起读者、对不起原作者、浪费社会财力的事情。

翻译是少数最能体现独创性的科研工作之一,它分清楚了原作者和译者的版权责任;它是集文字表达、翻译科研和求证阐释于一体的十分精细的文字科研工作;它应是一座靠得住的桥梁、一座有价值的桥梁、一座有尊严的桥梁。正因为此,翻译才是一项非常艰难、非常富有挑战性的工作。它只适合少数人去奉献他们的智慧。玄奘大师翻译佛经的人生经验和翻译经验就应该成为当今译者的永久榜样。①

这少部分人的智慧完全要靠他们的自学才能获得,绝对不可能在面面俱到的翻译课程中学到手。如果没有高超的自学能力,自然是做不好翻译工作的。如果理解到了这一点,在本科生和研究生阶段,就应该分别安排合适的基础课程,以打好文化基础、翻译基础为主,而不是安排那些花哨、时髦的课程。

四、翻译的效用和知识储备

人类的历史已经相当久远了。因为方言的大量存在,交往中的口译也早就存在了。即使在"书同文、车同轨"的时代,书面文字不需要翻译,互相听不懂的方言还是大量存在的,需要方言口译。广义而论,口译方言也就是翻译的最早历史。

狭义而论的翻译,至少也要从东汉桓帝建和二年(前148)翻译佛经时算起,至隋唐时期的佛经翻译高潮,在历代已经涌现出一大批佛经翻译家,以鸠摩罗什和玄奘为代表。佛经翻译活动一直是古代中国的翻译主流和中坚,佛经翻译家们为中国的翻译事业作出了无与伦比的文化贡献。

玄奘大师负责了长达19年的翻译活动,他领导的译场共有译者600多名,

---

① 罗长斌.玄奘大师佛经翻译的价值和启示[J].广东外语外贸大学学报,2014,(3):75—79.

他们都是来自国内外佛教界的高僧大德。佛经翻译的活动持续至明清时势力渐微。张培基说："在明代二百多年中,佛经译者只有智光等一两个人,译了很少几部经。清代也只有工布查布等五人译了几部佛经。"①

这样,整个佛经的翻译在中国断断续续持续了 1700 年左右。它主宰了中国的翻译史,极大地丰富了中国的传统思想和文化内容,从而使得中国成为世界上唯一的长期敞开胸怀接纳外国文化的国度。

至晚清和民国初年,很多当代翻译家们共同努力,又丰富了中国文化和思想的多元化发展,从而掀起了传播西方各种思想的热潮。

回顾中国的历史,深受王朝思想影响的中国人的每次巨大思想运动,莫不与翻译事业息息相关。倘若没有历朝历代的默默无闻的无数翻译家们的辛勤劳动和耕耘,中国将无法推动思想发展和进步,将无法打破闭关锁国的王朝。适逢改革开放年代,人们对于外国文化和思想的渴求也愈加迫切,翻译也就成为中国走向现代化民主国家的必要途径和唯一桥梁。

所以,1700 多年来,翻译家们的杰出贡献数次改变了中国命运的轨迹,丰富了人们的物质和文化生活。第一,佛教经典的翻译传入,带动了佛教思想及佛教寺庙在古代中国的兴盛,极大地丰富了古代中国的文化生活,从而使得佛教成为中国文化的三大源泉之一,也弥补了中国本土思想上的不足。世界佛教中心的地位也随之从印度转移到了中国。

第二,晚清和民国初年的新思想介绍运动,使当时的中国开始了几百年来难得一见的思想开明时期。代表新知识、新文化、新自由、新技术的教会大学和教会医院与日俱增,翻译就一直在担当着桥梁的作用。

据统计,从清末至 1949 年,仅美国和英国的天主教会和基督教会就建立了31 所大学和专科学校,32 所教会教育机构,29 座图书馆,2 688 所中学,3 822 个传教机构和 147 所医院。这些教会机构都是以翻译为纽带,学习和精通汉语的外国牧师、神父也相当多。比如,意大利天主教神父利玛窦(Matteo Ricci,1552—1610)在 1583 年获准前来广东肇庆(高要)定居之前,在澳门学习汉语。利玛窦为天主教在中国的传播作出了划时代的贡献。比如,他将 Catholic 翻译为"天主教",把 God 翻译为"上帝",他还为传教确定了和儒教和谐相处的"利

---

① 张培基.英汉翻译教程[M].上海:上海外语教育出版社,2010:2.

玛窦规矩"。

外国牧师在中国翻译了《圣经》、各类人文和科技书籍用于教堂和课堂,极大地改善和提升了中国的文化教育和医疗服务层次,培养了大批医学和科技人才,外语人才也如雨后春笋般涌现了出来。

第三,改革开放之后,英语学习的热潮及外国文化、外国思想和先进技术的引入,带来了当代中国经济的快速发展和中国文化的重大变化。由于英汉翻译工作所产生的极大效用,英语也就成了国家级外语;但在 20 世纪 50 年代,国家级外语却是俄语。

鉴于中国漫长的翻译史,鉴于中国有相当多成功的翻译经验和失败的翻译教训可供借鉴,对于译者的素质要求也要颇为严格才行。因为译者是站在厚实的翻译文化积淀之上的,他必须扎实地打好基础、做好功课之后再开始翻译工作,他不应该是从零开始的孩童。

因此,不读书怎么知道中国古人的智慧和贡献呢? 不读书是绝对没有智慧、绝对不能胜任翻译工作的。智慧的产生是个复杂的过程。但是,除了通过博览群书来提高知识之外没有别的途径。博览群书,就是要读一般人不读的书,做一般人不做的事。

所谓"读一般人不读的书",是指译者要主动阅读一些杂书。如阅读中外历史书、史料、建筑绘画、"儒释道"书、《圣经》、古希腊罗马神话等。在博大精深的书海中泛舟,一生都无法穷尽。

译者不是艺术家,但他必须写出包含艺术寓意、修辞色彩和象征意义的句子;译者不是能深入社会调查的心理学家、人类学家或社会学家,但他必须坐在书桌旁完成那些专家的部分工作。那些专家在活生生的人类中去调查研究并著书立说,译者却在安静并活跃的完整故事中调查研究并著书立说。如果做不到这一点,译者怎能译好书? 怎能无愧于读者? 怎能无愧于历史和时间的考验呢?

单词的词义是单一的,只有一层意思,但是在句子和段落中,单词的含义在上下文中可能就被赋予了两层含义。其一,是表层含义,即单词和句子的表面意思,是字典的解释,这是语法知识可以解决的。其二,是深层含义,即作者在特定的上下文框架内赋予单词、句子和段落以特殊的寓意和象征。

面对这样的文本,许多译者往往只是照猫画虎地翻译出它的表层含义,然后美化一下译文语言。看到美化的译文语言,读者就误以为原文很高明,翻译得也很高明。久而久之,读者就用译语的高雅精炼与否来判断译文的质量。这自然是不对的,因为判断译文质量的高低是要看译文和原文的内涵有多大的差异。差异越小就越是翻译得好,差异越大就越是翻译得差。

但是,这样的误导是长期的、广泛的,这是由许多责任心欠缺的译者和出版社长期合作的结果。其原因也是因为译者没有看懂作品的深刻内涵,因为这个内涵必然是和那个社会的文化、历史、宗教因素密切相联系的。译者十分缺乏那方面的知识和修养,就处处用中国人的思维习惯去看待西方人的故事。尤其是中国译者极度缺乏希腊神话和基督教方面的知识。

须知,西方作家大多有宗教信仰,且对于基督教义理解得很深刻。在作品中,他们都会或多或少地涉及宗教方面的知识、背景、寓意或典故。译者忽视了宗教因素之后,于是乎,读者看到的译著就往往像是中国人写的外国故事:它们非常缺少外国元素和味道。因为原作的宗教色彩往往被译者省略、删除、过滤或篡改了,外国的长句、从句被改成短句。由于希腊神话和基督教都很深奥、很难懂,它们应该成为译者自学的重点内容。

其他方面的知识准备,需要更多地了解作者的基本情况如生平、教育背景、家庭、历史、获奖、创作风格等。译者通读一遍原著是远远不够的,他还应该阅读原作者的其他作品和其他研究者的文章。这样,译者才能够对原著所属的艺术流派、文体风格、语言风格以及作品主题做出恰当的、合适的判断,从而为译文的风格确定一个适当的、和原著相近的基调,为译语的表达确定一个合适的语体风格。然后,原著的风格就会体现在译文的内部结构上面,也会体现在译文的外部结构上面,还会体现在译语的语言质量上面。

比如,翻译诗歌时,译者基本上要按照原诗的格律体或自由体形式去翻译;在语言表达方面,译者更应该选用能够入诗的语言。这就要求译者是位能够鉴赏和分析诗歌的诗歌研究者,他当然应该懂得韵式、音节、押韵、节奏等诗歌的基本知识。

归根结底一句话:译者要在做足功课、博览群书、精通英汉语言文化之后才能进行翻译工作。

第三章

论中英诗歌的互译原则

翻译是自由的,但也不是任意的,而是有很多原则和方法都需要遵守;遵守翻译原则在先,文字描述的自由在后;诗歌的互译更有其特殊的原则。

翻译是非常艰苦细致的科研工作。译者要遵守很多原则和方法,但是可以有很大的再创作自由。然而,现在流行的翻译方法实际上难于真正指导译者的翻译实践,所以译者往往出错,因为它们都没有强调译者的知识准备,没有强调坚定地坚守翻译的基本原则。

因此,笔者根据二十多年的翻译实践和翻译研究,提出能够指导译者的实用方法:理解、翻译、修改、释注。做不到第一步,其他都免谈。如能做到第一步,则需要二十多年的博览群书,以尊重别人的心情去读书、请教,去拓宽自己的视野,去加深自己的知识深度。

错译的原因有几个,首先是译者对原文的理解不到位。为什么理解不到位?是因为有的译者读书不够多,不愿意读书,认识几个英文单词就开始翻译了,完全不理会英文文本的内涵寓意。其实,译者不仅要理解好原文的深刻内涵,也要理解原作的修辞风格、语言风格等。因此,除了要尽量翻译出原作的内涵,还要尽量做到译文和原文的风格对等,译文和原文的内涵和语言品质的对等。

本章也探讨两首唐诗的翻译,这并不偏题,因为诗歌的翻译原则都是相通的。

一、论诗歌的特殊翻译原则

(1)怎么理解诗歌的翻译原则? 可以从几个方面来理解和阐释,其总原则应是要求译文的语言风格和原文的语言风格相对等。但在英诗的大量中译文中,我们所见到的基本上都是自由体式的中译文,即各路译者基本上都喜欢将英语格律诗译成汉语自由体诗,而将汉语格律诗译成英语自由体,这显然违背了"风格对等"原则。

在将英诗汉译时,在形式上,要将英语格律诗译成"仿汉语格律诗"的形式,而将英语自由体诗译成汉语自由体诗。在内容表达上,要翻译成中国读者能读懂的、外国味儿十足的汉语诗歌。当然可以有例外,但要谨慎。

为什么叫做"仿"? 因为在翻译中,只能采用英语或汉语格律诗的部分写诗规则,不可能采用全部格律规则。比如,汉诗英译时,就不可避免地会将五言、七言的汉语诗行译成 8—10 个英语音节,但上下诗行的音节数应有规律地变化,要有一定的节奏,这是可以做到的。但是,汉诗中的平仄必然译掉了,被英语单词的轻重音所取代,押韵也只能是尽力而为;能押的韵也不是原来的发音,它是改变了的、尽量符合英诗的韵律。

英诗汉译时也是如此。押韵很难处理,音步、轻重格、重轻格更是无法处理了,只能使用一定的节奏代替之。这样一来,就是坚守原则和灵活处理相结合。如果追求外形的完全一致,那是完全不可能成功的死胡同。

要坚守的原则是诗歌外形的坚定模仿和诗歌内涵的完美一致。灵活处理是指在音节、押韵、音步、格、节奏、平仄等方面的灵活调整或放弃。

(2)以下剖析一下诗歌的结构和价值。剖析、理解清楚之后,不仅能找到错译的根本原因,而且能够好好地理解原诗的内容和韵味,并把它们在译文中合理地进行修改。

一首名诗的价值存在于三个方面:其一是形式方面(poetic form),是指格律诗(metrical verse)或者是自由体(free verse)。就像是衣服的长短、颜色,这代表着一种风格,但其价值是次要的。汉语格律诗中的律诗、绝句、平仄、押韵以及宋词中的词牌名等类东西,都是次要的价值,在翻译时必然会舍弃掉,也是不得不舍弃的东西。

关于"宋词"二字的翻译。有人译成 ci-poem,这是不对的,因为外国人看不懂 ci(词),这就违背了翻译的基本原则,因为翻译的原则是给谁翻译,就应该让谁读懂;翻译的最终目的是让人看懂。英语读者不懂 ci 是何意。懂点英语的中国读者能读懂,是从 ci 想到了"词"而读懂的。推而广之,外国人也读不懂 Minzu University of China(中央民族大学)、Shanghai Jiao Tong University(上海交通大学)、Xizang Minzu University(西藏民族大学)等,这都是错译、歪译。

因此,应该说,"宋词"就是在宋朝时创新的格律诗,是不同于唐朝的绝句和律诗的宋朝格律诗,其长短句不统一,但也是遵从着很多格律诗的规则。不妨译为 Song Poem,然后在某个地方给英语读者解释一下:Song Poem is the special metrical verse with the irregular length of lines written by great poets in Song Dynasty (960A. D. —1279A. D.)。

如果把宋词翻译成长短句夹杂的英诗形式,这样看起来就变成了自由体。如果刻意要翻译成英语格律诗,译成长短句有规律间隔的格律诗,这是符合英语格律诗的,当然可以尝试,但是很难。相比之下,唐诗的翻译就比宋词容易一些,它比较容易被处理成英语格律诗的形式。

1990 年 10 月,有新诗研究专家在西南师大校庆的演讲中说:"什么是诗?诗就是翻译时翻译掉了的东西。"他是把诗歌的表面形式上的价值看成是诗歌的本质意义。笔者当时听了觉得耳目一新,心情振奋。但是几十年过去了,重新思量此事,笔者觉得他的定义只是表达并强调了诗歌的外形价值,远远没有表达出诗歌的本质意义。

各民族的诗歌自然带有那个民族特有的外形风格(比如美洲印第安诗歌、印度泰戈尔诗歌),这是别的民族所没有的,翻译时必然要改变,必然会"译掉"。但是,优秀诗作之所以能够在全世界使用不同语言的人群之间进行交流,主要靠的是作品的精神内涵,而不是这些表面的外形风格和装饰。把它们译掉是必然的,是不可避免的。因为这些东西在文学价值体系中,是属于次要的表面特质,不必强调这样的损失,不必怜惜这样的损失。在译文中采用英语(或汉语)的部分格律形式弥补一下就可以了。

归根结底,是要从本质上去理解原诗的内在含义,并把它巧妙地、诚实地、完美地翻译出来。

其二是表面含义(the surface meaning)。经典诗歌的表面意思比较容易被读懂,也就比较容易被翻译出来。如果按照这个肤浅的理解去翻译,也会译偏了,因为这不是诗人最想表达的思想。

比如"静夜思"的表面含义是身在外乡而思念家乡,是一首思乡诗,这在几种英译文中都有体现。但是,理解到了这一层次,翻译到了这一层次,还是很不够的。因为,优秀诗歌的存在、流传的原因远不止于此,还有下一个层次的内涵需要译者费心去挖掘。深度理解诗歌比较难,只有理解好了才能翻译好。

这就是诗歌的第三层次,即深层含义(the implied meaning),也叫诗魂(the poetic soul),这才是诗人最想表达的、最富有哲理的、最富有精神内涵的含义,这方面也是最难理解和最容易被忽视的。人们往往体会到了诗歌的表面含义之后就会止步,从而放弃了深挖诗歌内涵的努力。这个"深层含义"是最应该、也是最能够被翻译出来的,却是肤浅、粗心的译者常常译错的地方。

当原诗没被翻译时,它的深刻内涵虽然没有被理解,但仍然存在着。在翻译时,这个诗魂若未被译者理解而未被翻译出来,诗魂在译文中也就根本不会被呈现或暗示出来。在译文中,原诗的精神本质(诗魂)就完全被译掉了。于是,外国读者看到的就必然是一个内涵被篡改的、诗意肤浅的诗歌译文。

所以,要做到正确、准确、恰当、巧妙的翻译,译者在这方面要做的功课(人文知识准备)实际上是相当地多,非要十年磨一剑不可。具体点说,就是要博览群书,要行万里路,要广泛地阅读别人不读的书籍,在长期的自学中提高自己的知识积累,提高自己的人文修养和思想境界,要尽可能赶上诗人的境界。假如译者的境界远远低于诗人的境界,译者是不能理解诗人的境界和思想的。译者如果不懂诗,不懂诗人,就不能翻译诗歌。

因此,如果译者理解了诗人的高深境界,就能在译文中把它准确合适地表达出来。但是,如果译者认识很多英语单词,看了很多英语书,呼吸了几年美国的"甜空气",得了美国的 Ph. D,这也不等于译者具备了能够理解诗歌的智慧和境界。

二、《静夜思》的深度解析和译文对比研究

(1)什么是理论? 通常人们喜欢把抽象难懂的语言当成是理论。如果语言简单明了,容易看懂,就不大会被看成是理论。这是对"理论"一词的误解。须知,理论就是道理。翻译理论就是翻译中的道理。无论是信奉传统翻译理论、信奉"信、达、雅",还是相信辜正坤的翻译理论,最终都要用这个理论来解决翻译的实践问题。如果解决不了,那个理论就没有用。

例如,辜正坤在《翻译标准多元互补论》中,洋洋洒洒 3 万言之多,无不让人

相信其理论构思之绝妙、有深度、有广度,实在是翻译理论文章中的佳品。① 但是,当笔者看到他把莎士比亚的诗句"Rough winds do shake the darling buds of May"翻译成"夏风狂作常会摧落五月的娇蕊"时,笔者就开始怀疑其理论的可信度性了。因为他把 Rough winds 错译成了"夏风",而把 do shake 错译成了"摧落"。②

他自己的理论怎么会让他误解了 Rough winds 和 do shake 之意呢? 他的理论不能自洽,无法指导别人。

为什么会出现这种错译? 解决错译的办法又在哪里?

原因在于,译者的知识量不够多就会误解原文的含义;误解之后,其译语的表达就必然不准确。笔者提出的翻译理论就是"先理解,再翻译,再修改,做注释"。只有解决好深度理解原文之后,译者才有资格开始翻译。

(2)以下以李白的《静夜思》为例进行理论分析和翻译,来具体剖析诗歌翻译的理解和原则问题。

先讲讲深度理解。这首妇孺皆知的小诗仍有展开讲解的必要,因为遗憾的是,仍有著名译者不知其深刻内涵而译错了。

关于李白的老家,一般公认为他出生在唐朝安西都护府最西边的小镇碎叶城(今吉尔吉斯斯坦首都附近)。约 5 岁时,随父迁居到绵州昌隆县(今四川省江油市)青莲乡,25 岁起离家远游。作为信奉道教的官方注册道士,他在诗中常常表达出别人所没有的博大气势,比如《将进酒》《蜀道难》。

鉴于李白的特殊背景,对《静夜思》,我们就不能理解为是一般常人之思家情绪,那样就太小看李白的境界了。他受到过皇帝李隆基的赏识,为杨贵妃写诗;他很喜欢周游四方,有很多诗人朋友,志在当宰相。极度自信的他甚至用诗句"古来圣贤皆寂寞"来自诩自己是圣贤,但仕途却极为失意。人间之所有,他基本都享受到了,把话也说圆了,理想却一直无法实现,只好和敬亭山为伴了。这样的梦碎何不令他生而无味,哪有留恋碎叶、江油之情? 所以,从本质上讲,他不可能思念碎叶和江油。他所挂念的是他的灵魂所依托之处——那灵魂的故乡。

比人间好的地方是天界(天国),从天界转生来人间的灵魂,不大会为人间

① 杜承南,文军主编. 中国当代翻译百论[C]. 重庆:重庆大学出版社,1994:41—70.

② 莎士比亚. 莎士比亚十四行诗[M]. 辜正坤,译. 北京:中国对外翻译出版公司,2008:37.

之美色、财富、权力所动,并常怀痛心之情。比如来自天界的贾宝玉(赤霞宫神瑛侍者)和林黛玉(灵河岸边的绛珠仙草),其对人对物的态度就和其他贪恋名利色情之人迥异。

李白表达的正是这种对人间生活的不满之情。在缺乏照明设备的古代,月光本是好东西,它照亮人间,给人遐想、幻想,常被中外诗人所讴歌,但李白对月光却感觉冷若冰霜。看到月光,却以为是让人感到寒冷的白霜。此时又不是下白霜的季节,那实际上是他孤独于世时在心里感到心凉、孤寂和恐惧所产生的短暂幻觉。诗歌这样夸张当然是对的,那既是李白的写诗风格,也符合诗歌的写作要求,再如夸张的"白发三千丈,缘愁似个长"和"飞流直下三千尺,疑是银河落九天",等等。

信奉道教的李白认为,既然我在人间找不到归属感,那么我真正的家在哪里呢?据宗教所言,不管其灵魂来自天国,还是来自地狱,一旦喝下迷魂汤,转生到了人间,都会忘却自己原来之所属。只有道德、境界极高的少数人(如玄奘、济公等)方能得知一个大概情况,详情仍然是个谜。因此,李白也在谜中,只能选择问天,可也得不到答案。

李白有小诗表达了他对上天的相信。他在《夜宿山寺》中写道:"危楼高百尺,手可摘星辰。不敢高声语,恐惊天上人。"在这里,"恐惊天上人"的意思就是"担心打扰了天上的神仙"。

从中可以看出,①李白相信有神仙的存在,这个认识来源于他对道教的学习和崇拜。

②李白对上苍的认识还是比较肤浅的,因为神仙所在的世界和人间世界是完全不同的维度,人间的一切嘈杂之声都干扰不了天上世界。相反,天上的变化则可以影响到人间。民间有言:"神仙吵架,人间遭殃。"这是有道理的。

③李白在《静夜思》中所表达的是对上天世界(他潜意识中的家乡)的思念,我们便可在此诗中找到佐证。

④李白对道教的信仰会不时地在此诗和其他诗中得到表现和暗示。

古代文人的宗教信仰是个非常值得注意的问题,一般读者却不知道。这样会让读者误解历史、误解古代文学、误解古代文学家,我们需要正本清源。古代中国有三大宗教体系,即儒教、佛教和道教,简称"儒释道"。即便文人、作家不信仰道教或佛教,他们也是信仰儒教的。而且一些皇帝除了用儒教统治中国,也有很多皇帝信仰道教或佛教的情况。比如,唐朝武则天信仰佛教,自称是弥勒佛下凡,并诏令把乐山大佛雕刻成了弥勒佛的形象。

　　而武当山主峰之天柱峰顶上的金顶,是武当山的精华和象征。它是武当山道教在明朝皇帝朱棣的大力支持下走向鼎盛高峰的标志。那座金顶全部是铜做的华丽精致的庙宇,在北京浇铸成合理的模块,做成像现在的家具板块一样,然后运往武当山进行拼装而成。若无道教信仰的鼓励,这样大的工程是无法完成的。

　　作品就是诗人信仰宗教的证明,极有成就的作家都有可能是信仰道教或佛教。除李白信仰道教,苏轼也信仰佛教。《西游记》和《封神傍》亦如此。

　　(3)当然,翻译家裴小龙就没有理解到这么多的内涵,于是出现了明显的错译。他出身于上海,是诗人和诗歌翻译家。他在 20 世纪 80 年代翻译出版了 T. S. 艾略特的诗集和印象派诗歌,现受聘于华盛顿大学,任中国文学教授。最近他翻译出版了 100 首唐诗宋词。他把《静夜思》翻译如下:

Night Thought

Li Bai(701—762)

The bright moonlight

in front of the bed

appears like frost

on the ground. I look up

at the fair moon, and

lowering my head,

I think of home.①

　　这是怎样的一首古诗译文呢? 从形式上讲,裴先生在书里收录的所有 100 首唐诗宋词,翻译时都是模仿了这种现代派诗歌的外形,不拘一格,且少有大写字母。这种形式是由美国现代派诗人卡尔・桑德堡(Carl Sandburg,1878—

---

　　① 裴小龙译.唐诗宋词 100 首(轻松英语)[M].上海:华东师范大学出版社,2006:85.

1967)所独创的。但是这种革新的形式没有生命力,因为它只有诗歌外形的小小改变,却缺乏诗歌最有价值的东西,即思想。桑德堡有小诗曰:

Fog

The fog comes

on little cat feet.

It sits looking

over harbor and city

on silent haunches

and then moves on. ①

　　这首小诗讲的是雾起雾走的状态。起雾时,雾从海面升起,从低处向高处慢慢升起,俯瞰(可能是纽约)海港和城市的高楼,停了一会儿,就慢慢走开了。它又有什么思想价值呢? 一点也没有。

　　裘先生模仿这种限制思想表现的"创新形式",显然也是限制了中国古诗所包含的深刻内容。从形式到内容,裘先生都大大改变了《静夜思》的特色和内涵。相信任何外国读者看到此诗,都不会感受到它是出自最辉煌的大唐王朝的最伟大的诗仙之手。因为译者只译出了非常表面的意思,而从英译文中,读者根本无法感受到该诗的深刻内涵,以及优美的外形。

　　更何况在"表面思想"的表达中,还有几处错译的问题。第一,标题译为Night Thought(夜思),丧失了"静夜思"中的"静"字。现代派诗让读者想到现代社会,而现代社会之夜(Night)不等于古代社会之夜的"静"。"思"本来有"沉思"之义,也译掉了。

　　第二,在"The bright moonlight"中,bright,moon 和 light 三个词的意思是一样的,这是不必要的重复。

　　第三,"appears"表达不出"疑是地上霜"中的"疑"字。

---

① 吴伟仁.美国文学史及选读(第2册)[M].北京:外语教学与研究出版社,2005:191.

（4）在谢真元主编的《唐诗三百首鉴赏（汉英对照）》中，所有唐诗都由许渊冲和马红军翻译。他们将此诗翻译为：

Thoughts on a Tranquil Night

Before my bed a pool of light——

O can it be frost on the ground?

Looking up, I find the moon bright;

Bowing, in homesickness I'm drowned. [①]

这个译文还比不上裴小龙的译文有点新意。他们竟然使用了和原诗毫无关系的 a pool of, O, I find, I'm drowned，这颇让人感到费解。在诗意表面，李白也只是表达了一种淡淡的思家情绪，何来这句 in homesickness I'm drowned（我沉醉在思家的情绪之中）？

（5）基于对于李白和这首诗的深刻理解，笔者的译文如下：

Meditation at Midnight

My bed was touched by the moonlight;

Which seemed as cold as the white frost.

Looking up at the brilliant moon,

"Where is my native world?" I thought.

在这个译文中，笔者努力表达了诗歌的三层含义。首先，笔者使每行诗具有 8 个音节，并使 2、4 行押了不规范的近似韵（frost 和 thought）。这就是模仿了汉语古诗的外在形式。

其次，诗的表面"思家"之意自然是翻译出来了。

再次，为使译文能包含诗的深层次含义，笔者在第 4 行中变换了句子结构，改为问句，并使用一个 world 而不是 home land，或 homesick，以暗示其（渺小的）老家和（博大宽广的）宗教世界的联系。当然，道教没有佛教中"极乐世界"或

---

① 谢真元主编.唐诗三百首鉴赏（汉英对照）[M].许渊冲，马红军，译.北京:中国对外翻译出版公司,2007:264.

西方"天国"这样的说法,修道之人是志在修成散仙,是闲云野鹤,他自己并无世界。但道教常用"菩萨"一词。于是笔者就借用"极乐世界"中之"世界(world)"一词,主要是使之区别于常人之"家(home)"。如使用 heaven, paradise,则音节数就不统一了。

也有人说,那首《静夜思》是明朝人修改后流传下来的,李白的原诗原貌在日本被发现:其原文为:"床前看月光,疑是地上霜;举头望山月,低头思故乡。"有两个字(看、山)不相同,但本质诗意没有改变。

本诗的关键点是要翻译出"霜"和"故乡"的深刻含义。最主要的差别是一个字(home 还是 world?)的差别,这根本不是小事。也只有译者自觉具备了深厚的知识,正确合理的译语才能呼之欲出,用之就来。

三、《凉州词》的深度解析和译文对比研究

在谢真元主编的《唐诗三百首鉴赏(汉英对照)》中,许渊冲和马红军将《凉州词》(又名《出塞》)也进行了翻译。原诗及其译文如下:

原诗:凉州词	译文:Out of the Great Wall
王之涣	译者:许渊冲、马红军
黄河远上白云间,	The Yellow River rises to touch the white cloud;
一片孤城万仞山。	The lonely town is lost amid the mountains proud.
羌笛何须怨杨柳,	Why should the Mongol flute complain no willow grow?
春风不度玉门关。	Beyond the Gate of Jade no vernal wind will blow.[①]

译诗的每一行都有 12 个音节,其押韵格式是 aabb,这说明译者注意到了要在译诗中体现英语诗歌的外形特点,这当然是好事。

但是,当笔者仔细体会译文的语义时,发现译者也只是翻译了原诗的部分表面意思,另有严重错译的 the Mongol flute。加上他们重视了译诗的音节数和押韵,译者共注意了诗歌三层含义中的两层。然而,第三层内在的深刻含义基

---

① 谢真元主编. 唐诗三百首鉴赏(汉英对照)[M]. 许渊冲,马红军,译. 北京:中国对外翻译出版公司,2007:466.

本上被翻译掉了。

而且,既然译者是着重翻译该诗的表面意思,是直译,那又为何将"凉州词"意译为 *Out of the Great Wall*?这就是个矛盾!

另外,他们将"黄河远上"错译为 The Yellow River rises(黄河上升),将"羌笛"错译为 Mongol flute(蒙古笛子),将"玉门关"错译为 the Gate of Jade(玉石门),将"万仞山"错译为 the mountains proud(骄傲的群山)。"怨杨柳"是指此地有杨柳树,所谓"怨"是抱怨杨柳树在春天在玉门关内长出了新叶,在关外却没有长出新叶。春天来临的一瞬间,杨柳树是最先报春长出新叶的。他们却译成 no willow(没有柳树)。

传说羌笛是秦汉之际游牧在西北高原的羌人所发明,故叫羌笛。竖着吹奏,两管发出同样的音高,音色清脆高亢,并带有悲凉、凄切之感。

译者把"羌笛"错译为"蒙古笛子(the Mongol flute)",是常识性错误。蒙古人的典型乐器是马头琴。"玉门关"是古代著名的关隘(Pass),是像山海关、居庸关一样著名的关口要塞,并不是珍贵价高的玉石门(the Gate of Jade)。若按照这个译法,"山海关"就应该翻译为 the Gate of Mountains and Seas。当然这是可笑的。

所以,翻译诗歌时若没有将深层的含义理解好,其表面意思也无法被合理地表达出来,那样的翻译就太随意了,浪费金钱和时间,不利于翻译界的名声。

现在,根据笔者的翻译理论和对于该诗的理解,笔者将该诗翻译如下:

A Song at Liangzhou

The Yellow River goes westward up to clouds;

A town is encircled by mountains high and far.

Singers mustn't scold that willows don't turn green,

For God won't send the wind across Yumen Pass.

我们对羌族已经很陌生了。因为 2008 年的四川汶川地震,我们才得知羌族人住在汶川。不过直译"羌笛"为 Qiang's flute,外国人仍然会读不懂 Qiang,因为 Qiang People(羌族人)不如 Han People(汉族)、Tibetan(藏族人)和 Mongol(蒙古族人)有名。笔者把"羌笛"的内涵简化为 singers,其基本意思仍然相同,又能让外国读者读懂。诗人在劝士兵别通过音乐抱怨皇恩不至,实则是以豁达的用词表达了对命运的一点点抱怨和自我安慰。

"凉州"是现在的甘肃省。有研究说,"凉州词"是唐朝时流行的一种叫《凉州词》的曲调名,不是标题,也有诗人喜欢这个曲调。除了王之涣为它填词之外,还有诗人王翰为《凉州词》填词曰:

> 葡萄美酒夜光杯,欲饮琵琶马上催。
> 醉卧沙场君莫笑,古来征战几人回。

诗人张籍也写道:

> 边城暮雨雁飞低,芦笋初生渐欲齐。
> 无数铃声遥过碛,应驮白练到安西。

这样一来,《凉州词》如何翻译呢?可以依据整首诗的内容来分别翻译。王翰和张籍的《凉州词》应有不同的译文。

对于王之涣的《凉州词》,可以将"词"理解为"歌词(song)",因此译为 *A Song at Liangzhou*。在笔者的译诗中,三层含义是怎样体现的呢? 表面意思是有的。诗的形式方面,笔者在每行使用了 11 个音节,并在 2、4 行中押了不规整的近似韵(far 和 pass)。至于内涵方面,笔者使用了 God(上苍)一词,就把该诗所包含的宿命论思想完全充分地表达了出来。

四、*Moon River* 的解析和译文对比研究

有一首著名的美国歌曲叫《月亮河》(*Moon River*),是电影《蒂凡尼的早餐》中的主题曲。该影片讲述女主人公寻找财富和爱情的艰难过程。优秀的歌词犹如诗歌,但比诗歌简单一些,却也出现了错译。笔者以此歌词的理解和翻译分析之。歌词如下:

Moon River

Moon river, wider than a mile.

I'm crossing you in style someday.

Oh, dream-maker, my heartbreaker,

Wherever you're goin',

I'm goin' your way.

Two drifters, off to see the world.

There's such a lot of world to see.

We're after the same rainbow's end,

Waitin' round the bend.

My Huckleberry friend,

Moon River and me.

　　《蒂凡尼的早餐》(*Breakfast at Tiffany's*)是根据杜鲁门·凯波特(Truman Capote)的同名畅销小说改编的。这首歌不同于小说中的歌曲,改编得相当有水平。

　　故事以纽约市为背景,描写了1961年的美国普通白人的曲折辛酸的生活追求。导演是布莱克·爱德华(Blake Edwards),主演是著名影星奥黛丽·赫本(Audrey Hepburn)。影片更以轻快的笔触描写了一个现代浪漫爱情故事,赫本的特殊造型装饰也尤其令人惊讶、称奇。

　　在影片中,赫本坐在防火梯上清唱《月亮河》,使之获得了1961年第34届奥斯卡最佳音乐(歌曲)和最佳音乐(剧情片与喜剧片配乐)两项奥斯卡奖。影片音乐同时获得了当年美国格莱美(Grammy Awards)最佳歌曲奖。通常译者会把歌词翻译如下:

匿名译者　译

月亮河

月亮河,宽不过一英里。

总有一天我会优雅地遇见你。

织梦的人啊,那伤心的人。

无论你将去何方,

　　我都会追随着你。

　　两个流浪的人想去看看这世界。
　　有如此广阔的世界让我们欣赏。
　　我们跟随同一道彩虹的末端。
　　在那弧线上彼此等候。
　　我那可爱的老朋友。
　　还有月亮河和我。

　　这个译文在社会上广为流传,人们不知其错。但它有三大缺点:

　　首先,优秀的歌词像诗一样具有诗意,其译文也应具有诗一样的特点,并接近于能够歌唱的水平。但是该译文的整体品质缺乏诗的特点,文字松散,还有严重错译,也不像歌词。

　　其次,译文有几处小错误。如:wider than a mile 不能译为"宽不过一英里"。I'm crossing you 不能译为"遇见你",you 是指"密西西比河",cross 的意思是"渡过(河)"。Waiting round the bend 不能译为"在那弧线上彼此等候",round 是介词,其意为"在……附近"。bend 是指彩虹。

　　再次,尤其不能原谅的错译是,My Huckleberry friend 被想当然地歪译为"我那可爱的老朋友"。Huckleberry 是美国伟大小说家马克·吐温(1835—1910)的最佳小说 *The Adventures of Huckleberry Finn* 中的主人公,他的全名叫 Huckleberry Finn(哈克贝利·芬),简称是 Huck Finn(哈克·芬)。马克·吐温被称为美国文学之父,是美国家喻户晓的大作家。因此,不懂这些文学常识的英语学习者是没有资格做翻译的。

　　白人小孩 Huck Finn 因不受酒鬼父亲的疼爱,于是离家出走,在密西西比河上漂流时,遇见了逃跑的成年黑奴 Jim。他保护着 Jim,两个人(two drifters)只得一块儿向下游、向南方漂流寻找自由。

　　当然在现实中,美国的南方是法律规定的蓄奴州。乘木筏漂流去南方将会置 Jim 于更危险的境地,最安全的地方是向北走到加拿大,当年就有地下铁路(Underground Railway)秘密运送逃奴北上去加拿大。但是他们无法、无力向北(上游)漂流。所以在小说中,结伴逃亡象征着追求自由的意思,重要的是,享受在河面上漂流的自由过程也是难能可贵的自由时刻。

这首歌词引入 Huckleberry,并采用 two drifters 一词,这就把 1961 年和 100 多年前的黑奴时代联系了起来,和《哈克贝利·芬历险记》联系了起来,它极大地加深了歌曲的历史、艺术深度和广度,亦加深了影片的历史、艺术深度和思想深度。其内在含义是,赫本扮演的白人姑娘感觉自己的生活差得像黑奴 Jim,从而渴望有个 Huckleberry 式的白人来帮助她。她努力脱贫,却一直没有成功。但是,赫本独唱的这首歌,因其内容的高雅而获得了邻居男青年作家的喜爱、支持。

美国黑人在南北内战(1861—1865)中得到了国家法律层面的彻底解放,但是真正的自由却迟迟未到。在 100 年后的 20 世纪 60 年代,就成了黑人最后争取人权的时代。他们大规模地举行游行示威,并最终取得了很大的成功。其中最典型的领袖是马丁·路德·金(Martin Luther King,1929—1968),还有黑人运动之母罗莎·帕克斯(Rosa Parks,1913—2005)。

人们可曾见到,也有贫穷的白人生活得像黑奴。这是多么令人震惊的故事! 哈克·芬是个全美都知道的小说人物,译者竟然不知道。所以,这个错译是非常严重的,它反映出译者的美国文学和历史常识很差,于是就大大降低了原作的艺术深度和深刻寓意。

因此,笔者将它翻译为:

月亮河

月亮河,河宽有三里,

渴望能够跨越你,

古老的织梦者啊,

让人心碎的老人河,

无论你流向何方,

我都愿意追随你。

两个流浪者,离家去看世界。

世界好广大值得去观赏,

同一个彩虹值得去追逐。

我们就在彩虹旁边等候,

我那哈克老朋友,

月亮河还有我啊。

在笔者的译文中,那些错误都得到了纠正。但是如果要达到能用汉语歌唱的话,仍需修改润色一下。

五、小结

如果翻译中国古文或年代久远的英文,翻译时需要将古文译成现代文,再把现代文翻译成标准译语,并根据文本的风格调整译文的语言风格。这个过程就叫做翻译,再翻译。

有人出版汉译英书籍,他们先安排中文人才将古文翻译成"白话文",或撰写"诗歌赏析"、做注释,然后由英语人才负责将"白话文"译成英语。这样做很省事,翻译速度很快。但是,如果译者没有认真钻研原文的意思就去翻译,也是没有做到"理解好"。这也是译文出错的原因之一。不管是哪种做法,只要译者没有从本质上对原文怀有深刻的文字和文化理解,其译文就必然是不能让人满意的。

所以,文学翻译是少数最能体现独创性的科研工作之一;它是集文学表达、翻译科研和求证阐释于一体的十分精细的精加工科研工作;它应是一座靠得住的桥梁,一座有价值的桥梁,一座有尊严的桥梁。

要让译文发挥好桥梁作用,译者一定要安静地、长年累月地博览群书。一方面,博览群书是扩展知识眼界、提高修养的唯一方法,它能使大脑接受不同思想的冲击,以培养出诚实、中立的品质和学者的气质;另一方面,这样的读书活动是很吃苦的,而智慧就只能在吃苦中产生出来。

第二编

英国文学的翻译研究

第一章

论深度解读原作和译文质量的关系

——以莎翁第 18 首十四行诗为例

一、引言

不知为何,莎翁的第 18 首十四行诗在国内颇为知名,翻译者甚多。但是,经典诗歌是经典文学中的精华,不是那么容易理解透彻的。所以英诗汉译时,不仅要遵守严谨的诗歌翻译原则,更重要的是要弄懂全诗之韵味和深刻的文化内涵,再根据中文的语言特点予以准确的翻译表达,从而让读者能够读懂、领悟其深刻内涵并能欣赏其诗歌之形体美和内容美。

在对该诗 7 种译文的对比研究中,笔者发现这首十四行诗的格律形式和深刻哲理内涵都被译者们忽略了,尤其是诗中关键部分的理解和翻译方面都不够理想。因为从本质上说,在诗歌翻译的原则方面,译者们都没有予以重视和坚守。

一般认为,莎翁并未获得完整的小学教育,但他却在演戏和戏剧写作的闲暇时间撰写了 154 首非凡的十四行诗,这是其他专业英国诗人都无法做到的诗创业绩。梁实秋说:"可能是从一五九五年起一直到伊利沙白王朝的末尾陆续写作的。"①莎翁最初是 1609 年在以诗集的形式将自己的诗作予以出版,总共154 首;而莎翁于罢笔 4 年后的 1616 年才去世,这位绝世文豪放弃了撰写自传的机会。

这种诗是要求最为严格的英语格律诗,相当于唐朝的绝句和律诗,当然它

---

① 梁实秋.英国文学史(第 1 卷)[M].北京:新星出版社,2011:317.

要长很多,表达的寓意也丰满很多。在非常严格的押韵、音节数量、音步、抑扬或扬抑格的要求之下,他还能写下如此之多的优质十四行诗,在英国文学史上只此一人,这完全得益于他个人具有的无限文学天赋。但是,他的诗作形式有点不同于意大利的十四行诗,从而形成了独树一帜的莎翁式十四行诗体。

二、诗作结构分析

(一)十四行诗的结构分析

该诗体原叫 sonnet,来自于拉丁语 sonus。过去有人根据发音译作"商籁体",现通译为"十四行诗",因为每首诗都是由 14 个诗行构成的一个诗段,每首诗也都是一篇独立的小文章。

全诗的外在结构上只有一个诗段,但可根据内在意义上的联系分成二至四个意义群。它的诞生地是在文艺复兴时期的意大利,其内在分段为两段,前 8 行为一段,后 6 行为一段,即所谓的"前 8 后 6"。押韵形式分为两种,其一为 abba abba cdcdcd,其二为 abba abba cdecde。其写作意图为,在前 8 行展开思想,在后 6 行开始收尾。

意大利是文艺复兴运动的发源地,是新思想的摇篮。那里也是最早产生基督教运动的地方,有第一个承认基督教合法存在的罗马帝国,有教皇,有世界上最宏大的圣彼得教堂。然而,其文学贡献和文学地位却远逊于它遥远的学生——英国。

文艺复兴运动大约起源于意大利诗人但丁(1265—1321)所生活的时代,结束于英国剧作家莎士比亚(1564—1616)去世的时代,从开始到结束长达 300 余年。它在意大利历时 300 余年,但在英国只历时 200 余年。后来的历史却证明:文艺复兴运动起源于意大利,其人文思想的普及却成功于英国。

十四行诗是一个成功的承继。当这种诗体形式传到英国之时,有几个著名诗人都愿意尝试这种新形式。如斯宾塞(1552—1599)、锡德尼(1554—1586)、弥尔顿(1608—1674)、雪莱(1792—1822)和济慈(1795—1821)等。他们都创作了自己所喜欢的十四行诗的押韵形式,但是缺点也不少,从形式到内容都比较稚嫩。它们既不同于意大利体,也不同于莎翁体,由于没有创新,数量小,从而影响面很小。

可是,莎士比亚却能够对此种诗体进行完美的更新完善,使其焕发出了青春的活力。莎翁把他所有的十四行诗都赋予了创新的思路。他把诗内的语义分为4段,前三段中每段为四个诗行,最后一段是两个诗行,即按"4 4 4 2"的方式分成4个小段。其韵式更改为 abab cdcd efef gg,这样就颇为整齐美观。

由于莎翁的诗作数量很大,且水平很高很成熟,其创新形式便成为标准的英式十四行诗的突出代表。他在第一小段开个头,在第二小段展开思想,在第三小段升华思想,使其达到最高潮,而在第四小段只用两行进行收尾。如此一来,一首短短的小诗,其表现力和容量就会扩大很多。这样的谋篇布局就像是一篇构思完整而奇妙的文章,经过奇妙的"起、承、转、合",层层递进和收尾,使得内涵更为丰富,结尾却更为简洁、明快而迅速。

(二)原诗的结构分析

不知为何,这第18首诗颇受中国编书者和译者的喜爱,使得它频频出现在课本和译本之中。本文专门解剖该诗的哲理寓意,剖析8种译文的质量,其主要目的是由此进一步探讨英诗的翻译原则,以便能够为译文质量的提升献计献策。

笔者对每个诗行都根据音步规律画了竖线。它的每行是10个音节,分为5个音步,遵循抑扬格,即在一个音步之内有两个音节,第1个音节读轻音,叫"抑",标号为"⌣";第2个音节读重音,叫"扬",标号为"′"。它是标准的"五音步抑扬格"。但在第2诗行的第5个音步,它不符合抑扬格,是一个例外,这个别例外是容许的。其轻重读音的标号情况,请见第一诗行,其他诗行以此类推。

原诗、韵式、轻重格、音步如下:

18

　⌣　′　⌣　′　⌣　′　⌣　′　　⌣　′
Shall I | compare | thee to | a sum | mer's day?　　　　　a

Thou art | more love | ly and | more tem | perate:　　　　b

Rough winds | do shake | the dar | ling buds | of May,　　a

And sum | mer's lease | hath all | too short | a date.　　　b

Sometimes | too hot | the eye | of hea | ven shines,　　　c

And of | ten is | his gold | comple | xion dimmed,　　　　d

And eve | ry fair | from fair | sometime | declines,　　　c

By chance|or na|ture's chang|ing course|untrimmed；　　　　d

But thy|eter|nal sum|mer shall|not fade　　　　　　　　　e

Nor lose|posses|sion of|that fair|thou ow'st；　　　　　　f

Nor shall|death brag|thou wan|der'st in|his shade　　　　e

When in|eter|nal lines|to time|thou grow'st：　　　　　　f

　So long|as men|can breathe|or eyes|can see，　　　　g

　So long|lives this，|and this|gives life|to thee. ①　　g

(三)版本考证

笔者手中有九本书收录了该诗。编者依次为孙梁、陈嘉、李正栓、吴伟仁、程雪猛、蒲度戎、辜正坤、屠岸。详情如下：

①孙梁编选《英美名诗一百首》,孙梁译,该诗在第 44 页。

②陈嘉编《英国文学作品选读》,第 1 册,该诗在第 75 页。

③李正栓等编《英美诗歌教程》,屠岸译,该诗在第 18 页。

④吴伟仁编《英国文学史及选读》(英文版),第 1 册,该诗在第 118 页。

⑤吴伟仁,印冰编著《英国文学史及选读学习指南》(中文版),第 1 册,屠岸译,该诗在第 113—114 页。

⑥程雪猛等编《英语爱情诗歌精粹》,屠岸译,该诗在第 46—47 页。

⑦蒲度戎等编《英美诗歌选读》,蒲度戎译,该诗在第 6—7 页。

⑧辜正坤译《莎士比亚十四行诗》,辜正坤译,该诗在第 36—37 页。

⑨屠岸,章燕选编《英语诗歌精选读本》,屠岸译,该诗在第 10—11 页。

选本中所出现的差异如下：

(1)最后两行的排版不同,有两种排法：①全都向左对齐排版。②向右后退三个字母排版。

(2)有几个单词的拼写不同。①陈嘉写成 dimm'd 和 untrimm'd,其他人写成 dimmed 和 untrimmed。②孙梁和程雪猛写成 owest 和 growest,其他人则写成 ow'st 和 grow'st。③陈嘉写成 wand'rest,其他人则写成 wander'st。

奇怪的是原诗的拼写,没有两个人收录的诗是完全相同的拼写。笔者根据

---

① 莎士比亚.莎士比亚十四行诗[M].辜正坤,译.北京：中国对外翻译出版公司,2008：36.

辜正坤的译本收录了该诗的英文版。译者翻译时所依据的版本甚为重要,需要注明,也不能改写原文。

(3)陈嘉写成 wand'rest,可能是排版错误。另外,他把第 12 行全部漏掉了,也应该是排版错误。

(四)释注的重要性

本着有利于非英语国家的译者去学习、理解和翻译这些古代英诗的初衷,本着有利于非英语国家的读者去理解译文的目的,释注工作最应该先由英国专家做好,译者在翻译时应如实翻译原版注释。

为了译好这首诗,译者需尽可能多地查阅注释以帮助理解。而本着诚实翻译的心态,译文的后面也应该把注释都收录进去。译者们都做了少量注释,但看不出是由外国人所作还是由编者(译者)所作。译者应标明注释是何人所作,是"原版注",还是"译者注"。这必然是汉英交叉叙述的注释。当然,如果译者不同意原版注释,也应翻译出来,并讲明自己的理解。

笔者现在释注如下:

(1)dimm'd = dimmed(暗淡);untrimm'd = untrimmed(不被改变的);

　　ow'st = ownest(= own);grow'st = growest(= grow);

　　wander'st = wanderest(= wander:徘徊,游荡)

(2)thee = you(你[宾格]);thou art = you are;hath = has

(3)date = a limited period of time(一段时期)

(4)sometime = sometimes = now and then = from time to time(有时)

(5)the eye of heaven = the sun(太阳)

(6)every fair from fair = every beautiful person or thing(美中之美的人或事物)

(7)chance = fortune(机运)

(8)untrimm'd = not stripped of beauty;trim = change or reduce 此行因音节数的限制,省略了 thou art(you are)。所以,untrimm'd 之意为 you are not changed。

(9)By chance or nature's changing course:结合注释(8),这行诗就可用更明白的句子改写为:"Either by fortune,or by the normal course of change in the natural world,you(beauty,truth,and eternal spirit)cannot be changed."

(10)complexion = appearance in the face(容颜)

(11)Nor shall death brag thou wander'st in his shade:Nor shall God of Death boast that you roam about in his darkness. You will not fall down under the threat of Death.

(12) this = this poem.

三、诗意分析

译文的质量首先取决于译者对原作的理解深度。在程雪猛的书里,这首诗被归纳为爱情诗,梁实秋和辜正坤亦认为此诗属于爱情诗。程雪猛还设标题为"能不能让我来把你比作夏日",这都是极大的误解和错解。

莎翁的154首诗都只有编号,没有标题,因此译者也不能自作主张添加标题。该诗本质上表达的是对"你"的"爱",而非"爱情"。"爱"和"爱情"是绝对不一样的情感,天才莎翁是完全能够分清"爱"和"爱情"的细微差别的。可是,有人一看见"爱",就立马错误地认为这是爱情诗,于是,错误地将其编入英美爱情诗歌选集中。读者就会想了,莎翁爱的是谁?诗中看不出男女,莎翁是不是同性恋?这就完全想歪了,是以自己的低级理解贬低了莎翁。

那么,莎翁爱的是什么呢?那个东西很温和,很美丽,比英国温暖的夏季都好,连死神都奈何不了它,因此,只有永恒的东西才会是这个样子。诗人说,只要地球还存在,就必有人阅读此诗;于是,"你"就存在着,"你"就复活了。倘若地球不存在了,人类不存在了,"你"也就不存在了。然而,莎翁预言说,地球永存,人类永存,此诗也随着永存。哪有"爱情"会如此永恒呢?永恒的东西只在美好的精神世界里,它是无私的、神性的那一面。

对于莎翁这类"圣人型"人物而言,他必会把人间的一切(包括人)都看得很淡,像此诗中的那般永恒之"爱"是不可能奉献给一个人的。他愿意颂扬的东西只能是高于常人层次的东西,那就是指精神境界里的神性。

仅仅是诗的永存没有太大的意义,它指的是诗的内涵。诗的内涵也没有明说,它怎能永存呢?进一步分析之后笔者发现,它指的就是诗人自己的作品所表达的内涵、思想、对人性的理解和道德等,像是自我评价和自我炫耀。莎翁的那些剧作中所表达的"善良的人文思想"统统都是超越了别人。它们很高深、很有用、很值得品味再三、很值得世世代代反复学习、反复研究。它们浓缩了莎翁一生的体会、正反教训,以及对于英国文化上的巨大贡献。

这个精神境界不在此诗中表达,它表现在所有其他剧作、诗作之中,莎翁只是用该诗暗示一下自己作品的价值和自我评价。莎翁的思想包括在《罗密欧与朱丽叶》中所表现的纯真爱情和对悲剧的同情,包括在《李尔王》中所表现的对人生俗世的透彻反思,包括在《奥塞罗》中所表现的勇于承担责任的胸怀,包括在《威尼斯商人》中所表现的对女性的尊敬和赞颂,也包括在《哈姆雷特》中所表现的理性思考和对坏人的迅速惩罚,等等。

莎翁的伟大并不是个偶然事件。莎翁用这首诗暗示自己的作品会永恒,作家本人亦会永恒。莎翁停止撰写戏剧之后 4 年才去世,他有足够的时间写完自传,但是,自传就不用写了。作者在世时就必然清楚知道他的杰出贡献和崇高地位,他认为思想和真理才是最重要的。后人若想推崇、崇拜什么,那就崇拜像莎翁作品所展示的崇高思想和真理吧。

所以说,只要人类还存在,人类就必然需要阅读、学习莎翁的作品。只有人类阅读莎翁的作品,莎翁就活着! 这就是伟人存在的价值和生命观,他超越了时空、国界、宗教、党派和种族!

四、译文质量的对比研究

我们需要进一步攀登文学艺术的高峰,在理解中翻译,在翻译中理解。

1.关于这首诗,笔者收录有 7 种译文,在此进行认真的比较研究。

至于如何表达好原作的思想,还是有一个深度理解和翻译原则的问题,还是要回到诗歌的理解上面:要理解好诗歌的表面结构、表面意思和内在含义(诗魂);尤其要理解好诗魂,然后将诗魂准确明白地翻译出来。如前所述,诗歌译文走偏的根本原因,是译者根本错了原诗的诗魂。译者只是翻译了原诗最表面的意思,并且将原诗的格律结构也错误地、轻率地改成了自由体。

首先,这 7 种译文全部都是自由体形式,这是笔者不能苟同的,译者应该努力译成仿汉语格律诗的形式。因为这样的自由体,使译诗丧失了原格律诗中的押韵、节奏、紧凑和乐感;中译文读起来平淡和松散,缺乏诗味所需要的节奏和凝炼。这是译者往往忽视的重要问题。

其次,本章的重点是评点这些自由体译文中所反映的理解和中文表达问题,主要是理解不到位、翻译表达不到位的问题。

屠岸先生有个旧版译文,收录在 1988 年 10 月由上海译文出版社出版的《莎士比亚十四行诗集》第 36 页。后又收录在程雪猛①、李正栓②和吴伟仁③的书中。屠岸的新版译文收录在他自己选编的书中④,这两个版本中重复的字句很多,他只是改动了少量的地方,并没有做根本的修改。本来相隔很久之后再翻译,译者就应该有更新、更好的体会,而这个体会就必然会反映在高质量的新版译文之中。思想提高了,理解提高了,必然会对旧版本做些重大修改,遗憾的是,屠岸先生没有这样做。

2. 现将包括笔者译文在内的 8 种译文分别对比排列如下,并将值得注意的汉字或诗句用黑字体的方式标识出来。

屠岸的新旧译文及韵式,因新译文重复太多,此处省略黑体字排版。

屠岸的旧译文	屠岸的新译文
18	18
能不能让我来把你比作夏日?	我能否把你比作夏季的一天?　　a
你可是更加温和,更加可爱;　　a	你可是更加可爱,更加温婉;　　a
狂风会吹落五月里开放的好花儿,	狂风会吹乱五月的娇花嫩瓣,　　a
夏季的生命又未免结束得太快:a	夏季出租的日期又未免太短:　　a
有时侯苍天的巨眼照得太灼热,	有时侯苍天的巨眼照得太灼热,
他那金彩的脸色也会被遮暗;	他金光闪耀的圣颜也会被遮暗;　a
每一样美啊,总会离开美而凋落,	每一样美啊,总会失去美而凋落,
被时机或者自然的代谢所摧残;	被时机或者自然的代谢所摧残;　a
但是你永久的夏天决不会凋枯,	但是你永久的夏天决不会凋枯
你永远不会失去你美的仪态;　a	你永远不会丧失你美的形象;
死神不敢夸口你在他影子里踯躅,	死神夸不着你在他影子里踯躅,
你将在不朽的诗中与时间同在;a	你将在不朽的诗中与时间同长;
只要人类在呼吸,眼睛看得见,	只要人类在呼吸,眼睛看得见,　　a
我这诗就活着,使你的生命绵延。	我这诗就活着,使你的生命绵延。a

①　程雪猛.英语爱情诗歌精粹[M].武汉:武汉大学出版社,2000:47.
②　李正栓,吴晓梅.英美诗歌教程[M].北京:清华大学出版社,2004:18.
③　吴伟仁,印冰.英国文学史及选读学习指南[M].北京:中央民族大学出版社,2002:117—118.
④　屠岸,章燕.英语诗歌精选读本[M].屠岸,译.北京:中国国际广播出版社,2007:11.

点评:旧译文外表看起来比较工整,有的诗行稍长,看起来还像是一首汉语诗歌,诗意理解得比较准确。可中文句子不够浓缩,读起来像是散文式句子,不讲究押韵,如后两行"只要人类在呼吸,眼睛看得见,/我这诗就活着,使你的生命绵延"。而"夏季的生命又未免结束得太快"更是译成了口头语。

新译文收录在 2007 年 4 月出版的《英语诗歌精选读本》第 11 页,修改的特点是尽量给自由体译文押上韵,这是文学翻译界的奇怪风气,不可取。那些加黑字体是两个版本中重复的字句。经过以上表格中的对比,我们发现他只是改动了少量的地方,译文的本质内容没有得到根本的改动。

笔者觉得屠岸先生应该充分利用增长了的知识和诗歌的翻译经验,在旧版本上面做一个大调整,使译作旧貌换新颜。

梁实秋和梁宗岱的译文及韵式:

梁实秋的译文①		梁宗岱的译文②	
一八		十八	
我可能把你和夏天相比拟?	a	我怎么能够来把你比作夏天?	a
你比夏天更可爱更温和:	b	你不独比它可爱也比它温婉:	a
狂风会把五月的花苞**吹落地**,	a	狂风把五月**宠爱**的嫩蕊**作践**,	a
夏天也嫌太短促,匆匆而过:	c	夏天租赁的期限又未免太短:	a
有时太阳照得太热,	b	天上的眼睛有时照得太酷烈,	
常常又遮暗他的金色的脸;	d	它那炳耀的金颜又常遭掩蔽:	
美的事物**总不免要**凋落,	c	被机缘或无常的天道所摧折,	
偶然的,或是随着自然变化而流转。	d	没有芳艳**不终于**凋残或销毁。	
但是你的永恒之夏不会褪色,	b	但是你的长夏永远不会凋落,	
你不会失去你的俊美的仪容;	e	也不会损失你这皎洁的红芳,	
死神不能夸说你在他的阴影里面走着,	c	**或死神夸口你在他影里漂泊**,	
如果你在这不朽的诗句里获得了永生;	e	当你在不朽的诗里与时同长。	
只要人们能呼吸,眼睛能看东西,	a	只要一天有人类,或人有眼睛,	
此诗就会不朽,使你永久生存下去。	f	这诗将长存,并且赐给你生命。	

---

① 莎士比亚.莎士比亚全集(第 10 集)[M].梁实秋,译.北京:中国广播电视出版社,1995:337

② 莎士比亚.莎士比亚全集(第 6 卷)[M].梁宗岱,译.北京:人民文学出版社,1994:542.

点评:梁实秋先生翻译了莎士比亚的所有剧作和所有十四行诗,第18首十四行诗收录在梁实秋版《莎士比亚全集》第十集之第337页。梁先生的汉语表达简洁流畅,但是又不太像是汉语诗歌。其译文是自由体,他却努力地让它押了很多韵。其韵式(包含全韵和近似韵)是 abac bdcd bece af。

当然,以梁实秋的地位,他很早就在翻译莎翁的全集,是两个译介莎翁的华人先驱之一,据说他把莎翁全集翻译了两遍。另一个先驱是朱生豪。

其译文具有独树一帜的作用,他老先生可以尝试一次,但其他人的模仿就涉嫌抄袭了。他不理睬汉字的字数,而是把格律诗的重点放在模仿原作的韵式上面。他是在努力用莎翁的押韵规则来规制汉译自由体诗,主要是隔行押韵,但整体上也没做成功,这个韵式让汉语读者难以习惯。当然,翻译不同于创作。创作格律诗时,可以想办法修改成押韵的汉字。翻译时却时时受到原诗的约束,很难找到可以押韵的汉字。那么,把英语格律诗译成仿汉语格律诗时,只有放弃押韵的尝试了。

梁实秋又加注释说:"诗人率直表示了爱慕之情,以诗篇使他的朋友名垂于永久。"①这句评语让人感到失望了。

译文质量反映了译者对于原作的理解深度,这种深度最终决定着译文的质量。梁先生是唯一翻译完莎翁全集的华人,是莎翁研究专家,他对莎翁的理解应该是很完满的,但还是有理解不到位的情况。比如,笔者难以同意他把此诗看作是爱情诗的观点。笔者认为,主要原因是梁先生没有研究基督教哲学,对于基督教徒的生死观不甚了解。

梁宗岱翻译了莎翁所有的十四行诗,其第18首十四行诗收录在大陆版《莎士比亚全集》第六集中之第542页。

其译文看起来是最工整的,其句子结构及诗意也比较紧凑,没有讲究押韵,前四行的押韵可能是一个偶然,接近于仿汉语格律诗,却不该在最后两个诗行内写了两个多余的逗号。当然,仿汉语格律诗并不等于每行字数相等,它还应该包括每个诗行内应有的节奏感和意义更为浓缩的汉字。

在梁宗岱的译文中,还有些词语偏离了原意,如,"嫩蕊""炳耀"和"红芳"。

---

① 莎士比亚.莎士比亚全集(第10集)[M].梁实秋,译.北京:中国广播电视出版社,1995:434.

而且,第 1 行译为:"我怎么能够来把你比作夏天?"这是很别扭、很口语化的。

另外,"或死神夸口你在他影里漂泊,/当你在不朽的诗里与时同长"这两个诗行也不符合汉语的表达顺序,翻译时应打破原诗的诗句顺序,用符合汉语语法的语句写成:"当你在不朽的诗里与时同长,/死神也不能夸口你在他影里漂泊。"

孙梁和蒲度戎的译文及韵式:

孙梁的译文①		蒲度戎的译文②
十八		18
能否把你比做夏日**璀璨**?	a	我能否把你同夏日相比?
你却比炎夏更可爱温存:	b	你啊是更加温柔美丽。
狂风**摧残**五月花蕊**娇妍**,	a	五月会有狂风**吹落花朵**,
夏季匆匆离去毫不停顿。	b	**整个夏季又匆匆而过**;
苍天明眸有时过于灼热,	c	有时天上的太阳分外酷热,
金色脸容往往蒙上阴翳,	d	那灿烂的容颜又常常被遮;
一切优美形象不免褪色,	c	每一种美啊到时终究凋枯,
偶然摧折或自然地老去。	d	**时间剥掉它华丽的装束**;
而你如仲夏繁茂不凋谢,	e	但是,**你的长夏永在**,
秀雅风姿将永远翩翩;	f	你永远拥有你的芳颜,
死神**无法逼你气息奄奄**,	f	死神不敢夸口能将你捉走,
你将永生在不朽诗篇。	f	穿过悠悠岁月,你在诗中不朽。
只要人能呼吸眼不盲,	g	**只要人能呼吸,眼睛不失明**,
这诗和你将千秋流芳。	g	**我的诗就流传,赐予你永生**。

点评:表面看来,这两个译文似乎都没有太大的问题,但是别人存在的问题,也是这里的问题,最不合适的地方见黑字体。蒲度戎不讲究押韵,是完全的自由体。

孙梁(1925—1990)将最后两行译得很不错,整体上的语言还颇有诗意,水

---

① 孙梁.英美名诗一百首[M].北京:中国对外翻译出版公司,1987:45.

② 蒲度戎,彭晓华.英美诗歌选读[M].蒲度戎,译.重庆:重庆大学出版社,2000:6—7.

平颇高。他在尽力译成仿汉语古诗的形式,其韵式却是在模仿莎翁,他是 abab cdcd efff gg。

他极力模仿莎翁韵式,差一个韵就完胜了。最失败的句子是"死神无法逼你气息奄奄"。多了一个汉字"奄",否则全诗就是仿汉语格律体了。另外,本句没押上 e 韵,否则就是最完美地模仿了莎翁韵式;汉诗是 1、3 行不论,2、4 行押韵。莎翁韵式却只是在第 2、4 行押韵方面符合汉诗。但是,让汉译诗歌迎合莎翁的韵式,这是非常不合适的。译诗的本质不在这里,不如多下功夫钻研诗歌的深刻内涵所在。

最后,这行诗的意思实际上是理解错了、翻译错了,它不是"气息奄奄",而是被死神(阎王爷、冥王)控制和带走(指"肉身死亡")之意。

辜正坤和笔者的译文及韵式:

辜正坤的译文
18

或许我可用夏日将你作比方,　　　　a
但你比夏日更可爱也更温良。　　　　a
夏风狂作常会摧落五月的娇蕊,
夏季的期限也未免还不太长。　　　　a
有时侯天眼如炬人间酷热难当,　　　a
但转瞬又金面如晦常惹云遮雾障。　　a
每一种美都终究会凋残零落,
或见弃于机缘,或受挫于天道无常。　a
然而你永恒的夏季却不会终止,
你优美的形象也永远不会消亡,　　　a
死神难夸口说你在它的罗网中游荡,　a
只因你借我的诗行便可**长寿无疆。**　a
只要人口能呼吸,人眼看得清,
我这诗就长存,使你万世流芳。　　　a

笔者的译文
第18首

我愿将你比作温暖之夏,
你却比它更可爱更温和。
狂风摇动着五月的花蕾,
夏季之美显得转瞬片刻。
太阳的光亮有时太炎热,
金色的光芒有时被遮挡。
美中之最美仍然会衰亡,
自然变化无法将你改变。
你的永恒之夏永不消逝,
你的永恒之美永不凋谢。
死神之爪只能将你放生,
在永恒诗句中你获永生。
人类若存在必然读此诗,
你的生命链与它同长寿。

点评:笔者也翻译了这首诗,以供读者对照、参阅。

在辜正坤的自由体译文中,他也像梁实秋一样很重视押韵。他认真地选用了 10 个汉字来押韵。其押韵形式是"方、良、(蕊)、长、当、障、(落)、常、(止)、亡、荡、疆、(清)、芳"。由此可见,辜先生在这方面是下了很大的功夫,超过了梁实秋。押韵只有一点点不规整,他通过 10 次同韵脚强调诗的乐感,试图通过"一韵到底"①的方式让中国读者感觉是在阅读中国诗。辜正坤解释说:"这种韵似乎行行都在提醒读者:这是诗。"②此言差矣!

他是在模仿梁实秋,仍是忽视每行汉字数或英语单词音节数的一致性,只是强调重视韵脚而已,从而将英文中最严格、最好的格律诗译成了中文自由体诗,还配上不理想的韵。表面上,"一韵到底"是重视中国诗,是在努力把英诗归化为中国诗,实际上却是歪曲了英诗和汉诗,并通过给自由体加上韵律而表示了要把汉语诗弄成非驴非马的状态,因为英汉格律诗都不是"一韵到底"的,更是因为诗歌的创作规律和诗歌形式是由自古至今的无数诗人所确定的,而不是由译者确定的。

我们也知道,押韵只是诗歌的表面价值之一,它不是诗歌的重点价值和全部价值;诗的重点价值是在诗的寓意和境界中,不是在诗的押韵上面。押韵可以造成音乐美和歌唱的效果,这只是一种古代的装饰品;现代读者更重视诗作的寓意、超然、高远、广度、深度和境界美。

辜先生既然下功夫翻译了莎翁全部 154 首十四行诗和这首诗的 10 次押韵,他又为何不下功夫直接将它译成中文格律诗呢? 很多人翻译英诗时,都是将英语格律诗译成了中文自由体,从而大大降低了原诗的形体(表面)价值。

依照仿汉语格律诗的特点来翻译英诗,这不仅仅要求每行字数的一致性,更是要求译文语言要有浓缩、紧凑、有力度、有张力、有节奏的特点。因此,在格律诗和在自由体诗中所用的词汇是不同的,诗歌寓意和美感的指向性也是不同的,参见 T. S. 艾略特的自由体诗作。相同字数的散乱排列也不是格律诗。而在自由体诗中采用押韵的方式,又违背了自由体诗的写作规律。这是画蛇添足或者说是南辕北辙之举。

另外,辜先生还犯了一个常识性错误:他将 Rough winds do shake the darling buds of May,错译为"夏风狂作常会摧落五月的娇蕊"。其重要的、特殊的错译有以下 5 点。

---

① 莎士比亚.莎士比亚十四行诗[M].辜正坤,译.北京:中国对外翻译出版公司,2008:10.
② 莎士比亚.莎士比亚十四行诗[M].辜正坤,译.北京:中国对外翻译出版公司,2008:7.

（1）原句中没有"夏"和"摧落"之意，只有"摇动"（shake）。如果认为第一行是"Shall I compare thee to a summer's day?"，就将其以下文字都看成是夏天，则是望文生义了。

（2）译者错以为在英国的 5 月属于夏季。不管英国的四季如何划分，英国的 5 月都只能划为"春季"而不是"冬季"或"夏季"。以英国所在的纬度，在 5 月，它没有春季的暖风，只有寒冷的"狂风"（rough winds），诗中是 wind，而不是"台风"（typhoon）或"飓风"（hurricane），wind 是不会"摧落"紧贴树枝的花蕾的。中国的 5 月是鲜花盛开，英国的 5 月却只有"花蕾"，这很合乎英国的气候情况。随着时间的推移，当中国开始花落之时，英国才开始开花。

因此，英国的夏季是最好的季节，基本上是春天的温度。植物是否开花是因为上天给的温度，而非因为人类划分的季节。所以应依据此时人们能够理解和接受的常识去翻译就可以了，而考证莎翁时代的 5 月是属于春季还是夏季则是多此一举、画蛇添足。于是，诗人就将他非常喜欢的"你"比作温暖如春的夏季，这是在赞扬"你"的美好。另外，在遍地开花的夏季，怎么可能是"温暖的夏季风"变成了"夏风狂作"而"摧落"了"五月的娇蕊"？难道夏季风能够跨越时空，吹进 5 月？值得一提的是，所有其他译者都没有"夏风"二字。

如果有人认为，在 400 多年前的莎翁时代，英国把 5 月定为夏季，那么，其一，此事难以核实；其二，原诗没有"夏"字，译者不能生硬地生出一个关键的"夏"字而招惹是非。译者需准确理解"增词法"和"省略法"，可以增加和省略的词语是属于意义上的可有可无，而非增加和省略那些会改变语义的关键词语。

（3）辜先生的"长寿无疆"让人联想到"文革"中常提的"万寿无疆"。写诗贵在词语创新，译诗也贵在词语创新，不宜使用中国的特色词汇。

（4）辜先生的"人口能呼吸"，这违背常识。"口"可以呼吸，但不宜说人类是用"口"来呼吸的。

（5）辜先生把格律诗译成自由体，这是小遗憾。但是，他给自由体译文认真地增添了押韵。这是严重的画蛇添足，违背了诗歌写作的常识。

更加令人遗憾的情况是，辜译本只是孤零零地收录原诗和他的中译文，没有任何注释、分析和评注，这是明显的不足之处。屠岸先生在 1988 年 10 月于上海译文出版社出版的《莎士比亚十四行诗集》中，为每首译诗都增加了"译解",包含分析和注释。屠先生在"译解"中说,第18首是写给"爱友"的诗。他理解为"爱友诗",这种理解超过了"爱情诗"。

　　笔者认为,译者应在每首英文诗的下方添加足够多的英文注释,并附带汉语解释;应对每首英诗进行简明扼要的背景分析和诗意总结;努力将英语格律诗翻译成"仿汉语格律诗"的形式;在汉译文的下面,还要增添必要的解说。这样一来,文学翻译就进入了一种科研的状态。

五、总结

(一)评点

　　众位译者除了把这首格律诗统统错译成自由体之外,对该诗的理解和翻译表达方面还有两个最重要的要点,译者都失手了。

　　一是将第4行中的 do shake(摇动)错译成了"吹落"(屠岸旧译作)、"吹乱"(屠岸新译作)、"吹落地"(梁实秋)、"作践"(梁宗岱)、"摧残"(孙梁)、"吹落"(蒲度戎)、"摧落"(辜正坤)。这不仅混淆了英国的季节,尤其是弄错了 shake 的本意,错解了 shake 和 bud 的关系,是 shake buds,而不是 shake flowers。

　　二是多数译者将最后两行诗译成了过于直白、简单的散文句,现在统一列表如下:

表1

屠岸 (旧译文)	只要人类在呼吸,眼睛看得见, 我这诗就活着,使你的生命绵延。	屠岸 (新译文)	只要人类在呼吸,眼睛看得见, 我这诗就活着,使你的生命绵延。
孙梁	只要人能呼吸眼不盲, 这诗和你将千秋流芳。	梁宗岱	只要一天有人类,或人有眼睛, 这诗将长存,并且赐给你生命。
梁实秋	只要人们能呼吸,眼睛能看东西, 此诗就会不朽,使你永久生存下去。	蒲度戎	只要人能呼吸,眼睛不失明, 我的诗就流传,赐予你永生。
辜正坤	只要人口能呼吸,人眼看得清, 我这诗就长存,使你万世流芳。	罗长斌	人类若存在必然读此诗, 你的生命链与它同长寿。

　　显然,照着原诗句的表面意思去翻译,就缺乏诗意所需的浓缩、紧凑、节奏、乐感、柔性、弹性和含蓄。如果依照"仿汉语格律诗"的要求来翻译,用词用语都要有格律诗的标准;同时译者依照原作的深刻内涵来行文用字,其翻译的

自由度反而会大大增加。

表面看来，这些译文似乎都没有太明显的问题。但问题在于，译文质量的优劣是在于将它和原文相比时，和原文内涵的近似度有多大（辜正坤的观点）；还有，诗歌的各项翻译原则都需要遵守，不能任性。我们应该同意和支持辜先生的观点，即越是近似于原文的内涵和结构，其译文的质量就越高；越是游离于原文的内涵和结构，其译文质量就越差。

因此，笔者认为，以上7种译文都值得学习，但仍有修改的空间。在诗意的表达方面，他们都太过于直译和轻率了；原诗的外在美（格律）方面，是最应该"直译"的，却没有"直译"出来；原诗的内涵方面，大抵都是按照爱情诗来处理文字的，这就容易走偏了；可惜的是，译者们都把"永恒之物"错解为"爱情"，而爱情是一种短暂的情感，不是永恒的。

值得赞誉的是，在所有译文中，笔者没有发现互相抄袭的痕迹。翻译质量虽有差异，有人翻译时认真一些，有人翻译时比较随意、潦草，但都来自于他们自己的心得和劳动。这说明，面对同一个文本，有版权意识的译者必写出不同的译文，这也是汉字的活力之所在。

（二）现在，笔者也将它翻译为汉语，并遵循了以下原则

（1）原诗的每行是10个音节，笔者就在每行使用10个汉字来翻译，因为一个汉字是一个音节。

（2）原诗的押韵要求，笔者尽可能地模拟，但不强求，最后的结果是没有押韵。那么，没有押韵的格律诗还是格律诗吗？这是翻译，是再创作，不是写作，翻译时必然有损失；译者只能是模拟一点典型的格律形式，不是模拟所有形式；笔者认为，外形的整齐和词语的节奏、浓缩的重要性超过押韵。

（3）汉语的表达方面，其语义尽可能地紧凑，其表面意思和内涵（对美好之爱和对真理之爱的主题）都能够表达出来。

当然，我们不能要求任何译者翻译所有154首十四行诗时都不会出错。但是，这第18首却非同小可。因为在很多的中国版英国文学教材中，编者都喜欢收录这首诗，它的知名度极高。在这种情况下，任何译者都应该把它作为重点翻译目标。若如此，翻译时就不会出现失误。

若按照自由体的形式翻译，因不受任何字数限制，表达很自由，译者的重点当然就应该是完全准确地表达诗人的内涵（诗魂），完全不应考虑押韵的规则。

但是对于莎翁的这些诗作,笔者非常倾向于使用"仿汉语格律诗"的形式来翻译。当然,也只能是采用中文格律诗的部分规则,绝对不能用五言或七言的绝句、律诗、平仄形式,那样做是一条绝路。《琵琶行》等唐诗值得参考。

如原诗的每行只有 10 个音节,共有 14 行。那么,译文中的每行也应使用 10 个左右的汉字,从头到尾都是一样的汉字数量,共有 14 行。能押韵则押韵,不能押韵就不押韵。关键点有两条:一是每行的汉字数相等,但不是随意的汉字数量,要有节奏感;我们应该知道,对于较长的英语诗行,只有够多的汉字才能足够表达其意。二是尽量用古诗词的语言来进行表达,要精炼,要浓缩,要尽量讲究节奏和对仗,以呈现其年代感和历史感。

(三)若不讲究一点点规则,其译语就可能流于自由和随便,从而给原作的风格和寓意造成更大的损失

若过分追求中国古诗词的规则,译者就必然走进死胡同。所以要把握好这个度。翻译的目的是准确地表达好原作的表面思想、内在思想以及原作的结构特点。尤其是"内在思想"的表达最为重要。笔者发现,译者如果没有理解好那个富含哲理的"内在思想",也就没办法把全诗用合适的汉字合理、准确地表达出来。

错译也可能有以下两个原因:一是有的译者可能有浓厚的中国情结,他们希望在原作的基础上,按照他们的思想需要去改造原作以适应中国的国情。但是,这不是翻译,这是篡改。二是他们的确没有深挖到原作的"内在思想",因为他们理解不了英国的文化和文学深度,因此,也就没有办法把它用汉语准确地表达出来。

笔者的译文基于长时间的深思熟虑和经年累月的研究。当然,这与笔者许多年来认真研究英美文学和基督教哲学也有关系。

译者是一座桥梁,是中立、诚实的。我们应该打开思路,放开思想上的限制,把思想深入到形而上的层面,为原作者和读者考虑和服务,并尊重原作者和读者。同时,能不能理解原作的深刻含义,并不在于译者翻译的数量,而是在于译者在翻译前有没有足够的阅读数量和理解深度,在于译者在思想上是否认真、诚实地对待了原作,在于译者是否认真、诚实、长期地研习了异国他乡的哲学和文学。

第二章
雪莱诗作价值之重估和错译的纠正

——以雪莱的十四行诗《王中王》为例

一、引子

　　因为雪莱的反抗个性,很长时期内他都是左派文艺的偶像。其诗作《西风颂》《解放了的普罗米修斯》和《王中王》等在国内广为流传。《西风颂》中的"冬天到了,春天还会远吗?"更是享有百年的知名度。他为什么要歌颂西风,而不是歌颂东风呢? 因为西风对于英国来说是好风,它来自大西洋;而英国的东风来自寒冷的欧洲北部大陆。

　　当《奥齐曼迭斯》(笔者译为《王中王》)的诗作结构、寓意和诗作价值被认真剖析之后,重温并坚持诗歌的翻译原则,认真细致地对比、探讨三个《王中王》的译文质量,我们就能找到错译的原因了。

　　笔者期望以译文比较研究的方式,品味译作的质量,重估原作的价值,去伪求精,和翻译界同仁交流诗歌翻译的理解、表达和翻译原则,以促进翻译事业的健康发展。

　　尊奉雪莱的时代随着时间的流逝而淡化了,我们知道,英国浪漫时代最伟大的诗人是威廉·华兹华斯。本章将认真、仔细、理智、客观地分析雪莱的一首代表诗作《王中王》的诗歌结构、寓意和翻译原则,从而重新体会和品味一下雪莱诗作的文学价值和诗歌翻译的原则问题。

二、雪莱其人其诗

　　雪莱(Shelley,1792—1822)自小就有反抗精神。他于1792年8月4日出生于苏萨科斯郡(Sussex)东北郝沙姆(Horsham)附近一座叫做菲尔德庄园(Field Place)的古老乡绅府邸。1804年,12岁的他进入伊顿(Eton)公学上学,强烈反抗了高年级生对低年级生的欺负。当然,这是正义之举。

　　1810年10月,雪莱进入牛津大学上学。1811年3月25日,19岁的他发表了《无神论的必然性》,"公开向'上帝'的概念挑战"①,却被大学开除了,因为大学禁止宣传无神论。然后他认识了妹妹的同学、16岁的美貌温柔女子哈利爱特·西布鲁克(Harriet Westbrook)。1811年8月,两人逃往苏格兰,在爱丁堡结婚。不久他结识了他崇拜已久的哲学家和出版家高德温(Godwin)先生。常耀信说,雪莱于1814年7月"丢下怀孕的妻子"②,和高德温之女、17岁的玛丽(1797—1851)"私奔到了瑞士"③。但梁实秋(1903—1987)说他们私奔到了法国,然后一行人又游历瑞士、德国和荷兰。④ 显然,梁实秋的这一说法更可靠。

　　同年9月,雪莱一行人因经济拮据而返回伦敦,雪莱提议与玛丽、哈利爱特三人住在一起,但遭到哈利爱特的反对。1816年,玛丽生下第二个孩子(第一个孩子生下来就夭折了)。此时,雪莱有了两个事实上的妻子,有过三个孩子。梁实秋称:

　　　　雪莱自与玛丽同居之后,哈利爱(即西布鲁克)抑郁寡欢,离群索居,一八一六年十二月十日她投湖自杀了。雪莱似乎并未引咎自谴,反而指责哈利爱被迫行为不检"走上妓娼的路子(descended the steps of prostitution)"。这一事件是雪莱一生最大的污点,无可宥恕。……哈利爱自杀后二十天,雪莱与玛丽正式结婚。⑤

---

① 常耀信.英国文学通史(第2卷)[M].天津:南开大学出版社,2011:88.
② 常耀信.英国文学通史(第2卷)[M].天津:南开大学出版社,2011:89.
③ 常耀信.英国文学通史(第2卷)[M].天津:南开大学出版社,2011:89.
④ 梁实秋.英国文学史(第3卷)[M].北京:新星出版社,2011:1028.
⑤ 梁实秋.英国文学史(第3卷)[M].北京:新星出版社,2011:1028.

另有一说是,哈利爱特于 1816 年 11 月投河自尽了。①

常耀信却说,哈利爱特是"在伦敦海德公园的蛇形河自溺而死"②。是投湖还是投河? 公园里的蛇形河不是通常的河流,只能是连接两个湖面的水道。而所谓哈利爱特的娼妓行为,实在是雪莱对妻子的丑化语言;事实是雪莱和玛丽私奔之后,哈利爱特分别和两个男人同居。

雪莱的身体欠佳,于 1818 年 3 月和玛丽一同来到意大利修养,并不断迁徙。1822 年 4 月,他们租住在斯排济亚湾的一栋大厦。同年 7 月 8 日,雪莱一行几人在自驾帆船护送友人后的返回途中,突然遭遇风暴,因翻船而全部乘员都溺水而亡了,雪莱时年 30 岁。

常耀信说:"现有充分证据证明,雪莱是被英国保守力量暗杀的。"③人们都知道雪莱溺死于海上,妻子玛丽可以做证。那么,保守力量如何有能力从英国吹起大风,掀翻地中海上的船只呢? "暗杀"说是靠不住的。

玛丽是个文学爱好者,因爱好文学而和雪莱私奔。她创作了惊险、科幻的小说《弗兰肯斯坦》(又译《科学怪人》),质量颇高。她当时和雪莱一起住在海边。她在《雪莱传》中写道,雪莱溺死之后,尸体打捞上岸,一本翻开的书塞在雪莱的衣服口袋里面。拜伦得知消息,从希腊坐着马车前来看望。但是拜伦坐在车上,看了一会儿,没有下车,没说一句话就走了。拜伦是雪莱的朋友,这个态度真是冷淡至极,但也值得玩味。两年后,拜伦病死在希腊。

这样,在雪莱从 1811 年 3 月 25 日到 1822 年 7 月 8 日的短暂人生中,他写出诗作 24 首以上、剧作 3 部、散文 4 篇,还有部分译作,并且匆忙结婚两次。显然,这是一个好动、崇尚争斗的短命诗人。至于有人说,雪莱是"一个真正的革命家,而且永远是社会的急先锋",这恰恰说明,雪莱不是文学史意义上的大诗人,也正因为此,其诗作的文学意味是很淡的。本章专门讨论他的一首诗作的价值和翻译。

他的作品有《伊斯兰的叛变》(1818)、《王中王》(1818)、《混乱的假面具》(1819)、《解放了的普罗米修斯》(1820)、《致云雀》(1820)、《西风颂》(1820)等,明确抨击了封建制度和英国资本主义,并鼓吹反抗。这样一个左派英国诗人,在相当长的时期里,被称为"积极的"浪漫主义诗人,而诗作水平更高的湖畔

---

① 雪莱[EB/OL].百度百科,2013.

② 常耀信.英国文学通史(第 2 卷)[M].天津:南开大学出版社,2011:89.

③ 常耀信.英国文学通史(第 2 卷)[M].天津:南开大学出版社,2011:90.

诗人华兹华斯(1770—1850)则被贬低为"消极的"浪漫主义诗人。但在英国,雪莱和拜伦因其道德污点则被称为恶魔派(the Satanic School)诗人。可见,他的个人色彩太过鲜明,不同国家对他的评价迥异。

雪莱和玛丽很是志同道合,又同时喜欢普罗米修斯。雪莱在其得意之作、四幕剧《解放了的普罗米修斯》中颂扬这个神祇,而玛丽在自己的小说《弗兰肯斯坦》中予以附和,她给小说起了一个副标题,叫"现代的普罗米修斯"。她称呼妄想造人的医生弗兰肯斯坦是一个"现代的普罗米修斯",但是医生是个疯子、狂人和专制者。因为造人之事是彻头彻尾违背人性的,所以他不得不以惨败而告终,最后搞的是彻底的家破人亡。

从中看到,雪莱和玛丽在此事上有着紧密的联系和呼应,但还是有很大的区别。因为玛丽知道疯狂之后的悲剧结果,可惜雪莱不知道。比如,玛丽和雪莱这样心心相印的婚姻,雪莱却以贬损哈利爱特的方式来安排,要以别人的死亡以及咒骂亡者来成全,实在不理智。

对于此,梁实秋又感叹道:"雪莱溺死在海里,我们如何能忘记投在湖里的哈利爱特?"①尤其是对于大作家应有的道德示范作用和教诲大众的职责而言,这是罕见的、不可接受的人生故事。换言之,雪莱太年轻、太自私、太缺乏责任心,他一味地反抗,最后反掉了一个不该反掉的妻子,然后很快又反掉了自己。

心态和处事方法上的差异,根子就在于道德和良心。可是如果没有道德良心,作家如何能够写出道德文章呢? 因为任何伟大的作品其实都是作家高尚道德观的反映。

雪莱之可惜的早逝,未尝不是他做人太过嚣张、轻率之故。试想,文学的本质属性和任务原本就是以作家自己的道德示范作用和作品来教诲、指导、启迪和安慰大众,而不是鼓动读者去闹事和流血;这一点是最需要予以重视和理清的。

对于 Shelley 一词的翻译也很有趣,这里面有一个翻译界的小故事。吴宓(1894—1978)先生从清华学堂毕业后,去美国留学,学业成绩优秀,是中国现代著名西洋文学家、国学大师和诗人;他因为在"文革"期间维护孔子而遭受惨重打击。他在 1962 年给关门弟子江家骏讲课的手稿上写道:苏曼殊(1884—1918)将它译为"师梨",他自己译为"薛雷",郭沫若(1892—1978)则译为"雪

---

① 梁实秋.英国文学史(第 3 卷)[M].北京:新星出版社,2011:1028.

莱",以后大家就广泛采用郭先生的译法了。①

三、原诗结构之分析

雪莱的十四行诗 *Ozymandias* 写于 1817 年,初刊于 1818 年 1 月,属于雪莱早期的作品,很著名却不规整、水平欠佳。梁实秋称:"此诗结构不合传统,押韵亦嫌牵强,但无妨其艺术的价值。"②前两句说得很实在,但后一句评语笔者不能苟同。

诗歌的合理结构是它的艺术价值之一,其结构如不合理,这点价值就丧失了,其总体价值就打了折扣。常耀信说:"诗人的写作技巧也令人注目。……构思可谓精湛至极。"③这个评论笔者也不能苟同。

在本小节中,笔者将详细地分析该诗的结构。原诗及其音步、韵式的分析如下:

Ozymandias

I met|a trave|ler from|an an|tique land	a
Who said:|Two vast|and trunk|less legs|of stone	b
Stand in|the de|sert. Near|them, on|the sand,	a
Half sunk,|a shat|tered vi|sage lies,|whose frown,	c
And wrin|kled lip,|and sneer|of cold|command,	d
Tell that|its scul|ptor well|those pas|sions read	e
Which yet|survive,|stamped on|these life|less things,	f
The hand|that mocked|them, and|the heart|that fed;	e
And on|the pe|destal|these words|appear:	g
"My name|is O|zyman|dias, king|of kings:	f
Look on|my works,|ye Migh|ty, and|despair!"	h
Nothing|beside|remains.|Round the|decay	i

---

① 江家骏.感恩聚珍集及江家骏业余画作选[M].香港:中国诗书画出版社,2013:11.
② 梁实秋.英国文学史(第3卷)[M].北京:新星出版社,2011:1030.
③ 常耀信.英国文学通史(第2卷)[M].天津:南开大学出版社,2011:103.

Of that |colos |sal wreck, |boundless |and bare　　　　　　　h

The lone |and le |vel sands |stretch far |away. ①　　　　　　i

　　诗中的竖线是笔者根据音步的规律画下来的。表面上看,该诗是一首五音步抑扬格十四行诗。但是从第 1 诗行看到,轻重音的安排就不规范。先分析一下它的诗体结构。

　　首先,它的每行是 10 个音节,分为 5 个音步。是抑扬格还是扬抑格无法确定。其中多数音步是抑扬格(或称为轻重格),但还有太多的例外,这是十四行诗所不容许的。扬抑格也称为重轻格;扬 = 重,抑 = 轻。

　　我们知道,两个以上音节的单词,在诗中划分轻重音时,原来重读的音节,在诗中仍然要重读。而单音节词(尤其是虚词)如果处在音步中重读的位置时,虽可以从散文句中的轻读转变成为重读,但也不是每个单音节虚词(如 a, an, the)都可以变成重读音。

　　如果把全诗看成是 5 音步抑扬格,我们来简单分析一下音步的抑、扬变化。比如,在第 1 诗行 I met |a trave |ler from |an an |tique land,前 3 个音步的重音都落在第 2 个音节上,是抑扬格,但第 4、5 音步就不一致了。|an an |是两个弱音,是抑抑格;|tique land 又都是重读音,是扬扬格。

　　整诗中的抑扬格音步占多数,却还有一些扬抑格音步。在此诗行中不仅有 2 个扬抑格音步,这是例外,而且还有更多的例外,它们的轻重音位置颠倒了。它们是:

　　在第 3 诗行 Stand in |the de |sert. Near |them, on |the sand 中,第 1、4 音步是例外。

　　在第 7 诗行 Which yet |survive, |stamped on |these life |less things 中,第 3 音步是例外。

　　在第 9 诗行 And on |the pe |destal |these words |appear 中,第 1、3 音步是例外。

　　在第 12 诗行 Nothing |beside |remains. |Round the |decay 中,第 1、4 音步是例外。

---

①　吴伟仁. 英国文学史及选读[M]. 北京:外语教学与研究出版社,2007:52.

在第 13 诗行 Of that | colos | sal wreck, | boundless | and bare 中,第 4 音步是例外。

所以,初步分析一下就发现有 10 个音步出了问题。这样大规模的违规是完全不可接受的。若不得不有例外的话,全诗也只能有一、二处例外。

其次,在押韵方面,它的韵式是 abacdefegfhihi。如根据押韵来分段,大体是不规整的四段,即 abac defe gf hihi。如果根据诗意分段的话,也是无法划分段落的。因此,仅有几个词押韵是远远不够的,其韵式无法确定,整体上是毫无规律可循。

我们知道,意大利体的十四行诗,其内在分段为两段,很有规律,是"前 8 后 6"。其规整的韵式分为两种,其一为 abba abba cdcdcd,其二为 abba abba cdec-de。而莎翁把十四行诗做了改进,使它变得更好了。其内在分段为 4 段,即按照"4 4 4 2"的方式分成 4 小段,他用最后两行收尾。这样一来,它的层次感、递进感都很强,简洁易行。在这样短的诗歌中,莎翁完美地实现了"起、承、转、合"的创作要求。其韵式为 abab cdcd efef gg。这都是非常工整、很有规律的。唯其工整的外形美,才能被称为格律诗,而且十四行诗是英语格律诗中最严格的形式,雪莱却不愿遵守,也不愿向前辈诗人莎士比亚学习。

所以,仅从诗歌的外形上看,就可说明该诗是首不合格的、蹩脚的十四行诗。同时,诗行内标点太多,有的单词运用也欠佳,词意不准确,造成理解困难;语义又过分松散,寓意浅薄,犹如在写散文。这也充分说明了诗人的写诗用词水平很一般,只是个学童层次。

诗的内涵稍微有点道理,它讲的是执着于人间功绩的强大国王最终仍然是可怜的悲剧式结局。国王不见了,国王的雕像也残破了,王国的首都变成了沙漠。这似乎在劝告读者要看淡人间的得失。然而,诗人其实一点也没有看淡人间的得失,他在不断地奋斗、反抗、争夺。诗的内涵和雪莱的为人是不相符合的。

我们在网上可以找到雪莱笔下的雕像的照片,看到雕像残破了,只有比成人还要高的石头巨腿直立在那里。和雪莱的描述不相同的是,我们看不到雕像的头部,而且周围是光秃秃的小山形状,是荒原的状态,却不是无垠的沙漠。可以肯定,雪莱没去过那里,但这点失误是可以理解的。

因此,这样的一首"名诗",却没有多大的价值,它"名"在何处?诗作从形式到内容都比较平庸,瑕疵很多,这就没多大价值可言了。过去有许多人热捧这首诗,实际上是人云亦云而已,乃至于著名英国文学研究专家都对它做了误判。

四、对于名家译文质量的理论分析

文学翻译是一项复杂的智力活动,是一项更高级的来料精加工过程,是一座精致的联系两种文化的桥梁。如果原材料的质量一般,就不值得精加工,也就创造不出高档的附加值。

(1)该诗之标题"Ozymandias"被著名翻译家王佐良(1916—1995)翻译为"奥西曼提斯",它被蓝纯的《高级英汉翻译》引为范例。遗憾的是,蓝纯对此译文没有任何的解释、说明或评讲的文字。

我们来看一下王佐良的译文及其韵式:

奥西曼提斯

客自海外归,曾见沙漠古国	a
有石像半毁,唯余巨腿	b
蹲立沙砾间。像头旁落,	a
半遭沙埋,但人面依然可畏,	b
那冷笑,那发号施令的高傲,	c
足见雕匠看透了主人的心,	d
才把那石头刻得神情惟肖,	c
而刻像的手和像主的心	d
早成灰烬。像座上大字在目:	e
"吾乃万王之王是也,	f
盖世功业,敢叫天公折服!"	e
此外无一物,但见废墟周围,	b
寂寞平沙空莽莽,	g
伸向荒凉的四方。①	g

笔者研究过许多诗歌译文,发现严重的错译比较明显,这个译文却能把原

---

① 蓝纯.高级英汉翻译[M].北京:外语教学与研究出版社,2004:24.

诗的基本意思都翻译到位,比较稀见,尤其最后两句译得最好。

但是,诗歌翻译有特别的翻译原则,总原则应是尽量要求译文的语言风格和原文的语言风格相近似,同时一首诗内的语言风格也要一致。这样在形式上,在将英诗汉译时,一般地是要努力地将英语格律诗翻译成仿汉语古诗的形式。之所以叫做"仿",是因为在翻译中,只能采用汉语格律诗的部分规则,而不是采用全部规则。如果追求完满地采用汉语格律诗的全部要求,比如都要译成唐诗宋词的字数和行数、押韵以及平仄变化,这是完全走不通的死胡同。

前文已经谈到,一首名诗的价值存在于三个方面:一是形式方面,是指格律诗或自由体。这代表着一种外在风格,其价值在于这是必要的装饰,但是这种价值是次要的。英语格律诗中的抑扬格、扬抑格、音步、押韵等东西,在翻译时也必然会被翻译掉。但是,可以用"仿"汉语格律诗的韵律、节奏和格律诗结构适当地弥补一下原作的格律诗风格。如果做不到这一点,译成自由体也不是不可以,但是自始至终都要达到自由体的语言要求,不能文言文和现代文并存,不能格律体和自由体并存,不能押韵和不押韵并存。

二是表面含义。诗歌的表面意思比较容易理解,因此就比较容易翻译。然而,理解到了这一层次,翻译到了这一层次,还是很不够的。因为,优秀诗歌能够存在、流传的原因远不止于此,还有下一个深层次内涵需要译者费心去挖掘。

三是指深层含义,即诗魂,这才是诗人最想表达的、最富含哲理的、最富有他国文化气息的、最富有精神内涵的含义。因为翻译诗歌的本质,是要把诗歌的内在、深刻的含义(诗魂)巧妙地翻译出来,否则,这首诗的翻译就是失败的。当原诗没有被翻译时,它的深刻内涵虽没被理解到位,却仍然存在那里。翻译之后,这个诗魂如果没有被译者所理解而译掉了,诗魂在译语中就根本不会呈现或暗示出来。于是,原诗的精神本质(诗魂)就完全或基本上被译掉了。这时,读者看到的就必然是一个内涵被篡改的、诗意肤浅的"名诗"。

因此,既然原诗采用的是格律形式最严格的十四行诗形式,汉译文自然也要写得像一首汉语格律诗的样子才行。尽管雪莱把这首诗写得比较混乱,是一首较差的十四行诗,但是也是可以翻译的。

于是,就译诗原则和译语表达而论,原诗虽然写得不太好,翻译时仍可稍微争一口气,把汉字写得像话一些,语义浓缩一些,紧凑一些,语言不要那么零散。当然,其肤浅的内涵是没法改变的。在这样的考虑之下,笔者觉得王译本有以下几点缺憾。

其一,有两处不协调。

首先,自由体和格律体相混淆。最后两句译文质量最好,是"仿"汉语格律诗的形式,这恰恰出卖了前面的自由体诗句,从而使得整首诗的语体风格不协调了。如要译成自由体,也是可以的,但全篇的风格都要是一致的自由体,而且自由体也有自由体的规则和要求,并非是任意写出来的长短句就可以了。如要译成仿汉语格律诗的形式,前后风格自然也是一致的格律体,当然,也不能说每行汉字数目一样就是格律诗了。

其次,不该给自由体押韵。尤其让人费解的是,在这个自由体的译文中,其韵式却是在努力模仿莎士比亚体的十四行诗,王译的韵式是 abab cdcd efeb gg。只有第 12 行的"围"是押近似韵 b,而没押上 f 韵。从押韵的角度看,这是很了不起的,超越了雪莱。雪莱的混乱韵式是 abac defe gf hihi。

但是,译者若要强调押韵,首先应该把它译成格律诗,然后,或者是尽量按照汉语格律诗的规律押韵,或者是尽量模仿原诗的韵式,而不能在严肃的翻译工作中玩个游戏,用莎翁韵替代雪莱韵。

能不能把诗歌写成格律体和自由体的混合形式? 这个创新要由大诗人来决定,而不是由译者来决定。

其二,关于标题的翻译。

几百年来,英美作家都习惯用人名、地名作为诗歌、小说、电影的标题,中国人却不习惯这样做。所以翻译这种标题时,宜根据原文内容改动、修改标题,而不要照标题直译,以适应中国人的阅读习惯。比如 *Moby Dick*,*Oliver Twist*,*Sommersby* 就应译为《白鲸》《雾都孤儿》和《似是故人来》,而不应译为《莫比·狄克》、《奥列佛·忒斯特》和《索墨斯比》。这已是中国翻译界的成功经验,译者应该遵守。

对此诗标题的翻译原则也应一样。因为直译出来的人名有三种译法:"奥西曼提斯"(王佐良译)"峨席曼迭斯"(屠岸译)①或"奥济曼地阿斯"(梁实秋

译)①,把中国读者看得眼花缭乱。笔者根据整诗的内涵译为"王中王",这就简单明了,然后添加注释说明之。

注释应写为:

> 王中王是指奥西曼提斯王,他是拉美西斯二世(Ramesses Ⅱ,1303B. C. -1213B. C.)的希腊名字,是古埃及第 19 王朝第三代国王(1279B. C. ？ -1213 B. C. ?),塞提一世(Seti Ⅰ)之子。其执政时期是埃及新王国最后的强盛年代。在位期间兴建新都培尔・拉美西斯,大建神庙,长期与另一强大帝国赫梯进行战争,从而达到了埃及新王国强盛的顶峰。现出土有该国王的木乃伊及其头发。②

其三,原诗的理解。

最难理解和翻译的是 the heart that fed。that 是主语,fed 是谓语,但是没有宾语,fed 就是个不及物动词,其意为"得到滋养;得到满足"。fed 的及物动词之意是"喂养,供给,抚养"。所以,应按照"得到满足的心"来理解和筹划译文。王译漏掉了 fed,这就省略了重要的意思。

其四,省略原诗的重要词语。

原诗中还有 trunkless,stamped on these lifeless things 和 colossal wreck 没有被翻译出来。大的错译之处还有两点,一是译文中的"早成灰烬"是内涵之意,但很次要,可以不这样译。

二是在 Look on my works,ye Mighty, and despair! 中,despair 被译为"敢叫天公折服",这似乎不大合适。从语法关系上讲,ye Mighty, and despair 是并列的,词性应该一致。但是,Mighty 是形容词,而 despair 如是动词,后面却没有宾语。

despair 的及物动词之意是"(古)对……绝望";不及物动词之意是"绝望,失去希望(+of)"。因此,这样的词义都不能把 despair 译为"敢叫天公折服";"天公"是老天爷、天神之意。国王及古埃及人都信神,王中王只是傲视人间而已,怎敢和天神比高低?

---

① 梁实秋. 英国文学史(第 3 卷)[M].北京:新星出版社,2011:1037.
② 拉美西斯二世[EB/OL]. 维基百科,2013.

梁实秋写道,该雕像有"题铭曰:'我是奥济曼地阿斯,王中之王;如有人欲知我是何等人,我睡在何处,请他试行超过我的一些丰功伟绩。'"①。

这就否定了"敢叫天公折服"。如把 despair 作为名词来理解,其意为"(使竞争者)望尘莫及的人(或事物)",或"绝望"。按前一个意思,应译为"(我的丰功伟绩)是使众王折服的事情";若按后一个意思翻译,则应译为"(我当上王中王之后却感到)绝望了"。

这样一来,雪莱究竟是哪个意思呢? 诗人没写清楚,这是一个写作败笔。屠岸翻译为"叫你也绝望"②,是按名词的第 1 个意思翻译的,值得参考。笔者认为应按不及物动词"绝望"之意翻译。

其五,该译文没有注释。

缺乏注释是很多译本的缺点,这使中国读者难以读懂外国作品。须知,注释是译本不可分割的一部分,应随时出现,它反映了译者的责任心和翻译能力。译者是桥梁,是为不太了解外国及外国作品的中国读者搭桥铺路的,所以极其需要译者在翻译的同时将道路上的障碍物清除掉。这点责任心是非常非常重要的。

(2)屠岸的译文没有收录在《高级英汉翻译》一书中,笔者收录在此,作为参照对比。其译文如下:

峨席曼迭斯

我遇到一位来自古国的旅人,

他说:两根没身躯的石刻巨腿

站在瀚海里。沙土中,巨腿附近,

半陷着一具破损的脸型,那皱眉,

卷唇,和那睥睨一切的冷笑,

显出刻手们熟谙这类情绪,

把它们刻在石头上,传留到今朝,

它们的摹刻者、培育者却早已逝去:

①　梁实秋.英国文学史(第 3 卷)[M].北京:新星出版社,2011:1037.

②　屠岸,章燕.英语诗歌精选读本[M].屠岸,译.北京:中国国际广播出版社,2007:104—105.

在那底座上还出现了这些字迹:
"我就是峨席曼迭斯,万王之王——
天公呵,看我的勋业吧,叫你也绝望!"

巨型遗物外,只有空旷、岑寂;
废址的四周,一望无际,莽苍苍,
平沙漠漠,伸展向遥远的彼方。①

点评:这个译文很自由,但译得不自然,缺少诗味。屠先生介绍说:"(雪莱)一生痛恨封建压迫,追求民主。他的诗歌气概宏伟,画面波澜壮阔,一些作品富于政治理想,生动而深刻地反映了动荡不安的社会现实。同时,他将对社会的批判和对理想政治的追求溶于抒情性的自然图景之中,获得了很高的艺术性。"②

笔者认为,这个评语实在是过奖了。这首诗有"很高的艺术性",不知这是从何说起的呢?

十四行诗只有一个诗段,雪莱也是写成一段;屠先生却将它译成了四个诗段的自由体,这就更加不合规范了。他还将单数 sculptor 译成复数"刻手们";将 The hand that mocked them, and the heart that fed 译成了"它们的摹刻者、培育者却早已逝去",这样译掉了 that mocked them 之意[嘲笑它们(指国王那傲慢好战的感情 passions)],却增加了原文没有的"早已逝去"。尤其 sculptor, hand 和 heart 都是单数,怎能和"刻手们"搭配?屠先生把单复数搞错了,可能是把国王和雕刻者(们)相加在一起了。

笔者认为,诗人强调的是国王的头部及其表情,而能雕刻国王头像的人只有一个艺人(雕刻艺术家),两个人雕刻头部,必然产生不协调、不对称,会刻坏头型比例的。此时不存在"刻手们"。而那些能够雕刻身体、腿、脚的次等"刻手们"不是诗中讲的 sculptor。雪莱的意思是,The hand that mocked them 指的是雕刻头部的艺术家,他一边用左手雕刻国王的微笑,一边在心里嘲笑

---

① 屠岸,章燕.英语诗歌精选读本[M].屠岸,译.北京:中国国际广播出版社,2007:104—105.
② 屠岸,章燕.英语诗歌精选读本[M].屠岸,译.北京:中国国际广播出版社,2007:104—105.

国王:"国王以为自己能利用雕像而不朽,实际上不朽的却是我这个能读懂国王心思的雕刻艺术家。"因此,the heart that fed 指的是国王,应译为"感到自满的心"。

译者把雪莱的文学地位理解偏了,把本诗的诗意和结构理解偏了,就会出现错译。

译文中出现一点漏译、错译都是很正常的小事情,但是整个译文风格的安排是大事情,是一个大格局,绝对不能出错,始终要符合诗歌翻译的基本原则。

在英诗中,诗人们喜欢在格律诗或自由诗中使用标点符号,这符合英美诗人的书写、审美和阅读习惯。汉语读者因为有唐诗宋词等古诗词的知识背景,不会习惯和接受格律诗中的标点。

笔者认为,英文格律诗应尽量努力翻译成仿汉语格律诗的形式,译文的诗行中不要使用标点符号。实在无法这样翻译时,可以译成中文自由体,此时诗行中一定要有标点符号。

实际上,译者如果参照篇幅较长的英文自由体诗的行文和语体风格,比如,参照惠特曼、狄金森、庞德、T. S. 艾略特等诗人的诗作,把一首较短的十四行诗(或别的英文格律诗)译成自由体,那么译文的语义表达会是很别扭的,寓意伸展不开,也会出现时空感的错乱。

五、总结

笔者根据以上的内涵剖析和译诗原则也进行了翻译。必须承认,原诗的形式和内容都有缺点,所以很难译好。笔者如果尽量译成仿汉语古诗的作品,就得改变某些诗句的先后次序,追求每行是一样的字数(每行 11 个汉字),并尽量押一点韵。王佐良先生翻译此诗,以及梁实秋先生翻译莎翁十四行诗,都把译文的押韵看做是头等重要的事情,但笔者认为,押韵不应是首要追求。

笔者译成的这首诗,主要是根据原诗的内涵来翻译,而不是进行逐字逐行式直译。翻译时省略了一些不是很重要的单词,如 I,cold command,these lifeless things,lone 等,增加了一些原来诗意中会包含的单词,如"埃及、其人、丰富表情、今何在、尽情、四面八方"等。只是由于该诗实在不好翻译,需要同时采取增词法和减词法。

笔者的译文和韵式如下:

王中王

游人独往埃及沙漠寻古国,	a
唯见两只巨大石腿身无影。	b
巨大头像损毁半埋沙漠中,	c
尽现其人皱眉自满和冷笑。	d
丰富的表情雕刻在巨石上,	e
足见其内心被雕匠所把握。	a
那摆弄石像的艺手今何在?	f
那自满的像主之心今何在?	f
巨大废墟周围空然无一物,	g
尚有文字现在巨石基座上:	e
"我乃王中王叫奥齐曼迭斯,	h
创建举世功业而今却绝望。"	e
平展沙漠宽阔无垠空荡荡,	e
尽情延伸四面八方增荒凉。	e

雪莱的韵式是 abac defe gf hihi,笔者的韵式是 abcd eaff ge heee,主要的韵是"上、望、荡、凉"。

什么叫译者的翻译风格呢?译者自己的翻译风格实际上没有一个固定的、可描述的概念。因为原文是什么风格,译者就要尽量去模仿那个风格。于是,不同的原文就必会有不同风格的译文来对应。这时,译者个人的风格在哪里呢?它全部隐藏在译文之中,不容易看出来。好像那是别人的作品,译者看不见了。

这便是译者所要达到的境界,也是译者根据中国人看不懂的外文作品,在老老实实、光明正大、符合法律、符合道德地去"临摹"。它本质上是只属于译者的一部再创作出来的新作品。

如果译者没有权利去"临摹",不同文化的交往就成为不可能。如果不承认"临摹者"的科研和经济价值,不承认译者的科研地位和社会贡献,错译和歪译就会泛滥成灾。

由于偏见的影响,人们往往只看到几个老翻译家的贡献,而不重视新译者的贡献,于是就出现了两种情况。

其一,有些译者不负责任地应付翻译,因此译著中的错译、失误之处甚多,外人却难以辨别,甚至有的译者抄袭别人的译著,外人也看不出来。

其二,译著的封面往往只强调原作者的名字,译者之名被出版社隐藏起来了。须知,若无译者,谁人知道原作者? 若无译者这个第一文化传播者的贡献,其他任何东西都无从谈起。如果许多人都去乱译,很多东西都被篡改了,而且大家都习惯去篡改,其结果必然是会错误理解外国的文化知识。

但愿将来有更多人愿意从事"译文比较学",能够比较研究其他外国名著的中文译本的翻译质量,以促进译著质量的提高。

关于此,前人已有成熟的翻译经验。比如,佛教中的"普贤行愿品偈",为唐朝叫做"般若(智慧)"的译者小组奉唐王诏书根据梵文所翻译。该"品偈"写道:"所有十方世界中,三世一切人师子,我以清净身语意,一切遍礼尽无余……"①"品偈"总共有 248 行,1736 个汉字,都是用仿汉语格律诗的方式翻译出来的,且用词讲究,言简意赅。

所谓"仿汉语格律诗",唐朝的佛经翻译家就已经给了我们非常重要的翻译启示和垂范!

恩师江家骏老教授遵循的就是这样的翻译原则。江教授是国学大师吴宓先生(1894—1978)的关门弟子,他深得吴先生的教诲。吴先生的高足还有已故的王佐良、许国璋、李赋宁、吕叔湘等外语界前辈。江教授遵循着这样的译诗原则,他是译者的典范和表率。

他在翻译英国诗人坎贝尔之诗《艾宁爵士之女》时,采取的就是"仿汉语格律诗"的方式,那也就是李白五言诗作《侠客行》的风格。

他翻译得非常绝妙,译文的格律形式焕然一新,堪称盖世神笔。

比如诗歌的最后一段是:

---

① 般若.普贤行愿品偈[J].佛山佛教(6),2012:4—7.

原诗：	江家骏教授译：
'Twas vain:the loud waves lash'd the shore, Return or aid preventing; The waters wild went o'er his child, And he was left lamenting.	一切均枉然，海涛拍岸响， 来去均受阻，空存好愿望。 巨浪似山倾，扁舟被埋葬， 唯余老爵士，嚎啕海岸上。①

原诗是格律诗,韵押在二、四行。一、三行是 8 个音节,二、四行是 7 个音节。恩师按照诗歌的内涵之意把这首格律诗翻译为"仿汉语格律诗"的形式,且包含有巨大的创新:他把每行诗译成工整的两句五言绝句,共 10 个汉字,其意浓缩紧凑,行文奇妙。如果译成连贯的 10 个汉字,则有可能造成语言松散的不利效果。

恩师在四行的末尾都押了"响、望、葬、上"韵。这是正确的、艰难的独创。尤其是行行规整有序,很有创新,字词的运用和气氛的烘托都非常到位。这是正确的、艰难的、天才式的独创。

如果文学功底不够高,对于原诗就理解不了那么深刻。如果英汉语言的理解能力和表达能力不够高,此诗也无法翻译成功,外国文化就无法圆满进行译介。归根结底一句话:译者要做足功课,在博览群书之后才能进行文学翻译的工作。

文学翻译不同于纯粹的艺术创作,翻译是一个复杂的智力科研活动,是一项更高级的来料精加工的过程,是一座精致的联系两种文化的桥梁,没有任何人工智能机器可以取代它。所以,文学翻译能力的培养,才是英语学习者最高的追求目标,是英语界的最高培养目标。独特、超级的知识掌握在手,贡献时时有,永远不会被淘汰!

---

①　江家骏.感恩聚珍集及江家骏业余画作选[M].香港:中国诗书画出版社,2013:118.

第三章

论对英诗进行哲理诠释有利于翻译

——以华兹华斯《露茜之歌》的翻译为例

一、前言

很多英美作家习惯在作品中融入基督教哲学的救赎思想,华兹华斯是其中之一。他的《露茜之歌》就是一首言简意赅、简洁明快、意义深远的宗教哲学小诗。中国译者非常喜欢翻译这首诗,却由于理解不深刻,出现了不少错译。

英诗的翻译是融宗教哲学知识、文学研究、语言表达艺术于一体的精加工学问,而不是简单的两国文字的转换。中国译者只有很好地掌握了英美文学的宗教精神,同时也精准地掌握、领悟了祖国文字的奥妙,才能在诗歌翻译中游刃有余,表达得恰到好处。

长期以来,英诗在中国得到了大量的翻译出版,这似乎说明中国译者在英诗的理解和翻译方面是得心应手的。然而,在二十几年的英诗翻译教学和研究中,笔者发现,经典英语诗歌一直是英美文学中的思想精华,是英美人民的核心精神食粮,诗人所传达的人生哲理和宗教寓意对于人民有着重要的教诲意义。格律体的英诗,在用词用语方面也很自由和精致,语义概括而浓缩,语言艺术的独创性很强,其寓意更是包含着深刻的宗教哲学的救赎思想。

如果英诗译者缺乏必要的宗教哲学知识,如果他们忽视英美文学基本上就是基督教文学的事实,译者就会忽视自己在基督教知识方面应有的研习和修学。这样,他们就体会不到诗歌的深刻内涵和宗教寓意,只能译出原诗的表层意思,这不免严重错解诗人和诗歌的深刻内涵,也降低了英美文学应有的深度、高度和广度。译作一旦出版,这些在关键部位出现的错译和歪译,就会很大程度地误导读者的阅读认知,降低传播价值,影响中国读者对于英美文学的价值评价和欣赏。

在本章中,笔者以华兹华斯的《露茜之歌》为例,从宗教哲理诠释的新角度深入探讨英诗的内涵理解和合理翻译的关系,以及错译产生的根本原因和解决途径。

二、翻译的前提:深刻理解诗人的人生观

爆发于 1789 年 7 月 14 日的法国革命,因其"自由、平等、博爱"的人性口号,一时赢得英国朝野的一派欢呼。19 岁的华兹华斯(1770—1850)也深受感染,专程去巴黎感觉革命的快意。然而,随着革命演变成为恐怖的统治和野蛮残忍的报复性杀戮(据说滥杀了 40 多万人,只有 10% 是贵族),华兹华斯对于法国革命的幻想也随之破灭。

不久,来自科西嘉岛的革命将军拿破仑(1769—1821)皇帝图谋征服和称霸欧洲的野心展露,英国朝野开始了联合、领导欧洲国家扑灭拿破仑大军的系列战争。拿破仑最终在 1815 年 6 月 18 日的滑铁卢战役中被彻底打败,然后被再次流放,并于 1821 年 5 月 5 日病死在圣赫勒拿岛上。此时,英国大获全胜,声誉鹊起,世界强国的地位突起。而华兹华斯在恬静自然的家乡慢慢坚定了他的爱国思想。

华兹华斯于 1770 年 4 月 7 日出生在坎伯兰郡的库克莫斯镇的一个律师之家,母亲是一位布商的女儿。他 13 岁时父亲去世,他和弟兄们由舅父照管,妹妹多萝茜(Dorothy)由外祖父母抚养。多萝西与他最为亲近,终身未嫁,后来与他做伴一生。

诗人的家乡位于英格兰西北部的著名湖区国家公园,那里湖泊遍布,风景优美,英国最高的山峰是斯科菲尔峰,海拔只有 977 米。这是个阳光普照、树木茂盛、花草鲜艳的山水环境,它对诗人世界观的形成和浪漫诗歌的创作具有举足轻重的影响。那里著名的道夫村舍就是他和妹妹一起生活 10 年的住宅,他们后来迁居至瑞达山庄。

但是,长寿诗人华兹华斯创作的清新而又深刻的诗歌,也源于小小英国在世界上的崇高地位所带来的人们对于现状的自信和自满。他改变了古典主义的呆板、典雅以及虚假的风格,开创了新鲜活泼、自由写实、宗教气度超然的浪漫主义诗风。正如李白等伟大诗人产生于大唐盛世一样,伟大的英国也产生了伟大的英语浪漫诗歌。

文学史家所谓的"英国浪漫时代"只有短短 37 年,却跨越了 3 个英王朝代,即乔治三世(1760—1820)、乔治四世(1820—1830)和威廉四世(1830—1837)。① 这段时期的欧洲大陆,正是由法国革命导致的极为混乱惨烈的、拿破仑大军征战欧洲的时代。而于英国,却是正义在手、建立世界功勋、扑灭拿破仑野心的时代,也是英国浪漫主义诗人频出的时代。

英国文学研究大师梁实秋在书中写道:"文学史家为了便利起见,常把这时代的作家大别之为几派:1. 湖滨派(the Lake School),华资渥兹、科律芝、骚赛。2. 伦敦土著派(the Cockney School),李·亨特、哈兹立、济慈。3. 恶魔派(the Satanic School),拜伦、雪莱,及其他。"②

华兹华斯的诗作贡献使他成为当时名登榜首的桂冠诗人,其价值长存至今。可是中国文学界过去由于"左"倾文艺观的长期影响,对于这位著名诗人持有深深的误解,称他为"消极(即右派)浪漫主义诗人"。这个评价极不符合英国的文坛事实,经不起时间的检验,但也长期影响了中国读者对他的了解和认知。

华兹华斯的长寿使他目睹了太多次亲人的遭难和去世。1805 年,他的弟弟死于海难。1812 年,他的五个孩子中有两个夭亡。1847 年,他的爱女杜拉(Dora)病故。他本人病逝于 1850 年 4 月 23 日,这也是伟大的莎士比亚的忌日。妹妹多萝茜也在染病 26 年后于 1855 年去世。

常耀信教授信奉过去的文学观,他偏袒雪莱,却批评华兹华斯说:"华兹华斯的思想没有系统,也缺乏深度。"③ 这是不公平的、很偏颇的评价。诗人一直有思想,那就是至高无上的基督思想。诗人并不需要文学研究者所谓的"系统理论思想"。他的心一直是自由的、自然的、超然的。他认为,远离争斗、远离是非才是最正确的生活选择。

---

① 梁实秋. 英国文学史(第 3 卷)[M]. 北京:新星出版社,2011:879.
② 梁实秋. 英国文学史(第 3 卷)[M]. 北京:新星出版社,2011:883.
③ 常耀信. 英国文学通史(第 2 卷)[M]. 天津:南开大学出版社,2011:10.

　　华兹华斯热爱生命,却也看淡了死亡,他以超然的态度看待生死,看待名誉和财产。他也以这样的人生态度看待诗歌创作,就如大鹏展翅般自由飞翔。因为有这样的状态,他没有杂念,有的只是可贵的、神性的基督精神。

　　比如其名诗《我好似一片白云在独自飘荡》(*I Wandered Lonely as a Cloud*)(又译为《咏水仙》),他就以寓情于境、情景交融的方式,表达出了优美动人、淡雅自然、平静安详、天堂般的生活气氛和人生追求,以及超然、神性的性情。他幻想自己像朵白云在蓝天上飞翔,自由欣赏着周围的美景,视美景为知己,却毫无占有攫取的念头。

　　诗人用清新的文字写出了高远的意境和志向,也将复杂深奥的感知准确地、简单地、清晰地、形象地、有趣地表达了出来。而在诗中出现的 lonely,常被译为"孤独",这是译者对其诗歌肤浅理解后的错译。诗人是"独自飘荡",却不是"孤独飘荡"。诗人认为诗歌是"一切知识的开始和结终,同人心一样不朽"。①"不朽的人心"即"不朽的灵魂"。这些都源自于宗教哲学对于人性的解释。诗人就是"人性的最坚强的保卫者,是支持者和维护者,他所到之处都播下人的情谊和爱"②。他的"露茜系列诗"正是这一理念的准确反映。

三、解析《露茜之歌》的思想内涵

　　(1)一般的基督教信徒只愿把教会看作是一种宗教组织、宗教信仰和精神寄托,一种生活的规则规范,一种社会的思想潮流,但这是肤浅的理解和认识。从本质上讲,西方人信仰基督,即是要遵从耶稣基督的道德教化并以身示范,按照基督的言行去善思、善言和善行。在他们看来,这是一个迈向天国之路的、长期的、漫长的修行、修身、正己的过程。耶稣这样的神性胸怀足以让一切人间凡人的言行变得卑微和渺小。有了耶稣基督这样的圣人指导诗人,华兹华斯的一生虽备受疾病和死亡的困扰,却并不惧怕疾病和死亡。他的诗作《露茜之歌》便是他对待人生和死亡的超然态度,也是他认真修学基督教义的必然结果。

　　然而,译者常常忽视诗人的基督徒身份,忽视诗作中的宗教成分,这样就必

---

① 威廉·华兹华斯[EB/OL].百度百科.2013－06－14.
② 威廉·华兹华斯[EB/OL].百度百科.2013－06－14.

然会出现解读错误和翻译错误。几十年来，华兹华斯被贴上贬义的标签"消极浪漫主义者"，这是对诗人的深刻误解。

作为英国最著名、最杰出的浪漫主义诗人，华兹华斯长期居住在英格兰西北部之风景优美的湖区。因为和诗人科律芝、骚赛是亲密朋友，他们三人就被称呼为"湖畔诗人"（the Lake Poets）。

华兹华斯一生创作了 5 首"露茜系列诗"，它们是《我有过奇异的热情》（*Strange Fits of Passion Have I Known*）、《露茜之歌》（*She Dwelt Among the Untrodden Ways*）、《我在陌生人中旅游》（*I Travelled among Unknown Men*）、《她三年生长在阳光时雨之下》（*Three Years She Grew in Sun and Shower*）、《一死万事休》（*A Slumber Did My Spirit Seal*）。

在"露茜系列诗"中，他安静、理智、超然地赞扬一位名叫露茜的女子。其中有 4 首诗写于 1798 年 9 月至 1799 年 4 月。至于露茜是谁，梁实秋说："不得而知，可能不是某一个女子，而是几个女子而使用露西一个名字，亦可能既是他的妹妹陶乐赛。"①

在《我在陌生人中旅游》一诗中，华兹华斯以英法两国作对比，否定了他过去对于法国革命所产生的幻想和期望，表达了他的爱国心所产生的两个原因：一是在和昔日强大法国的对比中产生的，二是以 thy nights concealed 暗示了英国的缺点，他以批评祖国的方式表现了他的爱国。

他也以露茜为例，表达了他所喜爱的英国——天使般的露茜所喜爱的世上最后的一片绿地。

诗人在最后的诗段中写道：Thy mornings showed, thy nights concealed. 直译为："你的早晨显露出来，你的黑夜被掩盖。"他用 mornings 象征英国的优点，表明英国的强国优点正在展现。而用 nights 象征英国的缺点，批评英国的缺点被掩藏了。顾子欣却把它错译为"暮去朝来，霞光明灭"②，这完全错解了诗人想要表达的、理智的爱国热情！合理地批评自己的国家，希望国家改错而进步，这才是他真正爱国的体现！

（2）短诗 *She Dwelt Among the Untrodden Ways* 通常被译为《她住在人迹罕至

---

① 梁实秋.英国文学史（第 3 卷）[M].北京：新星出版社，2011：907.
② 吴伟仁，印冰.英国文学史及选读学习指南（第 2 册）[M].北京：中央民族大学出版社，2002：14—15.

的地方》。笔者根据全诗的寓意而译为《露茜之歌》。诗人以赞扬露茜的生活观为主,反过来暗示他的人生选择和露茜是完全一致的。现在露茜虽然去世了,他俩的精神和灵魂仍然联系在一起。所以,诗人借着虚构的露茜之名,描写了自己或者妹妹 Dorothy 的那种愿意亲近大自然、远离闹市的生活观。他对于露茜之人生和去世所表现出的"爱心和赞赏",就是一副超然、理智的"友爱",而不是"爱情"。这种远离尘世的生活观也是来自于宗教修学方面的教化。

所以,这是诗人独创的写作手法,完全不应该把它看做是爱情诗。原诗、韵式和音步如下所示:

> She dwelt|among|the un|trodden ways　　　　a
> 　Beside|the springs|of Dove.　　　　　　　　b
> A maid|whom there|were none|to praise　　　a
> 　And ve|ry few|to love;　　　　　　　　　　b
>
> A vio|let by|a mos|sy stone
> 　Half hid|den from|the eye!
> Fair as|a star|, when on|ly one
> 　Is shin|ing in|the sky.
>
> She lived|unknown|, and few|could know
> 　When Lu|cy ceased|to be;
> But she|is in|her grave|, and, oh,
> 　The dif|ference|to me!　①

该诗的韵式是 abab。其中一、三行有 8 个音节,基本上是轻重格(也叫抑扬格)四音步。二、四行有 6 个音节,基本上是轻重格三音步。其中不符合轻重格规律的 5 个音步是|the un|、Fair as|、|ing in|、|is in|、|ference|。所以,这是一首短小精悍、意蕴深远、形式上较为规范的格律诗。该诗在格律形式上的 5 个例外

---

①　吴伟仁.英国文学史及选读(第 2 册)[M].北京:外语教学与研究出版社,2002:17—18.

说明,华兹华斯写诗时最看重思想内容上的新颖、自由、别致和深刻,而不是太看重诗歌形式上的完美无缺。

诗人站在基督教义修行者的角度,表现自己对某种人生观的赞赏。他以虚构的露茜为载体,在第一诗段描写了她选择的居住场所是偏僻的、人迹罕至的、名称美丽的鸽子泉旁边,而不是凡人遍地、金钱铜臭、争斗不休的世俗闹市。如此,清澈见底的泉水和鸽子的美好象征意义相结合,映衬了她的居住场所仿佛是仙境似的纯洁、幽静、简单、朴实、朴素和自然。

在第二诗段,诗人赞美在这样环境中生活的露茜像朵美丽的紫罗兰和星星。在古代,星星和月亮都被看做人类的夜间安慰,能够给予人们无限的向往和期盼,因此中外诗人常常仰望星空而赞颂它们、赞美上苍。在漆黑的天空中出现的"唯一星星"(a star),给予人们的安慰最大,它的光亮价值和慰藉价值自然是超过了繁星。所以,诗人进一步用 a star 来比喻她的价值,以提升对她的赞美高度,以赞美她的出现所能给予人们的最大安慰和鼓励。笔者将 star 译为中国味道的、启示清晨到来的"启明星"。

在但丁的 3 部《神曲》中,每部书的末尾都以单数的"星辰"做结束。因此,此诗中的 star 其实也是一个用典,是和《神曲》相联系的,在基督教的教义中,这个光是指上帝之光、真理之光。这样,诗人通过用典就极大地提升了露茜的精神指导作用和地位。

第二个用典是 ceased to be 中的 be,源自哈姆雷特的著名独白:To be or not to be, that is the question.

在第三诗段,诗人以宗教修行者才会有的超然态度,描写了年轻貌美的露茜的早逝。诗人写道:她从生到死,只管绽放她的美丽,却始终没有得到过世俗之人的关怀、爱护和看重。当然,她也不需要他们的爱戴。诗人自己就是唯一喜爱她的、和她心心相印的朋友,这就足够了。耶稣基督在人间的短短 33 年,向人们传递的就是一片真挚的"爱心",他宁死不改。然而几千年来,这种"爱心"是何其短缺,贪嗔痴慢疑和杀盗淫妄又是何等猖獗!

所以,爱心是弥足珍贵的。不幸的是,该诗却常常被人误读为低层次的"爱情诗"。诗人通过"爱"表达他赞许、肯定和褒扬露茜的生活选择,并通过褒扬她,表示他们两人有着相同的人生观。因此,当她去世之时,诗人和露茜之间才出现了唯一的不同之处(单数的 difference),即她的肉身在墓穴之中,而他的肉身却在人间。要想给予 difference 以准确的理解和翻译,只有深入到宗教观念之中才能做到。

诗人赞美露茜、赞美她的人生观,亦是赞美自己的人生观,即两个人都愿意独自生活,远离尘世和默默无闻。然而,他们并不孤独。这是精神世界比常人高远的表达方式,表达的是所谓"小隐隐于野,大隐隐于世"中的"隐世"之意。他们虽是"小隐",亦是不易,因为不如此难以通达圣人的精神境界。

这是最能反映诗人精神追求的一首"爱的诗歌",其内涵就是基督之爱。译者程雪猛、黄杲炘、李正栓、屠岸却不恰当地把它看作是纯粹的爱情诗,并从爱情诗的角度去理解它、翻译它,这是非常令人遗憾的。

译诗应顺应诗意进行理解和翻译表达,且做到以仿汉语格律诗的方式翻译之,以顺应原诗之格律形式。如果误作爱情诗给予翻译,所用的词语和韵味都需迎合爱情的意蕴,这就和原诗的本质内涵大相径庭了。

四、对于四种译文的理论点评

该诗简洁冷静、短小精悍、语言朴素、直抒胸臆、感情超然,富含宗教修学的境界。表面上看,它似乎很容易让读者理解,也容易翻译,但其隐含的神学思想及艺术内涵往往被不谙神学的译者所忽视。

笔者发现 4 种译文即是如此。单就他们译文的自由体形式来看,译成自由体是不可取的;至于译文的内容方面,可商榷的地方也不少。

首先,第一诗段被翻译为:

表 2　第 1 诗段的译文

标题	她住在人迹罕至的地方	标题	她住在没人到过的幽径
李正栓译	她住在人迹罕至的地方, 就在多佛小溪旁, 无人曾将这少女称赞, 也没几人把她放在心上。①	屠岸译	她住在没有人到的幽径 鸽泉的近旁, 一个没有人赞美,少有人 钟爱的姑娘:②

---

① 李正栓,吴晓梅.英美诗歌教程[M].北京:清华大学出版社,2004:101—102.

② 屠岸,章燕.英语诗歌精选读本[M].屠岸,译.北京:中国国际广播出版社,2007:73.

续表

标题	她住在人迹罕见的地方	标题	她住在人迹罕到的路边
程雪猛译	她住在人迹罕见的地方， 就在鸽子泉的旁边； 没有人把这位姑娘称赞， 更没有人愿把她爱恋。①	黄杲炘译	她住在人迹罕到的路边， 住在多吾河的近旁； 她这位姑娘没有人称赞， 很少人曾把她爱上。②

　　诗人在此透露露茜所选择的居所是偏僻场所，它暗示了一种生活观，并给予赞美。这样，露茜像天使般住在恬静、自由的田园，呼吸着沁人心脾的清洁空气，谈论着天使喜欢的干净语言，思想纯净，对人间无所祈求。

　　这里面最关键的单词是 Dove，应该将其直译成"鸽子"。这样，"鸽子"那和平、温顺的寓意就能够和清澈的泉水相互映衬了。这原本是较为简单的理解层面，不难做好，却有两位译者按发音译成了"多佛"和"多吾"。如此一来，"鸽子"的美好内涵就被彻底译掉了。

　　再如，第二诗段被翻译为：

表 3　第 2 诗段的译文

李正栓译	青苔石旁紫罗兰， 怀抱苔石半遮面！ ——她美丽得像一颗孤星 独自个儿在夜空中闪现。③	屠岸译	一朵紫罗兰，一半隐蔽 在苔石旁边！ 美得像粒星，且只有这一粒 闪耀的高天。④
程雪猛译	青苔石旁的一朵紫罗兰， 半隐半现还半遮面！ 美丽得像颗星忽闪忽亮—— 孤苦零丁地挂在天边。⑤	黄杲炘译	一朵半隐半现紫罗兰， 开在长青苔的石旁！ 美得像颗星忽闪忽闪—— 独一无二地挂天上。⑥

————————

① 程雪猛.英语爱情诗歌精粹[M].程雪猛,译.武汉:武汉大学出版社,2000:129.

② 吴伟仁,印冰.英国文学史及选读学习指南(第2册)[M].北京:中央民族大学出版社,2002:14—15.

③ 李正栓,吴晓梅.英美诗歌教程[M].北京:清华大学出版社,2004:101—102.

④ 屠岸,章燕.英语诗歌精选读本[M].屠岸,译.北京:中国国际广播出版社,2007:73.

⑤ 程雪猛.英语爱情诗歌精粹[M].程雪猛,译.武汉:武汉大学出版社,2000:129.

⑥ 吴伟仁,印冰.英国文学史及选读学习指南(第2册)[M].北京:中央民族大学出版社,2002:14—15.

诗人把露茜赞美为美丽、灿烂的"紫罗兰花"和"唯一星星"。这里的关键点是怎样理解和翻译"唯一星星"？这涉及英国的天空星系状态,我们无法得知。所以,笔者认为应把它比作中国读者熟悉的"启明星"来翻译,其深刻用典内涵见前文所述。

此处的"唯一星星"本来是用于升级的赞美,而程雪猛却用"孤苦零丁"来指代它,从而表达了贬义,原诗气氛全给破坏掉了。这显然违背了诗人的意愿。其他 3 种译文所表达出来的表面意思尚可接受。

其三,第三诗段被翻译为:

表 4 第 3 诗段的译文

李正栓译	她活着,无人知晓,	屠岸译	她默默无闻,很少人知道
	她死了,没几人知道;		露西呵,已经夭亡;
	但她现在孤坟之中,		她躺在坟墓里了,可我呢,噢,
	对我,就不同了。①		只觉得天地变了样!②
程雪猛译	在世时,露西无声无息,	黄杲炘译	她在世的时候无声无息,
	过世时无人在身旁;		去世时没人在身旁;
	可是她已埋进了坟墓!		可露西已被埋进了墓里!
	哦,对我却变了样!③		对我呀可全变了样!④

我们知道,经典英美文学的主流基本上就是基督教文学,因为几乎所有的作家生来就是基督徒。有部分基督教作家热衷于古希腊神话,也有少量作家信奉犹太教等,但他们不是经典英美文学的主流。

这类基督教作家会自觉或不自觉地在作品中表达他们的神学观点,尤其对于死亡的观点非常值得译者所重视。神学的基本观点是,肉身中有不死的灵魂,肉身死了,灵魂还在。坏人死后,其灵魂会堕入地狱;而好人死后,其灵魂或升天,或再次转生为人。因此,对于天使露茜的辞世,诗人暗示,人们不用悲伤、伤感和痛苦。故诗人以洒脱、超然的态度来描述露茜的去世和诗人的感怀。他所表达的情思并不是对于"爱人"逝去的痛苦告别,而是对一位有品位、有德行

① 李正栓,吴晓梅.英美诗歌教程[M].北京:清华大学出版社,2004:101—102.
② 屠岸,章燕.英语诗歌精选读本[M].屠岸,译.北京:中国国际广播出版社,2007:73.
③ 程雪猛.英语爱情诗歌精粹[M].程雪猛,译.武汉:武汉大学出版社,2000:129.
④ 吴伟仁,印冰.英国文学史及选读学习指南(第 2 册)[M].北京:中央民族大学出版社,2002:14—15.

的"友人"的淡淡思念、怀念和祝福。

于是,诗人用 5 首露茜诗塑造了一位值得诗人赞美的天使或圣母形象,这一信息后来被大作家狄更斯所接纳。狄更斯在著名小说《双城记》中,把最美好的女子形象命名为 Lucie;Lucie 就是华兹华斯诗中的 Lucy。

遗憾的是,4 位译者都把它当做爱情诗来翻译了。这样的理解偏差来源于译者对于基督教义的完全陌生。这首诗的结尾句是诗人最重要的点睛诗句,是诗眼。诗人表达的是宁静的心绪和祝福,却被译成是失魂落魄的样子。4 位译者认为,"爱人"过早去世了,诗人于是痛苦得觉得天地都"变了样"。

实际上,诗人是以基督思想为指导,超然地描写了善良美丽的露茜之早逝。他要表达的是,她(朋友)虽然去世了,她的灵魂和思想仍然和我在一起,并没有分离。她活着时是生活在安静的人间天堂;辞世后,她也会像天使一样生活在天国世界。而且,她内心所喜欢的,也仍然是我所喜欢的。因此,我在人间,就是她在人间。她在天国,也就是我在天国。

于是,从最本质上来说,诗人实际上是借露茜的命运在悄悄地暗示说:他对基督教义的修学做得也很好,也会和露茜一样,在辞世后会升入天国,并将和露茜在天国相见。然而在此时,她和我还是有一个区别(difference)的。那就是:她的肉身在坟墓里,我的肉身在人间。

通常人们认为好人会长寿,坏人会短寿。那么,在这里我们应怎样理解年轻、善良的露茜之早逝呢? 对于她的早逝,就像林黛玉早逝一样,世俗之人会感到遗憾和失落。但基督思想的解释却是,正因为露茜是人间天使,上帝因垂爱于她而安排她尽快离开俗气的人间,尽快将她的灵魂接到天上去尽享真正的快乐,以避免被人间所污染。因为在上帝的眼中,美丽的大自然也仍然是肮脏的泥塘。上帝只是希望得到从泥塘中生长出来的美丽、洁净的荷花——精神纯洁的露茜。因为实际上,在现实生活中,坏人也常常能够活到百岁左右,所以年龄不能作为衡量好坏人的标准。诗人在诗中隐晦地暗示自己的未来,这是符合基督教义的。这才是他写作这首小诗的根本原因:他在充满自信地暗示他的光明的未来。这种暗示也写入另外一首长诗《咏水仙》,或译为《我像一片白云独自飘荡》。

这样,在这首简洁、明快、深刻的小诗里,身为基督徒的诗人自然没有感伤和失落。他表现的是超脱、洒脱和自信。对于"死亡"的理解,也正是来源于诗人长期对于基督教义的深厚修学背景。

翻译英诗之时,译者应读懂原作中的宗教内涵,并尽可能使用带有宗教味道的汉语去表达,其译文才能帮助读者顺利完成阅读、认知和理解,从而才不会误导中国读者对于欧美经典诗歌的正确理解。

五、总结:挑战旧译文

以上这 4 种译文所出现的错译,一般读者没有原文可以查看对比,自然无法得知其错。但是如果把 4 种译文摆在一起,某些译法也会使读者生疑。

黄杲炘翻译的这首诗,笔者是在 2002 年 10 月出版的《英国文学史及选读学习指南》第 2 册(吴伟仁和印冰编著)上面看到的。吴伟仁和印冰从何处摘抄的这个版本? 黄杲炘在何时翻译的? 笔者无法得知。程雪猛翻译的这首诗发表在 2000 年 1 月出版的《英语爱情诗歌精粹》(程雪猛等编译)上面。这两位译者的翻译思路比较相似。

文学翻译的一般原则应该是:翻译时要保留译文的风格与原作风格的一致或相似。需尽可能地简洁对简洁、复杂对复杂、长句对长句、短句对短句、古语对古语、成语对成语、格律诗对格律诗、自由体对自由体、拟声词对拟声词。当然,少数例外还是可以有的。

如果原诗是格律诗,其用词用语也都是简洁浓缩的,寓意也是深刻的,那么,翻译时就应该争取采用"仿汉语格律诗"的形式和相对应的译语质量来表现之。反之,如果随意使用自由体语言去翻译,其语言松散随意,诗意肤浅,内涵弱化,这就会大大弱化原诗的结构、意境和整体价值,同时会弱化诗人的文学贡献和文学地位。

前文论述过,一首经典诗歌的价值必同时表现在三个方面:

一是形式方面,这是指格律诗或自由体形式,它代表着诗歌的外在风格,是次要的价值,但也不能轻易忽视。尤其要注意的是,自由体诗是美国诗人沃尔特·惠特曼(1819—1892)首次创造出来的新形式,只有 100 多年的历史。若用新形式去翻译、表现旧形式的内容,其弱化旧形式的价值是非常明显的。

二是表面含义,这是比较容易理解和翻译的方面。

三是深层含义,即诗魂。它深藏于表面含义之下,却是作者最想表达、最富有哲理、最重要的思想和精神内涵,也是最应该翻译出来的翻译难点,却是译者常常译错的部分。

《露茜之歌》就是这样的一首经典短诗,它同时具备了这三个价值。然而,上述4位译者都将它译成了自由体诗,这就破坏掉了第一个价值。在其表面价值方面,诗人表达的是"友爱"之意,却被错译成了"爱情诗",这就译偏了表面价值。在其深层含义方面,它主要体现在最后一行诗,也被4位译者译错了。因此,这个错译败笔相当严重,它产生于译者对于西方文化的熟视无睹,产生于译者对于诗歌翻译原则的轻视和违背。

笔者根据自己掌握的文学翻译理论和经验,以及对于该诗的长期研读和理解,也根据笔者长期对西方基督教文化经典的研读和深刻理解,尝试用仿汉语格律体的形式把它翻译如下:

露茜之歌

威廉·华兹华斯(1770—1850)

家住遥远偏僻处,	a
清澈白鸽泉水边。	b
少女生前无人晓,	c
其名几乎无人赞。	b

犹如石旁紫罗兰,
半隐半现半遮面。
犹如美丽启明星,
独自炫耀在夜间。

露茜弃世魂归时,
依旧无闻于人间。
而今彼身藏墓穴,
我俩灵魂仍相连。

笔者根据译诗的原则,模仿中国古诗词的规则把这首诗翻译出来。其中每行有 7 个汉字,每个诗段都在二、四行押韵,押韵的汉字是"边、赞;面、间;间、连"。贯穿整首诗的都是一个韵,有强烈的节奏感和音乐感。也可以说,这是一首难得的很像中国古诗词的译诗。

韵律和节奏使诗歌拥有音乐之美,这是古典格律诗的基本特征和价值。正如台湾高东山先生在英诗研究专著中所说:"巧妙的用韵不仅是声音的共鸣,也含有语义和逻辑的联系,能使人产生喜怒哀乐的联想。"①

在译语的使用上面,它可以体现出诗歌所需要的紧凑、简洁和深刻,它不是 7 个汉字的简单组合;其语言风格和深刻寓意也与原诗符合。笔者尤其是根据原诗的深刻内涵来选用汉字,而不是根据原诗单词的表面词义呆板地进行英汉单词的转换。在同一首诗歌的翻译上面,不同译文在译语上的些许差异,反映出译者在知识修养以及知识广度和深度上的差异其实是非常巨大的。

最后一行诗是诗眼。笔者完全没有按照字面意思进行翻译,而是形成了上下前后的语义相连和逻辑关系,以期能够给予中文读者一个清晰的答案,并能起到点题和点睛的作用。

这首短诗从"仿汉语格律诗"的角度所进行的成功翻译,说明此路是可行的。关键在于译者对于诗歌理解的程度和认真工作的态度,在于译者的总体知识容量是否充分,在于译者的语言运用能力是否得到了有力的提高。

本文的实例研究说明,从深入理解英美经典基督教文化的核心思想入手去理解和翻译英语经典诗歌,辅之以英汉语言的高超表达能力,这是成功翻译经典英诗的重要条件。

---

① 高东山.英诗格律与赏析[M].香港:商务印书馆,1990:15.

第四章

华兹华斯诗作翻译中的错译矫正研究

——以《我在陌生人中旅行》和《咏水仙》为例

一、前言

像很多英国伟大的作家一样,华兹华斯也是一位虔诚的基督徒。他经常把他的宗教思想写进诗歌之中。比如《露茜之歌》就是他的一首言简意赅、简洁明快、意义深远的小诗,小诗里就包含着他对死亡的宗教式理解,态度很超然。再如《我像一片白云独自飘荡》,它更是一首宗教意味很浓的宗教诗歌,讲述他已经修行到了没有杂念、不用思考的轻松境界,他可以神游天际了。译者常常喜欢翻译它,却错译很多,因为译者不懂基督教哲学的深刻内涵。

因此,只有从耶稣的神学思想的角度去理解诗人和他的作品,我们才能真正理解作品的精髓,才能翻译到位。

诗歌翻译是融文学研究、文化背景、语言艺术、语言表达于一身的、高难度的精加工学问,它不是简单的文字转换。只有深刻掌握了英美文学的哲学精神,同时也学通、学懂了祖国文字的奥妙,才能在诗歌翻译中做到游刃有余,表达得恰到好处。

19世纪是英国的诗歌时代,它尤其产生了最重要的浪漫主义诗人威廉·华兹华斯,他也不愧是三位湖畔诗人之首。他的诗作不仅数量众多,语言通俗、情感朴实而质量上乘,而且他本人的基督修学体会时时在诗中闪现,深含着博爱、超脱之意。

华兹华斯对十字架之死也有深刻、正确的理解,他正确对待了一生中的苦难,并把他的理解写在了诗歌之中。他没有因为自己的苦难而去发泄不满、怨天尤人、和人争斗和报复他人,他赞扬别人的话语还是不少的。

诗人解决生活难题、抚平精神压力和创伤,甚至写成杰出诗篇离不开基督思想。这也就是他在诗篇中所表达的神学思想和态度。他不同于故意找茬而争斗的雪莱和拜伦,也不同于描写世俗题材的诗人,他把诗歌题材、意境、思想拓展开来,提高到了更高的层次。这个层次正是诗歌应有的道德方向、道德追求和道德归宿。

二、解析爱国诗及其译文的质量

标题为"我在陌生人中旅行"(I Travelled Among Unknown Men)的小诗是华兹华斯意义独到而寓意显著的爱国诗。赞美值得赞美的国家,也是圣人之所为。当年,孔圣人周游列国,接受国君面试,想积极参与国家的建设,那也是爱国的表现,却不幸被当时的国君们所轻视,被后世小人所耻笑。

诗人出生在 1770 年。当法国革命于 1789 年 7 月 14 日爆发时他才 19 岁,那是个精力旺盛而理解力欠缺的年龄。他渴望改变,于是欢呼法国革命,写诗赞扬,然后就去巴黎走了一趟,却看到了那些混乱、无序和滥杀,他彻底失望了。后来他就写了这首诗,把那些和他志不同道不合的法国人称为"陌生人"。

他表达了在把英国和法国进行对比的过程中,他对法国革命的失望和对英国的爱惜心情。尤其特别之处是,他在爱国的同时,也表达了对祖国的批评。

原诗、韵式及译文:

原诗:

I Travelled Among Unknown Men
William Wordsworth

I traveled among unknown men.	a
In lands beyond the sea;	b
Nor, England! Did I know till then	a
What love I bore to thee.	b

'Tis past, that melancholy dream!

顾子欣译:

我在陌生人中孤独旅行
华兹华斯

我在陌生人中孤独旅行,
   越过海洋在异乡飘零;
英格兰呵!那时我才知道,
   我对你怀有多深的感情。

终于过去了,那阴郁的梦境!

Nor will I quit thy shore	我再也不愿**离你远行**；
A second time; for still I seem	我只觉得**随着时光流逝**，
To love thee more and more.	我爱你爱得**愈益深沉**。
Among thy mountains did I feel	当我在你的山谷中**徜徉**，
The joy of my desire;	曾感到**内心憧憬**的欢欣；
And she I cherished turned her wheel	我钟爱的姑娘坐在炉边，
Beside an English fire.	传来了手摇纺车的声音。
Thy mornings showed, thy nights concealed,	**暮去朝来，霞光明灭，**
The bowers where Lucy played;	**曾照亮露西嬉游的园亭；**
And thine too is the last green field	你绿色的田野**曾最后一次**
That Lucy's eyes surveyed. ①	**抚慰过她临终时的眼睛。**②

点评：（1）只有了解诗人的生平，我们才能得知诗中的 lands beyond the sea 指的是"法国"，the sea 是指"英吉利海峡"。诗人把法国作为参照物，在比照法国的混乱惨烈的情况后，诗人开始热爱自己的国家。实际上，当拿破仑大军横扫欧洲大陆之时，此时的英国的确成为世界唯一的救星。他过去对法国的梦想现在破灭了，他转而赞扬英国是此时最好的一个国家，这才是正确的解读。thine too is the last green field 就是这个寓意。

因此，该诗最后一段中，Thy mornings showed, thy nights concealed 就颇有深意。thy 是"你的"，指"英国的"。mornings 象征"优点"，nights 象征"缺点"。这句诗暗示，和曾经强大的法国相比，小小英伦三岛的"优点"开始显露出来了，但是它的"缺点"却被表面的辉煌掩盖了。

这样，诗人的爱国之情就有两个显著的特点：

一是以法国为参照才感到平安的英国是值得爱戴的，因为此时的英国变身成为世界第一强国，正在为欧洲打抱不平；

二是觉得英国仍然有缺点，显然这个认识也是正确的。那么这时，诗人表

---

① 吴伟仁.英国文学史及选读（第2册）[M].北京：外语教学与研究出版社，2002：17—19.
② 吴伟仁，印冰.英国文学史及选读学习指南[M].北京：中央民族大学出版社，2002：15—17.

达的这个爱国心就是很理智、很冷静、很合情合理的。这完全不同于那些盲目唱赞歌的爱国者,诗人首先是个理智的人。

在本诗中,英国的缺点没机会表述了,但在另一首诗《孤独的收割者》(The Solitary Reaper)中,诗人就通过丰收季节割麦少女在收割小麦时忧伤的歌声,描写了英国在土地租赁制度上具有以强欺弱、压榨、剥削穷人的恶劣行径。

(2)在顾子欣的译文中,小的错译之处较多。把格律诗译成自由体是一个缺点,暂且忽视。译成自由体虽然也是可以的,但是语言文字也要配得上诗歌的要求。

主要的错译是最后一段,实在是个极大的失败。一般而言,诗中很多诗句是用作陪衬的,最关键的、最能代表该诗价值的只有几行诗。往往在最后一个诗段,有一个诗眼,需要精心体会和翻译。

最后一段的核心意义,顾先生完全理解错了,所以就翻译错了,基本上是无中生有地写了几句"诗"。他把 Thy mornings showed(主动语态),thy nights(are)concealed(被动语态)[你(英国)的优点已显露,你的缺点被掩藏]严重错译成"暮去朝来,霞光明灭"。

顾先生把 thine too is the last green field[你的国土是(世界上)最后一片绿地]译成"你绿色的田野曾最后一次"。还有最后一行里面的"临终"二字,哪个英语单词是"园亭""临终""抚慰"之意呢? 顾先生不能因为看到诗中有露茜,就把她和死亡联系在一起。在顾先生的译文中,不合适的诗句笔者都用了加黑字体。笔者将这最后一段诗翻译如下。

[笔者的译文]

> 你的优点已显露,你的缺点被掩藏;
> 露茜愿在你这棵大树下玩耍。
> 她的双眼所愿注视的土地,
> 正是你这世上最后的绿色国土。

笔者顺着他们的自由体思路翻译了最后一个诗段。我们应该知道,诗歌语言不像散文语言,往往富含寓意。直白地理解诗歌中的每个单词是不懂诗歌的表现,必然会出现错译。顾子欣仍是将英语格律诗译成了自由体,那么,将这首

格律诗译成仿汉语格律诗的形式能否成功呢？现在,笔者按照仿汉语格律诗的
形式成功进行了翻译,还有成功的隔行押韵,请读者品评。笔者的译文如下:

我在陌路人中游走

罗长斌译

我在陌路人中游走,
他们住在海峡南岸。
此时此刻我才知道,
我的祖国平安强健。

遍游巴黎忧郁之梦,
噩梦消逝理性复原,
爱国之情日日增长,
永不离别祖国海岸。

久居群山呼吸纯净,
快活爱国久久体验。
壁炉红火温暖全家,
纺车摇轮露茜轻转。

朝霞展露黑暗掩饰,
大树底下露茜耍玩。
双眸凝望您的国土,
那是人类最后绿原。

该译文依据汉语诗的韵式押二、四行的韵。诗人共创作了 5 首露茜诗,从
不同的角度来赞颂她。诗人以虚构的露茜为一个支点和陪衬,描写他个人对于
理想生活状态的赞扬。所以,它是表达诗人爱国之心的诗,而不是爱情诗。然
而,顾译文中的"钟爱的姑娘",会让读者误认为这是一首爱情诗。诗人的意思
是说,他和露茜都喜欢英国。

三、对《咏水仙》的哲理诠释和错译矫正研究

在公元 6 世纪传说中的亚瑟王时代,罗马帝国委派了基督教牧师前往英伦三岛传教。亚瑟是一位真正的基督徒,拥护基督教,但他的圆桌骑士团不信基督教。亚瑟对朋友和周围人民的态度,他的平等友爱的圆桌骑士精神,他不愿追随罗马军队撤退到欧洲大陆以享受罗马人的尊贵,他想留下来经历苦难、重建英伦三岛的社会秩序:这都反映了他身上所具有的基督仁爱精神。

从此,1500 多年来,英伦三岛就一直深受基督教的影响,其基督教思想就是这个新兴国家的文化传统思想。尤其是伟大作家,他们对于基督思想的理解很是到位,超过了专业牧师。他们经常在作品中表达他们的修学思想和仁爱思想。比如,班扬在《天路历程》中表现了一位挣扎着要离开毁灭城、坚定地要奔向天国的基督徒。又如,狄更斯在《双城记》中描绘了圣母般的 Lucie 和再生的基督——卡顿先生。尤其有趣的是,狄更斯所塑造和喜爱的 Lucie 未尝不是借用了华兹华斯的 Lucy。

华兹华斯的《咏水仙》也被笔者翻译为《我像一片白云独自飘荡》,因为后者更符合原诗的主旨。它所反映的也是诗人在基督思想修学上的特殊、超然的感受。他自由自在,没有任何贪图美景的思想,这正是天使般的胸怀,诗人自然也不是孤独的。

蒲度戎将此诗错解为"最美的一首自然诗"①,郭沫若也是如此错解了。辜正坤大概也是把它看作是自然诗而进行了翻译。如果按照"自然诗"来组织翻译的语言,其译文自然就有了极大的偏差。因为从本质上说,它不是自然诗而是基督教哲学诗。原诗和韵式如下:

I Wandered Lonely as a Cloud

I wandered lonely as a cloud	a
That floats on high o' er vales and hills,	b
When all at once I saw a crowd,	a

---

① 蒲度戎,彭晓华.英美诗歌选读[M].重庆:重庆大学出版社,2000:85.

A host, of golden daffodils;　　　　　　　b

Beside the lake, beneath the trees,　　　　c

Fluttering and dancing in the breeze.　　　c

Continuous as the stars that shine

And twinkle on the milky way,

They stretched in ne'er-ending line

Along the margin of a bay;

Ten thousand saw I at a glance,

Tossing their heads in sprightly dance.

The waves beside them danced; but they

Outdid the sparkling waves in glee:

A poet could not but be gay,

In such a jocund company:

I gazed—and gazed—but little thought

What wealth the show to me had brought:

For oft, when on my couch I lie

In vacant or in pensive mood,

They flash upon that inward eye

Which is the bliss of solitude;

And then my heart with pleasure fills,

And dances with the daffodils. ①

现在收录 4 种译文,用来比较研究一下译文的质量。

---

① 吴伟仁.英国文学史及选读(第 2 册)[M].北京:外语教学与研究出版社,2015:17.

[辜正坤和刘守兰的译文]

咏水仙	水 仙
辜正坤译	刘守兰译

我宛若孤飞的流云，　　　　　　　　我独自徘徊，如一朵云霞
闲飘过峡谷山岗，　　　　　　　　　高高飘拂与青山翠峡，
蓦然见成簇的水仙，　　　　　　　　忽见一丛丛，
遍染出满地金黄：　　　　　　　　　一簇簇金灿灿的水仙，
或栖身树下，或绽放湖旁，　　　　　在碧水畔，绿树下
摇曳的花枝随风飘荡。　　　　　　　迎风起舞，轻盈潇洒。

不绝如缕似银河的星斗，　　　　　　似繁星点点，
隐约内烁露一片光芒。　　　　　　　花影在天河时隐时现，
它们无际地向前伸展，　　　　　　　沿一波绿湾
沿着湖畔散落成行。　　　　　　　　亭亭玉立，百里绵延。
放眼望，千朵万朵，　　　　　　　　呵，我蓦然瞥见这万千水仙，
正颔首嬉戏，浪舞轻妆。　　　　　　昂首起舞，欢快无边。

弄影的湖波荡漾，　　　　　　　　　四周，水波激滟，
怎比得水仙花舞步欢畅。　　　　　　怎比这水仙舞步翩跹，
既有这快活的旅伴相依，　　　　　　有如此友人相伴，
诗人们怎能不心花怒放。　　　　　诗人怎能不神采飞扬。
我只是凝望，凝望，却**未曾想到**　　我凝视，再凝视，却**无法估量**
这美景将于我价值无双！——　　　　这美景赐予我怎样的宝藏。

多少次，每当我卧榻独处，　　　　　每当我倚榻卧躺，
无端的思绪里慵倦迷茫，　　　　　**有时冥想，有时惆怅，**
这景象便会如返照的回光，　　　　**那水仙便在我心头闪亮，**
送轻温抚慰我**寂寞的心房**。　　　　**孤寂时**它使我神往，
我的灵魂于是又注满了欢欣，　　　　我顿觉心情激荡，
伴水仙同乐舞步飞扬。①　　　　　　欣然起舞。与水仙同欢畅。②

　①　蒲度戎,彭晓华.英美诗歌选读[M].重庆:重庆大学出版社,2000:86—87.
　②　刘守兰编著.英美名诗解读[M].上海:上海外语教育出版社,2003:6—7.

［李正栓和顾子欣的译文］

我独自漫游像一朵浮云	我好似一朵孤独的流云
李正栓译	顾子欣译

我独自漫游像一朵浮云，
高高地漂浮在山与谷之上，
突然我看见一簇簇一群群
金色的水仙在开放：
靠湖边,在树下,
随风起舞乐开花。

它们连绵不断,像银河中
的群星闪烁、眨眼,
它们展延无限成远景
沿着湖湾的边沿：
一瞥眼我看见成千上万,
它们欢快摇首舞翩翩。

近旁的波浪跳着舞：但水仙
欢快的舞姿远远胜过闪光的波浪；
有这样欢乐的伴侣,
诗人怎能不心花怒放？
我凝视着——凝视着——当时**并未领悟**
这景色给我带来的是何等财富：

常常是,当我独卧榻上,
或是沉思,或是茫然,
它们在我心田闪光,
这是我独处时的欢乐无限；
我的心就充满欢乐,
随着那些水仙起舞婀娜。①

我好似一朵孤独的流云,
高高地漂游在山谷之上,
突然我看见一大片鲜花,
是金色的水仙遍地开放,
他们开在湖畔,开在树下,
他们随风嬉舞,随风飘荡。

他们密集如银河的星星,
像群星在闪烁一片晶莹；
他们沿着海湾向前伸展,
通往远方仿佛无穷无尽；
一眼看去就有千朵万朵,
万花摇首舞得多么高兴。

粼粼湖波也在近旁欢跳,
却不知这水仙舞得轻俏；
诗人遇见这快乐的旅伴,
又怎能不感到欣喜雀跃；
我久久凝视——却**未领悟**
这景象所给我的精神至宝。

后来多少次我郁郁独卧,
感到百无聊赖心灵空漠；
这景象便在脑海中闪现,
多少次安慰过我的寂寞；
我的心又随水仙跳起舞来,
我的心又重新充满了欢乐。②

---

① 李正栓,吴晓梅编著.英美诗歌教程［M］.北京:清华大学出版社,2004:99—100.
② 吴伟仁,印冰.英国文学史及选读学习指南［M］.北京:中央民族大学出版社,2002:14—17.

点评：(1)原诗的标题都一样,但译文却都不一样。译为"咏水仙"还是有些偏题,因为诗人主要是描写自己天使般的生活趣味,水仙和湖水只是一个陪衬,不是主角。但是照题目直译时,译者们也没有抓住该诗的核心。标题的翻译如下:

表5

辜正坤	咏水仙	顾子欣	我好似一朵孤独的流云
刘守兰	水仙	笔者	我像一片白云独自飘荡
李正栓	我独自漫游像一朵浮云		

诗文的翻译千差万别,但都是译者们自己的劳动,没有抄袭的嫌疑;有一个共同点,就是都译成了自由体。原诗的每一行各有8个音节,其押韵的规律是ababcc。

(2)本诗的核心点在于三个方面:一是作者在诗中表达了自己乐观、快乐、神仙般的生活,而非孤独的生活。他在"独自飘荡",但不孤独,所以不是"孤独飘荡"。二是最后一段最重要,诗人强调自己的快乐来源于自己长期的独处,来源于自己长期忍受孤独之后的"狂喜"(bliss),这种独处是一种苦修。所有译者都只译出该诗的表面意思。三是如何努力将其译成仿汉语古诗的形式,可能这首诗比较难于处理。

(3)几个关键词语的翻译正好能反映译者对于该诗的理解深度。以上译作中的重要错译都是对这些要点的理解错误造成的。深度理解好了原诗,至于译成格律诗还是自由体,都只是形式上的小问题了。翻译中最重要的问题是,译者要反复阅读,千方百计地理解好原作的深刻含义,切忌望文生意,切忌自由发挥。

(4)原诗的解剖和译文质量分析如下:

在字典中,lonely是"孤独的,孤单的,单独的",是形容词。在这里应当作副词。虽然只有一位译者明确将它译为"孤独的",但所有人都将诗人看作是孤独之人来翻译整首诗的。这个理解不合适,应理解为"单独的",因为诗人是在描述他乐于独自生活的快乐,而与他做伴的是神性般的"飘荡着的水仙"和"荡漾的湖面"。因此,他的这种"自由和轻松"和水仙、湖波的"自由和轻松"是相互映衬、相互为伴、相互一致的。

辜先生翻译的这首诗,也没有按照基督教的理解角度,所以只是译出了表层意思。他尤其重视在他的自由体译文中保持韵式,这是非常不可取的,押韵的汉字有"岗、黄、旁、荡,芒、行、妆,漾、畅、放、双,茫、光、房、扬",可是涉及该诗最重要的几个地方他却没有翻译到位。主要的错译之处是:"诗人们""未曾想到""无端的思绪里慵倦迷茫"。

辜先生将原文 a poet 译为"诗人们",是一个极大的败笔。这个单数 a poet 和标题中的 a cloud 是一致的,就是指诗人自己,是说诗人就像是一朵白云在天上独自悠闲地飘荡,这是他自己的追求,和别人没有关系。不能说诗人有两个湖畔朋友柯勒律治和骚塞,就要译成复数"诗人们",这种译法是不诚实的,是译者的幻想。

这几句诗是在描写诗人对于飞翔天使的盼望和想象。有人盼望财色,这等于是在追求下地狱。诗人在盼望天使,这等于是在追求上天国。所以不同的盼望、想象和追求,其灵魂在最后就有截然不同的归宿,这就是宗教哲学思想的核心所在。所以这单复数之差可是个严重的错译。

在原文 little thought 之中,little 是半否定词,相当于 hardly。thought 是 think 的过去式,是和 gazed 并列的过去时谓语,所以应将它翻译为"几乎没有想"。刘守兰错译为"无法估量",李正栓和顾子欣都错译为"未领悟",辜先生的"未曾想到"还是比较好的,笔者认为应译为"不去想"。其意是说,飘荡在天上的诗人只管欣赏大自然之美,而没有世俗之人的那种想得到"人间好处"的心思。这是真修者的必然心情!他们不贪恋、不留恋人间一切物质和美景色彩。这样的理解才符合诗人那修学之后的、高尚的人生境界。

在原文 In vacant or in pensive mood 之中,vacant 意为"空着的,(心灵)空虚的,(神情等)茫然的"。应取第一个意思来翻译。那么,什么是"空着的心情"呢?是指人的内心里没有俗人杂念,心很安静,不受世俗事物所搅扰。未经修行的常人之心却是乱的、浮躁的、多变的、自私的和贪婪的。

pensive 之意为"沉思的,忧虑的"。也应取第一个意思来翻译。那么,什么是"沉思的心情"呢?是指诗人在思考。于是,整行诗的意思就是"(我处在)什么都不想或者愿意思考问题之时"。这就暗示说,诗人愿思考时就可以思考,不愿思考时大脑就处于空的、没有想法的状态。也就是说,是他掌握着自己的大脑,而不是由别人、杂念、外界的潮流掌握着他的大脑,这正是修行者的表现。

这种状态也只有境界很高的修学之人才会有。所有世俗之人都必然会被别人、被外界信息所控制、所掌握,他们自私的贪念、杂念很多,从而丧失了自我。而丧失自我、随大流的俗人反而会认为自己活得很自在、很自由、很自我、很本我。所以,这两种人的思想认识是相反的,是相对立的。

对于 In vacant or in pensive mood,4 位译者的译文如下:

表6

| 辜正坤 | 无端的思绪里慵倦迷茫 | 李正栓 | 或是沉思,或是茫然 |
| 刘守兰 | 有时冥想,有时惆怅 | 顾子欣 | 感到百无聊赖心灵空漠 |

"慵倦"之意为"懒散困倦"。诗人很平静地表示了他的轻松、愉快之情,他为什么要像常人一样"慵倦""迷茫""惆怅""茫然""百无聊赖""心灵空漠"呢?不幸的是,4 位译者都错解、错译了。

原文 inward eye 直译是"体内的眼睛",其本意相当于中国宗教中之"天眼、天目、慧眼、(两眉之间的)第三只眼睛"之意。就是说,诗人经过忍受长时期的孤独、寂寞、苦修和苦难之后,在此时他已经不孤独了,其智慧已经提升到很高的境界,上升到能够辨别真假、判断是非的"慧眼"境界了。"孤独"被"智慧"所取代。

传说中"慧眼"是指"(两眉之间的)第三只眼睛",它实际上是指其大脑中增长出来的一种能够辨别真假、判断好坏善恶的能力,一种能真正体会到吃苦受罪所能给予他益处的能力。这就是"智慧"之本意,佛教中叫做"般若",以区别于常人所说的"智慧"。

在《旧约》之"约伯记"中,详细记载了上帝放任天魔撒旦两次残酷打击好人约伯的故事。第一次打击之下,一群强盗杀死约伯的所有子女,抢走他所有的财产,约伯仍坚信上帝。第二次打击使他身染重病,奇痒、痛苦不堪。却仍坚信上帝,最后他成功渡过难关,又重新恢复了家业、财产。所以,磨难使约伯得以更加亲近上帝、感悟上帝。①

耶稣说:"因为心里所充满的,口里就说出来。"②因此,诗人的经历可与约伯类比。在系列灾难中,诗人亲近了上帝、感悟到了上帝。他感到内心是天使的心,于是他才充满信心地在该诗中描写他的想象,展望他展翅高飞的境界,从

---

① 余也鲁主编.圣经(启导本)[M].南京:中国基督教两会,2011:773—811.
② 余也鲁主编.圣经(启导本)[M].南京:中国基督教两会,2011:1442.

而说出了天使的话语。同时,他在诗中暗示,他的灵魂已经通向天国了。

对于 They flash upon that inward eye,4 位译者都点到了那个意思,却不够明确。译文如下:

表7

| 辜正坤 | 这景象便会如返照的回光, | 李正栓 | 它们在我心田闪光, |
| 刘守兰 | 那水仙便在我心头闪亮, | 顾子欣 | 这景象便在脑海中闪现, |

the bliss of solitude 的直译是"孤独的狂喜"。其本意是,现在的欣喜心情,是由于长期忍受孤独、清心寡欲、消磨罪业而得来的轻松、欣喜的感觉。所以,意译应是"(忍受)孤独之后的狂喜"。这就和 inward eye 相关联了。

对于 Which is the bliss of solitude,4 位译者的译文如下:

表8

| 辜正坤 | 送轻温抚慰我寂寞的心房。 | 李正栓 | 这是我独处时的欢乐无限; |
| 刘守兰 | 孤寂时它使我神往, | 顾子欣 | 多少次安慰过我的寂寞; |

只有李正栓译出了"孤独的狂喜"之意。

这4位译者仍是将英语格律诗译成了自由体,这自然是做工不细致的表现。现在,笔者按照仿汉语格律诗的形式进行了翻译,包括成功的隔行押韵,再次证明此路是可行的,请读者品评。笔者的译文如下:

我宛若孤飞白云
罗长斌译

诗人宛若孤飞白云,
轻然飘过峡谷山岗。
蓦然瞥见成群水仙,
遍染大地颜色金黄。
绽放湖旁栖身树下,
微风之中摇曳飘荡。

湖边水仙蜿蜒排布,
宛若银河群星闪光。
水仙沿着弯曲湖岸,

绵延不绝尽情生长。
万千水仙尽收眼底,
轻快舞蹈摇头飘荡。

湖泊荡漾尽情妩媚,
水仙舞姿后来居上。
有此游伴纯粹安详,
诗人之心欢快异常。
久久凝视心无私念,
群花表演静静欣赏。

思绪求索思绪空无,
时光荏苒常躺榻上。
水仙舞姿常现慧眼,
尽扫孤独尽添乐康。
吾心喜乐倍得增添,
伴随水仙尽情荡漾。

　　对于英诗的翻译,笔者如此提倡,便如此尝试,屡屡能够翻译成功,这说明笔者的理论和实践是能够自圆其说的。

四、总结

　　我们知道,经典英美文学就是基督文学,不是基督教会文学,因为所有经典作家都是虔诚的基督徒,而不是基督教徒。他们会自觉不自觉地在作品中表达他们深邃的神学观点,而对于死亡的观点尤其值得重视。
　　所以,在《露茜之歌》里,诗人以洒脱、超然的态度描述美好的露茜去世时的心情。他表达的绝对不是那种对于爱人逝去的痛苦告别,而是一种对于友人离去的淡淡思念和怀念。他没有感到悲伤和失落,他表现的是超脱和洒脱。诗人对于死亡的这个理解,就是来源于诗人的神学知识背景。

在《我宛若孤飞白云》之中,他也以寓情于境、情景交融的方式,表达出了优美动人、淡雅自然、平静安详、天堂般的生活气氛,以及超然的、神性的性情。这种风格是作者通过修学广博知识而完善了他的人生观和价值观之后,用非常恰当的题材、恰当的语言词汇以及格律诗的形式表现出来的。

他用清新的文字写出了高远的意境和志向,他将复杂深奥的思想准确地、简单地、清晰地、形象地、生动地、有趣地表达了出来。因为他认为诗歌是"一切知识的开始和终结,同人心一样不朽",而诗人则是"人性的最坚强的保卫者,是支持者和维护者,他所到之处都播下人的情谊和爱"。[①] 本书所讨论的这几首短诗正是他这一神性理念的准确反映。

---

① 威廉·华兹华斯[EB/OL].百度百科.2013 – 06 – 14.

第五章

论文学译者的责任和译本注释的质量

——以《简·爱》的九个译本为例

一、引论

因为中西文化的表面差异很大,尤其是西方文化的宗教特点和中国传统文化有很大的差异,这必然会反映在文学作品之中。在翻译时,译者就有责任弄懂全文之文化的宗教韵味、宗教内涵,再予以准确合理的翻译表达,并根据中国文化的差异情况给予必要的注释。

注释决定译本质量。笔者尝试从《简·爱》的9个译本中选取5条注释进行抽样研究,以揭示出译本注释的重要性和必要性,说明注释质量和译者的学识和责任心密切相连,以及揭示译本抄袭的问题。

原作者不会为自己的作品添加注释。如果文本的确难以读懂,或者年代比较久远,会有后代研究者予以加注并出版注释本原著。同时,那些对于本国读者而言比较易懂的语句、典故、成语和宗教故事等,对于异国读者而言则是极大的阅读难点,这些难点也是译者的翻译难点,是译者在翻译时要通过添加注释而予以解决和清除的问题和障碍。

二、译者的知识准备:理解异国文化

(1)再议翻译。

翻译是复杂的智力活动,是最特殊、最重要的科研活动之一,是更高级的来料精加工过程,是联系两种文化的精致的桥梁。如果原材料的质量一般、价值一般,就不值得精加工,不值得广泛传播、不值得费神费力去翻译出版,而译者在此基础上也创造不出高档次、高质量的附加值。

文学名著的译者应是中西经典文化交流中不可或缺的助手和桥梁,它包含的科研成分远远大于文字艺术再创造的成分。因此,中译本小说的文学艺术特性完全不能等同于原著,其价值也不能等同于原著。它的价值要大于原著,而不是小于原著;它是原著价值的两倍多,而不是原著的附属配件。如果认为只要把正文翻译了,就完结了,这是错解了翻译的任务、责任和功能。

现在,各级政府机构把译著归于艺术类而不予以颁发科研成果奖,这正是严重误解了翻译工作的科研功能,贬低了译著的经济、文化、文物、道德和社会价值。

翻译工作完全不同于纯粹的艺术创作,译者研究性的成果除了应充分体现在译文之中,更要体现在正文之外的注释、译序、译后记、人物小传等装饰性元素上面。尤其是注释,它比其他装饰性元素更加重要,因为它是译者艰苦翻译时最重要的附属研究成果之一,也是读者不可缺少的阅读认知西方故事、西方文化、西方环境、西方宗教,以及解读语言难点的最便捷、最重要的帮手。

(2)再议宗教和神话。

中国人和西方人最大的差异在于基督教文化和基督教信仰方面,但在精神实质上,中西文化对于真、善、美的追求和对于假、恶、丑的批判其实是一样的,这一点往往被人们忽视、遮盖、扭曲、歪曲。

基督教在西方迅速传播,占据了西方社会生活的统治地位,其政教合一式统治出现在罗马帝国崩溃之后,持续时间超过 1500 年。

半个多世纪以来,教会的力量及信徒的信仰力度都在大大减弱,世俗政权和科学的力量跃居政治舞台之首,拥有科学知识的信徒们对于世俗财物、权利和享受的追求变得贪得无厌,无法遏制。但是由于历史原因,有关宗教的知识、信仰或故事早已深埋在西方人的心中,成为他们生活中最重要的集体无意识、集体意识、精神导向或话语背景,这就是基督教文明。在不知不觉中,西方人的言行中就流露出宗教的痕迹,这些痕迹必然会反映在文学作品之中。

笔者在长期研究文学翻译中发现,宗教上的理解障碍使得译者在翻译小说和诗歌时,其用词用语、加注或评论时,随时随地都会出现不符合宗教和神话味道的叙述语句,甚至很简单的词语都会翻译错了。

　　比如,有译者把希腊神话中的水泉女神 Naiad(娜依阿德)错译为"仙女",他不知道女神的位阶是高于仙女的。于是,女神的地位就被译者贬低了;有译者把古罗马人说的 the gods 错译为"上帝",应译为"众神"或"诸神"。因为译者不知道"上帝"(God)是基督教的专用词,是大写的单数;还有译者把《论语》中的"小人"错译为 petty man;等等。

　　令人匪夷所思的是,有关中西方普通文化、生活习惯、单词、词语等简单、基本方面的知识翻译,也常常译错。比如,有人想当然地把 milky way 译为"牛奶路",把 a poet 错译为"诗人们",把 Welsh rabbit 错译为"威尔士兔子",把 Chiang Kai-shek 错译为常凯申,把 Mencius 错译为门修斯,把民族大学错译为 Minzu Unirersity,等等。来自民间和名家的错译真的是遍地开花,俯拾皆是。

　　所以,以研究中西方宗教和神话为核心,全面学习、了解和认知西方社会的方方面面和中国文化,是译者的职业道德和责任心之所在。

　　基督教神学系统和古希腊罗马神话是完全不同的神学系统,但都是形而上的知识,难以读懂。基督教会认为自己的神是唯一的、至高无上的,根本就不承认古希腊罗马神话中的神祇。然而,西方的文化界、绘画界则非常看重古希腊罗马神话的文化意义。这样一来,神话知识也要成为中国译者的必备知识了。

　　(3)译文质量探究。

　　研究中译文本身的合理性和准确性是一个非常重要的研究角度。早在30多年前,在《西南师范学院学报》(哲学社会科学版)1981 年第 3 期上面,恩师江家骏教授发表了《对英译〈红楼梦〉前八十回的几点看法》,以对比探讨杨宪益夫妇合译之《红楼梦》和英国人霍克斯翻译之《红楼梦》的译文质量。这样的研究角度和方式本来值得仿效和推广。可是在当时,有些拥护杨宪益的人士却发出了不够理智的反对声音,然而还是有同行专家如香港宋淇教授和北外许国璋教授肯定了恩师的做法。(对此,可参阅中国诗书画出版社于 2013 年 3 月出版发行的《感恩聚珍集》中,1982 年 3 月 15 日香港中文大学"比较文学与翻译研究中心"主任宋淇教授和 1982 年 6 月 20 日北外许国璋教授写给恩师的信件。)

　　后来,在上海外国语学院学报《外国语》1989 年第 4 期上面,恩师又发表了《读汉译〈英诗金库〉对照本的几点管见》,进一步探讨英诗汉译的翻译质量问题。尤其值得一提的是,恩师在该论文中也探讨了注释问题。

　　做文学译者非常不易,需要花费大量的时间去博览群书,去充实知识,去查阅资料,目的只是为了给别人提供合理的翻译服务。如果译者根据原文都理解不了那些内容,读者根据错译的译本就更难理解了。在这样的语境中,在对待注释的态度上面,译者们也会千差万别。有的译者把脚注写得相当简单,或尽可能不写;有的译者弄不懂的,也懒于研究,或略掉不译,或牵强附会地硬译,或抄袭别人。

因此,译本的注释无疑是个明显的证据,它能够反映出译者的诚实勤恳态度、工作能力、责任心和学识的广度和深度。注释的质量反映了译本的可靠性和权威性。

笔者继承恩师和许国璋教授的思想,在本章中,通过对比研究部分注释的正误,以辨别良莠,目的是探索一条正确的翻译科研之路。

三、《简·爱》注释的调研和注释原则

译者为中国人进行"英译汉",其译本既要有利于不懂英语的读者,也要有利于粗通或精通英语的读者,还要有利于外国文学的研究人员。译者除了要尽职尽责地翻译正文之外,还要尽职尽责地为难点、疑点添加足够分量的注释,并在"译序"中补充有关背景材料,这是完整翻译原著的一种科研方法,这是译本权威性的重要装饰。但是,这样重要的翻译方法和步骤,权威翻译教材却从未提及。

有人统计,《简·爱》的中译本共有 32 种,这实在是令人不安的数量,人力和财力浪费都很大。笔者购买了《简·爱》的 10 个中译本,现以此为基本研究材料,以抽样研究的方式,来详细探讨注释的质量、必要性、原则和意义,笔者据此还没有发现可靠的、让人满意的译本。

《简·爱》原版包含有大量的法语及其他语种。这一方面反映作者因自学而掌握了很多法语知识,也暗示简·爱在寄宿学校所接受到的师范教育不全是冷酷和独裁,她也是学有所成的。因此,对于法语等语种的注释工作,就是本书注释的一个重点。当然,其他应该添加注释的地方也很多,这就是本书的深度和广度之所在。它并不是一部文字、情节简单的爱情故事。

从知识上讲,寄宿学校教会了学生当小学老师时应该具备的母语、外语、音乐和钢琴知识。从做人方面讲,基督徒简·爱的善心和适当的反抗从她和坦普尔小姐、恶魔校长、罗彻斯特以及约翰牧师的交往中都能体现出来。简·爱有

很大的吃苦、忍让精神。她做人有原则,她不贪财,很慷慨,知恩图报,是个圣人型人物。这当然是作者的虚构,但简·爱就是作者所希望看到的那种圣化人物,代表着作者的理想和向往,以及对于圣人的期盼。

夏洛蒂·勃朗特(1816—1855)的《简·爱》最早于 1847 年 10 月出版,那时没有注释。100 多年后出版时,有英国学者为当代英美读者添加了英语注释。笔者手中的英语版本自带的注释就有 306 条。

现将 9 个中译本中的注释数量统计如下:

表 9

译者	出版社	总注释量	法语注释量	意大利、拉丁文、德语注释量
宋兆霖	北京燕山出版社	243	77	15
北塔	中国少年儿童出版社	242	75	17
祝庆英	上海译文出版社	213	67	15
黄源深	译林出版社	205	68	10
张成武	西苑出版社	204	74	14
翟士钊	伊犁人民出版社	203	66	15
吴钧燮	人民文学出版社	146	3	14
贾文渊	中国致公出版社	69	0	2
杨琦	哈尔滨出版社	0	0	0

英语读者需要 306 条注释,其中法语注释达 200 条,可是中国读者得到的注释量却远低于此。毫无疑问,中国读者需要的注释要远远多于 306 条,也许是 500 多条才行。但如上表所示,总注释量都很低,竟然还有一位译者(杨琦)没有任何注释。

以宋兆霖而言,非英语句(77 + 15)共有 92 条,这是最应添加注释的数量。若以此为标准,其他译本漏注的非英语句就太多了,尤其是吴钧燮、贾文渊和杨琦。最让人遗憾的是,吴钧燮所依托的人民文学出版社,其非英语句(3 + 14)只有 17 条。

这说明:

(1)多数译者基本上同意原版注释本的安排,在尽量地添加注释。若不加注释或注释量不够必会影响译著的质量,影响阅读的效果。

（2）各位译者加注数量的不同,反映他们对语种的判断和翻译操作上有很大的偏差,理解方面出了问题。

（3）数量庞大的非英语表达成为该小说的写作特色。如果没有翻译好,就会破坏这一风格。

（4）如果翻译原作中的注释,译本应注明是"原注";如果是译者添加的注释,应注明是"译者注"。但是,所有译者都没有做出这样的说明,这是非常不合适的,译者要尊重版权。

多数译者虽然认为应把非英语表达翻译出来,但是出现了两种做法:

（1）有的译者把非英语表达全部或基本译成中文,然后在脚注中注明非英语表达的单词和句子。

（2）有的译者没有译成中文,他把非英语表达留在中译文之中,然后在脚注中注明汉语意思或不注明,结果在译本正文中造成汉语和非英语表达混杂在一起的局面。这种安排是最不专业的译者中的超级错误。

其实,在其他小说的中译本中,在正文中穿插外语都是一个很普遍的错误。这反映了文学翻译界的一个普遍现象,即在如何对待注释方面,在教科书或前辈译者、学者中都没有定论。

但是,这是需要有定论的,一点都不难于理解和解决。译者要本着为读者翻译的态度,尊重读者的阅读习惯,而非任意翻译、任意行文、任意安排布局。在阅读中译本时,书页上不时冒出法语、德语、拉丁语,读者必会感到很刺眼、很茫然,读不懂,这也是极大地破坏翻译原则的事情。

勃朗特在英语小说中写了法语、德语、意大利语和拉丁语作为点缀,那是因为英国读者基本能够读懂。但她也不能把此做法任意发展下去,写上俄语、日语和汉语,因为英国读者根本看不懂这几种语言。

中国读者也是如此。把中国人看不懂的大量外语和汉语混在一起写成中国小说,这既不应是中国作家的写作习惯,也不应是中国译者的翻译习惯,更不会是中国读者的阅读习惯。在全民学习英语的时代,中文小说中夹杂几句英语是可以的。如果夹杂俄语、日语、法语,那就不能接受了。

因此,在正文翻译中,译者要全部译成中文才行,否则也是一种错译;然后添加注释,注明那些句子和单词的原来语种和原句。"注释"是译著的附加成分,它对正文起着解释和补充说明的作用。在注释中,必然是各种语言混合在一起进行解释和说明,此时的语言混合是正确的、必然的。

"英译汉"是为中国读者服务的,是以中国读者阅读方便为目的,而不是以把中国读者引入迷宫为目的。如能做到这一点,中国读者就能够阅读一部外国味道十足又能看懂的汉字小说,而不是在阅读一部由多种文字混为一体的汉译小说。

四、《简·爱》注释的质量探究

在本节中,笔者从礼节文化、普通词组、历史故事和宗教寓意几个典型角度共选取 5 条注释,汇编在此进行对比分析,以探究注释内容的知识容量、译者撰写注释的认真程度、同一注释的相似度和注释失败的原因。每张列表只涉及一条注释。现列表如下:

表 10　关于原作序言中"萨克雷"的注释

译者	出版社	注 释 内 容	作者序中总注释量
北塔	中国少年儿童出版社	②萨克雷(W. M. Thackeray,1811—1863),19世纪英国小说家,《名利场》是其代表作。萨克雷有一个有疯病的妻子,不能离婚。这一点与《简·爱》的主人公罗切斯特先生惊人相似。①	6 条
黄源深	译林出版社	①指英国作家萨克雷(一八八一——一八六三),其代表作《名利场》以讽刺的笔法深刻勾画出英国社会的世态百相。②	8 条
祝庆英	上海译文出版社	⑤指英国作家萨克雷(William Makepeace Thackeray,1811—1863)。他擅长用讽刺笔法勾勒英国社会的面貌。长篇小说《名利场》是他的代表作。书中尖锐讽刺贵族资产阶级的贪婪自私和愚昧无知。③	7 条

① 夏洛蒂·勃朗特.简·爱[M].北塔,译.北京:中国少年儿童出版社,2005:3.
② 夏洛蒂·勃朗特.简·爱[M].黄源深,译.南京:译林出版社,1993:3.
③ 夏洛蒂·勃朗特.简·爱[M].祝庆英,译.上海:上海译文出版社,2002:2.

续表

译者	出版社	注释内容	作者序中总注释量
吴钧燮	人民文学出版社	①指英国著名小说家萨克雷（William Makepeace Thackeray，1811—1863），代表作有《名利场》等。①	5条
翟士钊	伊犁人民出版社	②指英国小说家萨克雷（William Makepeace Thackeray，1811—1863）。②	6条
贾文渊	中国致公出版社	②此处指英国著名小说家威·梅·萨克雷（1811—1863）。他擅长用讽刺笔法描写英上层社会的面貌，代表作有长篇小说《名利场》等。③	6条
宋兆霖	北京燕山出版社	②此处指英国著名小说家威·梅·萨克雷（1811—1863）。他擅长用讽刺笔法描写英国上层社会的面貌，代表作有长篇小说《名利场》等。④	6条
张成武	西苑出版社	④此处指英国著名小说家威·梅·萨克雷（1811—1863）。他擅长用讽刺笔法描写英国上层社会的面貌，代表作有长篇小说《名利场》等。⑤	7条
杨琦	哈尔滨出版社	没有作者序，没有注释，没有页码。⑥	无

勃朗特发表《简·爱》是她初入文坛之时，她不知读者对女作者的态度，不知自己的小说是否会受到欢迎。所以在初版中，她做了两件大事：一，她使用男性名字作为作者。小说出版后大受欢迎，所以在第2次出版时，她就使用了真

① 夏洛蒂·勃朗特.简·爱[M].吴钧燮，译.北京：人民文学出版社，2002：3.
② 夏洛蒂·勃朗特.简·爱[M].翟士钊，盛兴庆，译.奎屯：伊犁人民出版社，2006：2.
③ 夏洛蒂·勃朗特.简·爱[M].贾文渊，译.北京：中国致公出版社，2006：6.
④ 夏洛蒂·勃朗特.简·爱[M].宋兆霖，译.北京：北京燕山出版社，2006：2.
⑤ 夏洛蒂·勃朗特.简·爱[M].张成武，译.北京：西苑出版社，2003：2.
⑥ 夏洛蒂·勃朗特.简·爱[M].杨琦，译.哈尔滨：哈尔滨出版社，2006：2.

实姓名。二,她在扉页上写了一句献辞:"仅以此书献给威·梅·萨克雷先生——作者"。

在书中写一条献辞,这是西方常见的礼节文化。时年 31 岁的默默无闻的勃朗特,有意抬出时年 36 岁的知名作家萨克雷先生为自己做广告,以示自己对于大作家的尊重。因此,关于萨克雷(1811—1863)的注释就很有必要,否则中国读者会不明就里,而且这样的注释是很容易撰写的。

北塔、张成武和杨琦三位译者没有翻译这句献辞,他们不应当漏译这句话,不应当忽视这个礼节。在作者自序中,勃朗特又提到"这位写了《名利场》的讽刺家"(北塔译)。这时,对于"萨克雷"的注释就无法回避了。如果在前面老老实实做了注释,此处就不用加注了。

在上表中,哪条注释是最合适的描述,读者可以做出判断,因为注释需要简单、精致,还要有知识容量。

我们看到,贾文渊、宋兆霖和张成武所撰写的注释完全相同,肯定有人是抄袭。杨琦甚至还漏译了作者自序,对萨克雷也始终没有添加注释。

表 11　关于"威尔士兔子"的注释

译者	出版社	注释内容
北塔	中国少年儿童出版社	①威尔士兔子(Welsh rabbit),一种烤面包,浇有融化后的奶酪和浓啤酒。①
黄源深	译林出版社	①威尔士兔子:一种浇有融化的奶酪、奶油和调味品的烤面包。②
张成武	西苑出版社	①一种浇有融化的奶酪、奶油和调味品的烤面包。③
吴均燮	人民文学出版社	①威尔士兔子:一种浇有融化奶酪和浓啤酒的烤面包。④
宋兆霖	北京燕山出版社	①一种浇有化开的奶酪和浓啤酒的烤面包。⑤

①　夏洛蒂·勃朗特.简·爱[M].北塔,译.北京:中国少年儿童出版社,2005:29.
②　夏洛蒂·勃朗特.简·爱[M].黄源深,译.南京:译林出版社,1993:25.
③　夏洛蒂·勃朗特.简·爱[M].张成武,译.北京:西苑出版社,2003:24.
④　夏洛蒂·勃朗特.简·爱[M].吴钧燮,译.北京:人民文学出版社,2002:26.
⑤　夏洛蒂·勃朗特.简·爱[M].宋兆霖,译.北京:北京燕山出版社,2006:21.

续表

译者	出版社	注释内容
祝庆英	上海译文出版社	无 ①
翟士钊	伊犁人民出版社	无 ②
贾文渊	中国致公出版社	无 ③
杨琦	哈尔滨出版社	无 ④

译文说:"我猜想晚饭时能吃上'威尔士兔子'。"(北塔译)Welsh rabbit 是一种食物,北塔的引号是多余的。对于这个短语,译者们都错译为"威尔士兔子"。此时,如不加注释,中国读者必定相信他们在吃威尔士产的兔子肉。只有 5 位译者添加了注释。

另外,黄源深、张成武的注释相同,吴均燮、宋兆霖的注释很相似,有人有抄袭嫌疑。

黄源深在 2008 年的精装版本中,删掉了这条注释,改译为"威尔士干酪"⑤。这是正确的纠正。百度词典把 Welsh rabbit 译为"威尔士干酪"⑥。

这种食品是由两个常用单词组成的词组,本不是难点,查字典即可。而对于英语词组的基本常识就是,它往往不是字面上的意思。译者们却纷纷望文生义,藐视字典,从而错译为"威尔士兔子",有四位译者甚至没有注释,读者又如何能读懂?

《英汉辞海》中说,Welsh rabbit 也可写成 Welsh rarebit。其意为"在烤面包或薄脆饼上浇涂融化的并时常调味的干酪"⑦。

可见,如果译成"威尔士干酪"而不加注释,读者仍有疑问。应该添加的注释为:"原文是 Welsh rabbit,是指在烤面包或薄脆饼上浇涂融化的并时常调味的干酪。"

此事如此简单,却又没做好,不能说翻译界的理论运转不是失灵的。翻译

① 夏洛蒂·勃朗特.简·爱[M].祝庆英,译.上海:上海译文出版社,2002:18.

② 夏洛蒂·勃朗特.简·爱[M].翟士钊,盛兴庆,译.奎屯:伊犁人民出版社,2006:22.

③ 夏洛蒂·勃朗特.简·爱[M].贾文渊,译.北京:中国致公出版社,2006:19.

④ 夏洛蒂·勃朗特.简·爱[M].杨琦,译.哈尔滨:哈尔滨出版社,2006:21.

⑤ 夏洛蒂·勃朗特.简·爱[M].黄源深,译.南京:译林出版社,2008:26.

⑥ Welsh rabbit[EB/OL].dictionary.reference.com/browse/Wels...? 2013 - 06 - 11.

⑦ 王同亿.英汉辞海(下)[M].北京:国防工业出版社,1991:5983.

界缺乏行业自律,各路译者亦十分缺乏学习精神,老翻译家的正确示范也没有人愿意跟进学习。

据笔者所知的经典翻译教材,编者们不懂此事的重要性,在教材中从未讨论过此事。因此,他们无法给学习者以正确的指导。笔者在这一章中弥补了空白。

表 12 关于"经匣"的注释

译者	出版社	注释内容
北塔	中国少年儿童出版社	①经匣(phylactery),又称经文护符匣,是一种很小的匣子,里面装着羊皮纸,纸上写着经文,犹太人认为此物有祛魔降妖的作用,所以祈祷时常常把它顶在头上。①
吴钧燮	人民文学出版社	②经匣:内装写有经文的羊皮纸条的小匣,犹太人祈祷时把一匣顶在头上,一匣系在左腕。②
翟士钊	伊犁人民出版社	②经匣:里面装有记载经句的羊皮纸的小匣,犹太人晨祷时佩于头上及左臂。③
黄源深	译林出版社	②经文护符匣,是两个成对、内装书写经文的羊皮纸条小匣,由犹太男子佩戴,一在左臂,一在额前,以提醒佩戴者遵守律法。④
宋兆霖	北京燕山出版社	①犹太教徒佩戴的经文护符匣,系一种内装写有经文的羊皮纸条的小匣,由犹太男子佩戴,一佩额头,一佩左臂,用以提醒佩戴者遵守律法。⑤
张成武	西苑出版社	①犹太教徒佩戴的经文护符匣,系一种内装写有经文的羊皮纸条的小匣,由犹太男子佩戴,一佩额头,一佩左臂,用以提醒佩戴者遵守律法。⑥
贾文渊	中国致公出版社	(译为"避邪符",未加注释。)⑦

---

① 夏洛蒂·勃朗特. 简·爱[M]. 北塔,译. 北京:中国少年儿童出版社,2005:96.
② 夏洛蒂·勃朗特. 简·爱[M]. 吴钧燮,译. 北京:人民文学出版社,2002:87.
③ 夏洛蒂·勃朗特. 简·爱[M]. 翟士钊,盛兴庆,译. 奎屯:伊犁人民出版社,2006:73.
④ 夏洛蒂·勃朗特. 简·爱[M]. 黄源深,译. 南京:译林出版社,1993:78.
⑤ 夏洛蒂·勃朗特. 简·爱[M]. 宋兆霖,译. 北京:北京燕山出版社,2006:70.
⑥ 夏洛蒂·勃朗特. 简·爱[M]. 张成武,译. 北京:西苑出版社,2003:80.
⑦ 夏洛蒂·勃朗特. 简·爱[M]. 贾文渊,译. 北京:中国致公出版社,2006:63.

续表

译者	出版社	注释内容
祝庆英	上海译文出版社	（译为"避邪符"，未加注释。）①
杨琦	哈尔滨出版社	（译为"经文护符"，未加注释。）②

译文是"然后把纸板像经匣一样系在海伦那宽大……的额头上"（北塔译）。这是个宗教文化，需要以加注的形式介绍给中国读者。未加注的三位译者将其译成"避邪符"和"经文护符"。

另外，宋兆霖、张成武的注释完全相同。

这个重要的宗教知识点，译者最需要将其着重介绍给读者。如果译成"经文护符"或"避邪符"而不加注释，也是不可取的。注释应该依据权威字典、词典和百科全书，或者根据专业书籍编写而成。

《英汉辞海》对"经匣"的解释是："用皮条拴着的两个方形小皮匣……正统和保守的犹太教徒在每周早祷时把一匣顶在头上，一匣系在左臂上，以提醒他们遵守法律。"③

表 13 关于"蓝胡子城堡"的注释

译者	出版社	注释内容
北塔	中国少年儿童出版社	①蓝胡子（Bluebeard），这是一个男人的绰号。根据法国民间传说，这人前后杀了六个妻子，并把她们的尸骨藏在密室里。后来，此事被第七个妻子无意发现。④
黄源深	译林出版社	②法国民间故事中杀害了六个妻子的恶汉，他的第七个妻子在城堡中发现了被害者的尸骨。⑤
吴钧燮	人民文学出版社	①蓝胡子：法国民间故事中一个曾杀过六个妻子的恶人，尸骨都藏在他城堡里的密室中，最后才被他的第七个妻子所发现。⑥

---

① 夏洛蒂·勃朗特.简·爱[M].祝庆英,译.上海:上海译文出版社,2002:57.
② 夏洛蒂·勃朗特.简·爱[M].杨琦,译.哈尔滨:哈尔滨出版社,2006:70.
③ 王同亿.英汉辞海(中)[M].北京:国防工业出版社,1991:3936.
④ 夏洛蒂·勃朗特.简·爱[M].北塔,译.北京:中国少年儿童出版社,2005:142.
⑤ 夏洛蒂·勃朗特.简·爱[M].黄源深,译.南京:译林出版社,1993:115.
⑥ 夏洛蒂·勃朗特.简·爱[M].吴钧燮,译.北京:人民文学出版社,2002:131.

译者	出版社	注释内容
祝庆英	上海译文出版社	①蓝胡子:法国民间故事中一个残酷的丈夫,曾连续杀死六个妻子,她们的尸骨被第七个妻子无意中在密室中发现。①
翟士钊	伊犁人民出版社	①蓝胡子:法国民间故事中连续杀掉六个妻子的人。②
宋兆霖	北京燕山出版社	①法国民间故事中一个残酷的丈夫,曾杀死过六个妻子,她们的尸骨后来被第七个妻子在密室中发现。③
张成武	西苑出版社	①法国民间故事中一个残酷的丈夫,曾杀死过六个妻子,她们的尸骨后来被第七个妻子在密室中发现。④
贾文渊	中国致公出版社	无 ⑤
杨琦	哈尔滨出版社	无 ⑥

　　译文是:"两边的黑色的小门全都关闭着,看起来像是某座蓝胡子城堡里的走廊。"(北塔译)这是英语读者熟悉的古老故事,作者用"蓝胡子城堡"传说以加深恐怖的气氛。注释后才能拓宽"蓝胡子城堡"的原意和寓意。若不加注释,就会丧失掉原文中所包含的恐怖气氛。

　　另外,宋兆霖、张成武二位译者的注释完全相同。

　　百度词典把"蓝胡子城堡"翻译为"(旧民间传说中)青须公,残酷的丈夫,乱聚妻妾然后将她们杀害的男人"。网上还有"蓝胡子城堡"的英文故事。这个故事需要简要地介绍给中国读者。如果只是译成"青须公"而不加注释,也是不可取的,因为中国读者不知其详情。

---

①　夏洛蒂·勃朗特.简·爱[M].祝庆英,译.上海:上海译文出版社,2002:84.
②　夏洛蒂·勃朗特.简·爱[M].翟士钊,盛兴庆,译.奎屯:伊犁人民出版社,2006:107.
③　夏洛蒂·勃朗特.简·爱[M].宋兆霖,译.北京:北京燕山出版社,2006:105.
④　夏洛蒂·勃朗特.简·爱[M].张成武,译.北京:西苑出版社,2003:120.
⑤　夏洛蒂·勃朗特.简·爱[M].贾文渊,译.北京:中国致公出版社,2006:93.
⑥　夏洛蒂·勃朗特.简·爱[M].杨琦,译.哈尔滨:哈尔滨出版社,2006:104—105.

表 14　关于"武士大心"的注释

译者	出版社	注释内容
黄源深	译林出版社	①大心：班扬的小说《天路历程》第二部中保护克里斯蒂安娜及其伙伴进天城的人。①
翟士钊	伊犁人民出版社	①大心（Greatheart）：英国作家班扬（John Bunyan，1628—1688）所著《天路历程》（The Pilgrim's Progress，1678）中的人物。②
贾文渊	中国致公出版社	①英国作家班扬所著《天路历程》第二部中，克里斯蒂安娜及其同伴的保护神。③
祝庆英	上海译文出版社	①大心（Great-Heart）：英国作家班扬所著《天路历程》中引导克里斯蒂安娜进天城的人。④
北塔	中国少年儿童出版社	①大心（Great-Heart）：《天路历程》一书中引导克里斯蒂安娜进天城的人。⑤
吴钧燮	人民文学出版社	①大心（Greatheart）：班扬《天路历程》中引导克里斯蒂安娜进天城的人。⑥
宋兆霖	北京燕山出版社	①英国作家班扬所著小说《天路历程》中引导克里斯蒂安娜进天城的人。⑦
张成武	西苑出版社	①英国作家班扬所著小说《天路历程》中引导克里斯蒂安娜进天城的人。⑧
杨琦	哈尔滨出版社	译为"武士大卫"，未加注。⑨

译义是："但他的严厉是武士大心的严厉，那武士保护由他护卫的香客，使香客免受恶魔亚玻伦的攻击。"（北塔译）

宋兆霖、张成武二位译者的注释相同；祝庆英、北塔、吴钧燮三位译者的注

---

① 夏洛蒂·勃朗特.简·爱[M].黄源深,译.南京:译林出版社,1993:510.
② 夏洛蒂·勃朗特.简·爱[M].翟士钊,盛兴庆,译.奎屯:伊犁人民出版社,2006:475.
③ 夏洛蒂·勃朗特.简·爱[M].贾文渊,译.北京:中国致公出版社,2006:421.
④ 夏洛蒂·勃朗特.简·爱[M].祝庆英,译.上海:上海译文出版社,2002:373.
⑤ 夏洛蒂·勃朗特.简·爱[M].北塔,译.北京:中国少年儿童出版社,2005:632.
⑥ 夏洛蒂·勃朗特.简·爱[M].吴钧燮,译.北京:人民文学出版社,2002:589.
⑦ 夏洛蒂·勃朗特.简·爱[M].宋兆霖,译.北京:北京燕山出版社,2006:469.
⑧ 夏洛蒂·勃朗特.简·爱[M].张成武,译.北京:西苑出版社,2003:543.
⑨ 夏洛蒂·勃朗特.简·爱[M].杨琦,译.哈尔滨:哈尔滨出版社,2006:473.

释相似。

《圣经》是教导信徒迈上天国的理论指导;《天路历程》则是从故事的角度,讲述基督徒走向天国时所要经受的种种苦难,类似于讲述佛教徒修学故事的《西游记》。所以,《天路历程》在英国信徒心中的地位仅次于《圣经》。小说内容是英国家喻户晓的,但中国读者并不熟悉,应该添加注释。

其中,"香客"是信徒之意,但它是纯粹的汉语词汇,是指去寺庙烧香的人,用于翻译基督教信徒是不合适的,因为烧香不是基督教徒的朝拜活动。如果可以这样翻译的话,那么,把 church 译为"寺院",把 convent 译为"尼姑庵",把 priest 译为"住持",这世界不就乱套了吗?

原著的注释是:Greatheart: the protector of Christiana and her companions in the second part of *The Pilgrim's Progress*. He guards them from fiends—perhaps forms of Apollyon—in the Valley of the Shadow of Death. ①

此处的处理很容易,将原注翻译过来就可以了。译者们却另辟蹊径,注释又过于简单,意思也有点不同于原注。还需要注意以下几点:

(1)"大心"的英文出现了两种写法:Greatheart 和 Great-Heart。笔者核查原著后发现正确的是 Greatheart②。译者在注释中写英文时,不能写错了。

(2)《天路历程》大量使用具有道德特性的名词为人名,翻译时应该照字面意思直译,并加下画线以示醒目和区别。比如,有人叫"孝顺",宜直译为孝顺。"大心"亦是直译人名,原文是 Greatheart(气量大的人,勇敢的人)。"大心"能引导、保护一个修行中的罪人,在他经受种种磨难之后送他去天国。他的作用是护法,犹如观音菩萨及四大金刚在引导、保护唐僧师徒西天取经一样。应该按照基督教语言翻译为"雄心天使",这比"武士大心"要准确一些。如果使用佛教语言译为"护法金刚",那就译掉了原书中的基督教色彩。

(3)所谓"天城",英文是 The Celestial City,是指天国。原注释中没有提及"天城",汉语注释中也不宜使用。据笔者所知,在《天路历程》中,愿去天城的只有一位名叫基督徒(Christian)的男性。原注却说 Christiana and her companions,那么,男性 Christian 和女性 Christiana 有何关系?是不是原注写错了?这是一个疑问。但是,如果看懂整部《天路历程》原著之后再写这条注释,这是不

① Bronte, Charlotte. *Jane Eyre*[M]. Beijing: Foreign Language Teaching and Research Press, 1992: 473.
② Bronte, Charlotte. *Jane Eyre*[M]. Beijing: Foreign Language Teaching and Research Press, 1992: 457.

可能的。所以,把原注准确翻译过来就行了,但要注明是"原注",如有错误,就由原注释者负责。

五、结语

根据对以上 5 条注释的抽样对比研究,现将研究结果的统计数字归纳如下:

表 15

作者	此处最早的出版时间	出版时序	相同性数量	相似性数量	注释数量
吴钧燮	1990 年 11 月第 1 版	1	0	2	5
黄源深	1993 年 7 月第 1 版	2	1	1	5
祝庆英	2001 年 8 月第 1 版	3	0	1	3
张成武	2003 年 5 月第 1 版	4	5	0	5
贾文渊	2005 年 1 月第 3 版	5	1	0	2
宋兆霖	2005 年 1 月第 2 版	5	4	1	5
北塔	2005 年 7 月第 1 版	6	0	1	5
翟士钊	2006 年 1 月第 1 版	7	0	0	4
杨琦	2006 年 3 月第 2 版	8	0	0	0

据此项研究,在这 9 个版本中,最早出版的是吴钧燮的译本。他有两条相似注释是"威尔士兔子"和"大心",这和其他译者形成了时间差,他的版权在先。但是,既然《简·爱》的中译本有 32 种之多,更早出版的译本还是有的。究竟谁是独自翻译的? 谁参考了、抄袭了别人的译本? 这超出了本章的研究范围。

黄源深的相似注释是"经匣",这并不和吴钧燮相重叠,那就是别人和他相似。他的相同注释是"威尔士兔子",也是别人和他相同,这样他也没有版权问题。

然而,如果有别的译本在这 9 个译本之前就出版了,那么版权之争此时还是不能分出胜负。总之,杨琦的版本最晚,问题却最多。笔者的希望是,最晚翻译的版本,应该是最好的版本。

笔者研究文学翻译二十多年,感到著名译者的错译很多,翻译原则真的很混乱,无人予以总结和规制,后代译者也就无所适从。

于是,笔者开展了这项研究,角度是新颖的,结论是震撼的。笔者以事实说明:

(1)这么多的译本都不能令人满意,大量的财力、人力、物力被译者们浪费了,广大读者的阅读认知被严重误导了。

(2)存在着译本注释的抄袭现象。引申的话题就是:译本正文有没有抄袭问题?

(3)译者们的学识、翻译原则、工作责任心等都需要进一步提高。

本文选取注释的角度来探究译本的质量,也是因为广大译者对于注释的重要性认识不足。总结起来说,注释的混乱现象在于:

(1)注释的表述不规范,太简略。

(2)注释的数量不够多。

(3)译本注释有抄袭现象。

(4)尤其在宗教知识方面,注释做得非常外行和简单。

在笔者翻译的《兔子归来》中,原作没有任何注释。但是,笔者发现难点很多,知识点很多,于是,添加的注释就达500条之多,注释的内容非常丰富,注释的过程也非常辛苦。

综上所述,注释决定着译者的翻译态度、知识容量和语言能力,进而决定着译本的质量和译本的可靠性和权威性。

希望该项研究能够帮助我们认识到,在不核对原文的情况下,翻一翻译本中的注释,就能够帮助我们大致判断出该译本的质量和可靠性。

笔者也希望译者和出版社能够更加重视译本质量的提升,重视知识的独创性权益和版权保护,维护人格和良心,维护版权法的权威。

第三编

美国文学的翻译研究

第一章

论英诗汉译的反向翻译原则

—— 以狄金森的诗作翻译为例

中国是一个历史悠久的诗歌王国。100 多年来,人们对于英诗的翻译热情颇高,翻译出版的数量惊人,有的诗作甚至有数名译者多次翻译。然而,人们看到的译文几乎都是自由体诗形式,英诗中原有的格律韵味全都消失了。这反映出诗歌译者们未能领会好、解决好诗歌翻译的原则问题。

这个原则之一就是要依据原作所体现出来的典型修辞风格(音节、韵式等)进行翻译,更要依据原作所体现出来的深刻内涵来进行翻译,而不只是依据其格律诗的表面单词之意随便地、全部地翻译成自由体。但是,诗歌的翻译也是有其灵活性的,比如实在是不好译成格律体,也是可以译成自由体的。总之,凡事都不能绝对化。

另外,将自由体英诗译成"仿汉语格律诗"的形式也可以尝试一下,笔者称为"反向翻译"。这个方法的采用也不是随意的,也是要遵循诗歌的主要翻译原则,即要翻译出诗中的深刻内涵。

一、汉语格律诗的特点简述

汉语格律诗自古有之。《诗经》中收录的诗篇,最早的诗歌是在西周初年,人们写诗时就已经创立并遵守押韵等诗作规则了。其实,也可以推理出来说,至少在商朝,人们就已经在写格律诗了。甚至于说,当人类开始出现文化的迹象时,比如在尧舜禹的时代,人们就在自觉地口述格律诗了。因为他们知道,要把几句话写成一首歌曲一样,念起来动听,有乐感,那就是诗。只是那么久远的诗歌没有流传下来而已。

因此,有押韵乐感的、念起来朗朗上口的、意思连贯的、汉字规整的几句话或很多话,就是格律诗。比如,"关关雎鸠,在河之州。窈窕淑女,君子好逑……"再如,白居易的长诗《琵琶行》中说"……同是天涯沦落人,相逢何必曾相识!……"都是好诗,都是中华文化的骄傲和瑰宝。

每行字数多少是次要的,关键要字数相等,或四个字,或五个字、七个字;或者是字数有规律地变化,如宋词。押韵只是次重要的规则。因此,其字数和行数可以是不确定的。每首诗可用一个韵,或者两个韵甚至两个以上的韵,也允许换韵。既可在偶数句上押韵,也可在奇数句和偶数句上都押韵,这样的押韵方式就会很灵活,能传达乐感就行了。

诗歌发展到了唐朝,就迎来了一个空前的、高度成熟的黄金时代。在唐朝近 300 年的岁月里,诗人们留下了近 5 万首诗,独具风格的著名诗人就有 50 多位。盛唐时期也是诗歌繁荣的顶峰,诗人们把诗歌主要固定在绝句和律诗两种形式上。在这个时期,除李白、杜甫两个伟大诗人外,还涌现了很多成就显著的诗人。他们是以山水田园诗而著名的孟浩然和王维等,以边塞诗而著名的高适、岑参、王昌龄、王之涣等,还有中唐时期杰出的现实主义诗人白居易、元稹等。

笔者在苏州寒山寺旅游,看到孩子们边走边背诵张继的"月落乌啼霜满天,江枫渔火对愁眠。姑苏城外寒山寺,夜半钟声到客船",孩子们终于到了梦想中的地方。笔者感到很高兴,这就是诗歌的力量、文化的力量。此处被扩建保护的景点分别叫做"寒山寺"和"枫桥夜泊"。其老城区的名称分别有"枫桥区"和"姑苏区"。可见,苏州人民的文化层次很高,这都是很聪明的选择和安排,他们真正懂得尊重和保留中华传统文化。

中国古代诗人以高超的智慧和能力,把汉字在诗歌中运用得非常自如和超凡,极大地扩展了汉字的表现力和活力,而又遵守着诗歌的格律规则,从而使得后人难以企及和超越。他们给后人留下了宝贵的文化财富和精神财富,我们应当自觉地继承下来。

这些诗歌的表面规律简述起来就是:形式上的五言、七言绝句和律诗,平仄或轻重音、用韵和对仗,等等。比如,在律诗中连续两行诗的汉字要遵循"平平仄仄平平仄,仄仄平平仄仄平"的规律。

具体的格律形式还是很复杂的,但还有最重要的写诗规则,即要有真情实感,要有思想和道德深度,对弱者要有同情心,要有文字创新。否则,就只是符合平仄变化要求的填词,是生硬的、空洞的,不会得到人们的喜爱和流传。正如南宋诗人陆游告诫儿子的那样:"汝要学诗,功夫在诗外。"所谓诗内功夫,是指格律诗的所有规范、规则;所谓诗外功夫,就是指做人、修身和正己,这和本书所倡导的道德提升是一致的。

二、英语格律诗的特点简述

诗歌语言的共同特点就是其语言是浓缩凝练的、形象的、富有音乐性的。它是人类早期的音乐,它有鲜明的节奏感和优美悦耳的韵律。英语格律诗也一样。

英语格律诗的具体特点,是指它的格律诗、无韵诗和自由体三种形式。英文格律诗的节奏感也很强,它特别是靠重音低音的出现频率(称为"格")来体现节奏和抑扬的。

常见的格有七种,最常见的格只有两种,即在一个音步(foot)中有两个元音。一轻一重的音步叫"轻重格"或"抑扬格";一重一轻的音步叫"重轻格"或"扬抑格"。

可以根据诗行中轻重音出现的规律和音步的数目说出它的格律,即所谓的格律分析或音步划分。这样,某诗的格律形式就会是"五音步抑扬格(iambic pentameter)",或"五音步扬抑格(trochaic pentameter)",或"四音步抑扬格(iambic trimeter)",或"四音步扬抑格(trochaic trimeter)"等。

"音步"和"格"就是诗行中的节奏和韵律(rhythm)。就像汉诗中的"平仄"一样,这是英诗中最难掌握的规则,著名诗人如弥尔顿、华兹华斯、济慈、朗费罗都有违规现象,莎士比亚也有少量违规。可见,这是一个难度很高的规则,亦是容许有少量例外的。

所谓押韵或韵式,是指相同或相似的音节读音,能够规律性地出现在两个或更多诗行的相应位置上面。其种类可分为全韵、近似韵(也称有缺陷的韵)、尾韵、行内韵、词首韵、男韵和女韵等。

全韵是最严格的韵,是指元音和元音后的辅音完全相同。如 cloud—crowd;trees—breeze;know—oh;me—be;等等。

因为押全韵很难保证,所以就不得不以近似韵代替之。近似韵有三种情况:①最后的辅音相同,但前面的元音相似而不相同,如 stone—one。②元音相同,后面的辅音不同,叫"谐元韵",如 lake—fate。③元音不同,所有的辅音都相同,叫"谐辅韵",如 black—block;reader—rider。

当然,押韵是英汉格律诗中的重要一环。正如高东山所说:"巧妙的用韵不仅是声音的共鸣,也含有语义和逻辑的联系,能使人产生喜怒哀乐的联想。"[1]但是,在音乐遍布的当代,诗歌的乐感被读者所弱化,诗歌的寓意、内涵、超脱、崇高则被强调。

所以,总结起来说,英语和汉语格律诗的写诗规范都是非常复杂的,是需要长时间学习才能掌握的。但是,它们都只是表面现象,只是漂亮得体的外衣和装饰。

写诗的第一要点,是要求诗人去表现鲜活生动的、有良心正义的、有文化道德的、有同情心的、有理想追求的思想,而不能用诗来骂人和拍马,也不能用诗来宣扬贪、嗔、痴、慢、疑的贪欲思想。

第二要点,是汉字数目(以及英诗中的音节数目)是相等的,或者有规律地变化。

第三要点,是押韵,押全韵或近似韵。

第四要点,是平仄、音步或格。

三、英诗汉译的再思考

正因为汉英格律诗的写诗规范都是非常复杂的,而且又都只是表面的现象和装饰,是次要的因素,其诗歌内涵才是最重要的因素,所以在英诗汉译时,首先应该把精力用在吃透原诗的内涵上面,以竭力表达出原诗的深刻内涵。其次才是外形方面的润色。

因此,对于英语格律诗,应该首先努力将其翻译成"仿汉语格律诗"的形式,并将英语自由体诗翻译成汉语的自由体诗,汉诗英译时也应如此。笔者反复强调应将英语格律诗译成"仿汉语格律诗"形式,并非强调译者应译出诗歌的乐

---

① 高东山.英诗格律与赏析[M].香港:商务印书馆,1990:15.

感,而是强调只有在"仿汉语格律诗"形式中,英诗中的水分才会被挤出,汉字质量才会得到提升、凝练和浓缩,诗句的节奏感才会被保持和优化。

当然,例外还是应当容许的,即如果英语格律诗无法翻译成"仿汉语格律诗",那就只能翻译成汉语自由体。另外,过于松散的著名英语自由体诗,也可以翻译成"仿汉语格律诗"的形式,以提升翻译的质量。总之,外形上的翻译操作应该有一些自由度,但是诗歌的内涵却不容许自由地删减或篡改。

为什么说是"仿汉语格律诗"呢?因为中国古诗所包含的那几项原则,如平仄变化、押韵等规律没法符合英诗的要求,还有诗歌的字数和长度问题。比如,五言、七言绝句和律诗的行数少,字数也少,英诗的诗行会更多一些。又因为一个英语的音节等于一个汉字的位置,而英诗的每一诗行都会超过五个或七个音节,每首诗都会超过四个、八个诗行,等等。尤其是,英诗中的"抑扬格"或"扬抑格"更是无法用"平仄"规律对等地翻译出来。

尤其是,汉字的"平仄"发声,这是古人确定的读声规则,我们现在也无法确切得知其音。我们听不到古人朗读的录音,但是一句"乡音无改鬓毛衰"说明,古人的"乡音"和现在同一地方的方言可能是一样或相似的,从古到今没有多大变化,但它和普通话还是有区别的。

难题还在于,古汉字的平仄是以哪个地区的方言为基础来确定的呢?在相当长的古代时期,文化的繁荣之地,都是在从长安到洛阳一线的中原地区。那么,平仄的确定是以西安话还是以河南话为基础的呢?而现代普通话,却是以中原以北的东北、北京等地为基础方言重新确定的。

有人研究证明:普通话中的一、二声,相当于是"平"声,三、四声相当于是"仄"声。音质、音色肯定也有区别。既然如此,在这方面追求和古诗的完全一致是完全不可能的。如果那样做,无疑是走进了死胡同!所以,英诗汉译时,只能是符合部分规则,只能是译成"仿汉语格律诗"的形式。相对应的情况是,汉诗英译时,也只能译成"仿英语格律诗"的形式。

四、译例的理论分析

(1)采取"仿汉语格律诗"的形式进行翻译时,只取其有利于英诗的几项因素。如模仿汉语诗中的押韵,就要模仿其整齐紧凑、意思浓缩、对仗和节奏感,尤其是要体现出一定的韵式和节奏。难于保证押韵时,押韵的努力只好弱化,因为诗歌乐感是格律诗中的次重要因素,不能因为追求押韵而篡改诗意。如果个别英语自由体诗难以译成饱含诗意的汉语自由体时,不妨进行反向翻译,即将英语自由体诗译成"仿汉语格律诗"。

现列举美国女诗人狄金森(Emily Dickinson,1830—1886)的一首小诗进行点评、分析和翻译,以实例诠释英诗汉译的反向翻译原则。

狄金森是美国早期的孤独女诗人。她一生未嫁,在孤独中创作了大量的诗篇。据统计,狄金森女士为世人留下1800多首诗。她去世后,她的亲友曾编选了她的部分遗诗,于19世纪末出版了3本诗集。

她的短诗在形式上是非常富于独创性的,大抵应该算是美国自由体诗歌的创始人,且诗作价值很高。尤其是她通过短小的诗歌,超前反映了个人的幻想、想象、思考和心理活动,其独创性功劳和价值是很大的。但是由于她的诗歌在生前未能出版,根据著作权法,自由体诗歌创始人的头衔便由诗人惠特曼(Whitman,1810—1892)获得了。

当美国现代诗歌兴起之后,她便作为现代诗的先驱者得到了热烈的追捧,对她的研究成了美国现代文学评论中的热门题材。1955年,《狄金森全集》出版,共有3本诗歌集和3本书信集,从而奠定了她作为女诗人在美国文学史上的突出地位。

(2)狄金森写诗时非常随意,好像是信手拈来,随手放下。她既不给诗歌起一个标题,也不给它署上写作日期,有时押韵,有时不押韵。所以,后人整理诗作时在时间排序上是无能为力的,于是,统统使用原诗的第一诗行作为标题,且很多字母都保留第一诗行的写法,没有大写;或者用编号作为诗作的标题。

原诗如下:

I'm nobody! Who are you?

I'm nobody! Who are you?

Are you nobody, too?

　　Then there's a pair of us — don't tell!

They'd banish us, you know.

How dreary to be somebody!

How public, like a frog

   To tell your name the livelong day

To an admiring bog![①]

汪义群翻译了该诗,孙梁校对。他们将标题译为"我是无名之辈",将作者译为"爱米丽·狄更生"。笔者也做了翻译。

汪义群和笔者的译文如下:

我是无名之辈	默默无闻
汪义群译　孙梁校	笔者译
我是无名之辈,你是谁?	默默无闻欲问卿,
你也是无名之辈?	我俩竟是相同命。
那么,咱俩是一对——且莫声张!	成双相伴别显示,
你懂嘛,他们容不得咱俩。	任凭众人把我摒。
做个名人多无聊!	成名立家多无聊!
象青蛙——到处招摇——	像只青蛙四处跳。
向一洼仰慕的泥塘	整日对着烂泥塘,
把自己的大名整天宣扬![②]	来把你的臭名叫。

点评:该诗是一首用词简单的自由体诗,但也有 frog 和 bog 押全韵,somebody 和 day 押近似韵,其含意则颇为深刻。

笔者在认真考证后认为,此诗的写作时间较早,应该是她在 30 岁之前投稿被拒之后写出来进行自我安慰之用的。因此,诗中的"你"不是指她的朋友,而是指"被拒绝发表的诗歌",进而指她的所有诗歌。

诗人表示,诗人和"你"都被世人(实际上是编辑)抛弃了,即"他们容不得

---

① Bode, Carl. *Highlights of American Literature* [M]. Washington D. C. : English Language Program Division;1987: 92.

② 孙梁. 英美名诗一百首[M].北京:中国对外翻译出版公司,1991:341.

咱俩"。但是无所谓,我们俩相依为命就可以了。这胜过那些沽名钓誉的名人和大众,因为他们是青蛙和泥塘。

这首诗代表着她生活中的一个转折点,从此以后,诗人就放弃投稿,随便写诗之后,就随便放进抽屉里了。另一个转折点,是她盼望的男子不再露面了。大约30岁时她远行一次,见了一次外面的世界,于是她就下定决心,独居在家了,其余生就只在附近游玩、写诗以及写信。

如果根据诗歌的一般翻译原则,对于这样一首短诗而言,如汪义群的译文,汉字太过简单,则不符合中国读者的读诗习惯,形似而神损。既然译诗的要旨是要保留其实质和深刻的内涵,主要的目的并不是要坚持保留其表面的诗作结构,故笔者改用中国古诗形式翻译之,以提高译语的质量。笔者将标题灵活翻译为"默默无闻";译语因此就会更加浓缩一些、诗味就会更加浓厚一些,像一首名诗的样子。

(3)因本章篇幅所限,笔者没有详细分析狄金森的个性和写诗风格。但笔者是在对诗人的广泛了解的基础上来翻译这首小诗的。对于标题的翻译,是因为标题的翻译历来都是很灵活的意译,成功的译例也很多。

该诗反映的是诗人愿意独处的人生观,这也符合身为基督徒的她修学基督教义的要求,她就像是在家修学的修女;同时她也对另一种人生观表达了轻蔑的语气。这就是她从此立志不嫁、不投稿、不发表诗作,并愿意独处的理念依据。

在翻译时,译者要将这个理念渗透在字词之中。因此,相信从笔者的译文中,读者不难看到该诗原有的轻蔑口气,还有押韵。其整体状态也是一首难得的、标准的、"仿七言绝句"的译诗。

这样一来,依据它的深刻内涵来翻译,不拘泥于原诗的表面单词,用"仿汉语格律诗"的形式来翻译英语自由体诗,其乐感更强,其文字就可以更浓缩、更紧凑,从而更像是押韵的(格律)名诗。而且,译文中的很多汉字都不是原诗表面所有的,但都符合原文的内涵。即使是那个原诗没有的"臭"字,也是符合原诗内涵的。

五、小结

在上文中,笔者已经详细探讨了诗歌的理解和翻译原则问题。汪义群对原诗理解得比较好,直译出了它的全部意思,只是翻译方法上太过直译了,以至于汉字根本就不像是诗歌语言,难以入诗。对于像中国这样的诗歌王国,这样的译诗很难被看作是"名诗"。根本原因在于译者对诗歌的内容和形式都理解得不够深刻,最后不得不直译。而直译后的汉语就必然是这样的平淡无奇。翻译诗歌时,译者需要寻找能入诗的高质量语言。如果使用了不能入诗的汉字去翻译"优秀"英诗,中国读者会在心里难以认同它的价值,这就贬低了英诗的文化价值和思想价值。

美国的文学历史很短,像狄金森这样的诗歌当然是不能和某些英国诗歌相比的,更不能和中国古诗相媲美。但既然美国人喜欢,认为它很重要,我们翻译时就要考虑它的国别价值所在,从而要把它翻译成为一首有水平的汉语诗歌的样子。于是在这里就要打破一下常规,改变一下角度,用"仿汉语格律诗"的形式来翻译,紧抓原诗的内涵,改变用词用语的角度。

值得强调的是,这里所说的"仿汉语格律诗"形式是指"仿汉语古诗"的部分表面形式,不能是完全符合汉语的格律诗要求。有些译者可能认为,既然不能译成绝对标准的汉语格律诗,就索性将所有英语格律诗都翻译成汉语自由体。很多译者就是这么做的,很多汉语自由体译诗就是这么产生的。但是,这是不合适的,是缺乏责任心和钻研精神的表现。这样的译文不仅破坏掉了原诗的表面价值,更是破坏掉了原诗所包含和暗示的古代时间、文化内涵、格律诗形式、乐感和严谨的语言表达等。

所以,翻译时要顾及原诗的背景、时代和表意的需要,不能去任意追求译者的自由表达和自我表现,但也不能拼命追求绝对的满意和标准的古诗形式。

第二章

朗费罗诗歌的寓意解析和译文探讨

朗费罗的著名诗歌之一是《箭与歌》,在中国很有市场。对于这首小诗的理解,关键的地方是要弄清楚"箭"和"歌"的象征意义。"箭"实际上象征着"恶","歌"象征着"善"。只有体会到了这一层意思,才能理解诗人的道德情操,才能体会该诗的美感,才能把它翻译得恰到好处。

一、简评朗费罗的诗人道路

朗费罗(Henry W. Longfellow,1807—1882)是 19 世纪美国著名的、多产的浪漫主义诗人。他于 1807 年 2 月 27 日出生于缅因州波特兰城的一个律师家庭,于 1822 年进入博多因学院,与著名小说家霍桑是同班同学。

朗费罗毕业后去欧洲学习欧洲语言和文学。1836 年,他开始在哈佛大学担任教授,讲授欧洲文学长达 18 年。因为那是美国的一个诗歌年代,同时代的著名诗人还有艾米莉·狄金森(1830—1886)和惠特曼(1819—1892),他们都经历了美国的南北战争。他在教书之余,也致力于诗歌创作,是一个少见的兼具"文学教授"和"诗人"双重身份的人物。

朗费罗于 1839 年 32 岁时出版了第一部诗集《夜吟》。此后,他的诗作甚多,真是文思泉涌。他不仅在美国备受欣赏和赞扬,在英国也是声名鹊起。这个名声推动着他的多产直至晚年;良好的名声也一直持续到晚年,他先后获得牛津大学和剑桥大学的荣誉博士学位。在他 1882 年辞世之际,全世界都视他为美国最伟大的诗人。他在英国的声誉能与英国诗人丁尼生相媲美,还受到了维多利亚女王的接见。英国人将他的半身雕像安放在著名的威斯敏斯特教堂(Westminster Abbey)的"诗人角"。

在美国,他是第一个获此殊荣的作家。但在 20 世纪之后,随着和他同时代的默默无闻的女诗人狄金森的诗作被发掘问世,狄金森的诗歌价值也被发现和重视。人们因此发现了朗费罗诗作的重要缺点,于是他的名声迅速下降。最后,美国人下结论说,他只是"著名的小诗人"(Yet Longfellow, though not a major poet, was a notable minor one.①)。

狄金森女士在世时默默创作的诗歌不被编辑看好而未能面世。受诗歌时代的影响,她至少是个具有极大热情的诗歌创作者。她把出名的机会留给了朗费罗,也可以说是朗费罗的诗歌名声太大而左右了人们的欣赏口味,这样就埋没了狄金森的天才。但是,狄金森在诗中所表达的时代声音更能代表那个转型的时代,后来她的诗歌就成为美国文学的典范。

狄金森的短诗在形式上是非常富于独创性的自由体,诗作价值很高。尤其是她通过短小的诗歌而超前地反映了个人的幻想、想象、思考、心理和精神活动。她对现实生活无所谓,对白人乡亲互相厮杀的南北战争视而不见,她在诗歌形式和内容上的独创性功劳和价值都是很大的,她超越了时代。

这些真正诗人所应该具备的独创性品质都是朗费罗所缺少的。朗费罗的诗作遵循的是复古路线:诗歌押韵,读起来朗朗上口,说空话、大话歌颂社会,却缺乏内容;他是一个对生活说 Yes 的人,传播的是心灵鸡汤。但是,这经不起美国文化的考验,因为美国文化要求文化的创造者具有独创性和批判性思维。所以,狄金森在身后的名声就远远超过了朗费罗。

惠特曼也是同时代的诗人,也是一个 Yes-sayer。他也一直在积极地创作他发明的自由体诗,想亲近所有人(reach cverybody)。他在诗歌中描写了所有人,上至林肯总统,下至最穷的穷人、受苦的人。但是,他的自由体(Free Verse)实在是太自由了,诗句很长很长,往往一个诗句要写几行才写完,完全是散文句子,这很不讨人喜欢。他一辈子就写了一本《草叶集》。他有良心,但他的诗歌天赋不如狄金森。普通民众被他关心了、同情了、歌颂了,还是不喜欢他,因为民众不喜欢创新,还是继续着传统观念,喜欢朗费罗的押韵、朗朗上口的格律诗。实际上,朗费罗的名声也压制着他。反而是诗歌研究者发现惠特曼是一个创新者,在推崇他。

于是,相比之下,朗费罗的意思肤浅且押韵的诗作是如此的哗众取宠,严重

---

① Bode, Carl. 1987. *Highlights of American Literature*[M]. Washington D. C. : English Language Program Division: 54.

压制了惠特曼和狄金森。从下面的分析中,我们可以看出,文学教授朗费罗的诗歌创作天赋的确不够成熟,这从侧面说明了作家天赋的特殊性和独特性。

二、朗费罗的诗作分析

朗费罗的诗作价值比较小,这是指诗作的文学性方面。他只是做文学教授的材料,有文学理论水平,却缺乏文学写作上的独创性和个性。这对于我们而言是个很好的教训。伟大作家是最善于创作的,他们并不需要文学理论的指导。他们的故事充分证明,创作实践是第一重要的,文学理论只能是个装饰品。也只有少数作家,比如爱伦·坡、厄普代克等,还是可以兼做"文学评论家"和"作家"两个职业的。

当然,朗费罗还是有良心的,他关注穷人,并批评奴隶制,这是作家至少应该具备的底线。

中国人所熟知和盛赞的《生命礼赞》,有人翻译为《人生颂》,共有9个诗段,每段4个诗行,韵式是abab。朗费罗采用了传统格律诗中最常见的四行诗节的形式。他还使用了韵式、脚韵与头韵,于是从总体上形成了这首诗的工整韵律,读起来节奏明快、语气流畅、铿锵有力、优美中听。诗中最重要的内容是在最后一段。诗中说:

Let us then be up and doing,	a
With a heart for any fate;	b
Still achieving, still pursuing,	a
Learn to labor and to wait. ①	b

苏仲翔把整首诗都翻译为仿汉语格律诗的形式,这让笔者颇感兴奋和惊讶。原来的诗行有7至8个音节,苏仲翔每行使用5个汉字,像是五言绝句。这真是难能可贵的尝试,这和笔者长期的主张是吻合的。如此的翻译方式,译者必然要花很多时间去深入理解原作。他要放弃对于表面意思的直译,并刻苦寻找高水平的汉字。在精雕细琢之后,他才能确切而灵活地表达原诗的内涵。李

① 孙梁.英美名诗一百首[M].北京:中国对外翻译出版公司,1991:258.

正栓也翻译了这首诗,现予以对比,以供读者评鉴。

他们的译文如下:

苏仲翔译	李正栓译
众生齐奋发,	那么就让我们起来行动,
顺逆不介意;	准备一个应对一切命运的胸怀,
勤勉而戒躁,	成就总是有但永处追求中,
探索又进取。①	学会苦干还要学会等待。②

在这里,苏仲翔把 any fate 译为"顺逆",把 labor 译为"进取",把 wait 译为"探索"。这是可取的翻译,由此可见译者的精心雕琢和责任心。如果按照字面意思进行翻译,比如译为自由体诗时,正如李正栓的译文,其用词用语就很随便、很表面、很肤浅、很松散、很缺乏诗意,这就贬低了朗费罗。

陈卫安等人撰文《一首永恒的生命赞歌——朗费罗〈生命礼赞〉赏析》③,不仅赞颂朗费罗,还赞颂李正栓的译文。李正栓将其诗味、诗意都给译偏了,语言随便肤浅、松散平常,陈卫安竟然蒙住双眼唱赞歌。

当我们仔细品味苏仲翔译文的内涵时,发现它还是空洞的口号。但这不是译者的过错,该诗的品质就是如此空洞,自由体诗的译文就更空洞了。因为译者的责任是译出原作的本意,既不要美化它、拔高它,也不要贬低它、折损它,从而使得读者能够从译文本身就能品尝出原作的本意和寓意。

比如在《奴隶之梦》(The Slave's Dream)④中,朗费罗抱着极大的同情心描写了一位劳动着的黑人奴隶,说他不堪忍受繁重的体力劳动和残忍白人主子的惩罚,干着干着,就累死了,倒在地上"睡着了"。朗费罗借着哈姆雷特的"睡觉"和"死亡",修辞上叫"用典",喻指黑奴睡过去了,梦见非洲的故乡。诗人的寓意是:黑奴累死了。

当很多美国人在歌颂美国梦之时,在黑奴制是合法的情况下,这个黑奴的

①　孙梁.英美名诗一百首[M].北京:中国对外翻译出版公司,1991:259.
②　李正栓,吴晓梅.英美诗歌教程[M].北京:清华大学出版社,2004:194.
③　陈卫安,申玉革.一首永恒的生命赞歌——朗费罗《生命礼赞》赏析[J].名作欣赏,2007(7):101—104.
④　吴伟仁.美国文学史及选读[M].北京:外语教学与研究出版社,2011:256—257.

美国梦是怎么做的呢？他死于"梦中"，他的美国梦是离开造梦的美国，"回到非洲家乡"。

　　这是多么残酷的现实！尤其是法律还在维护一半国土上的奴隶制时，诗人无疑有勇气、有胆量、有正义、有道德去挑战这样的恶法。这是何等勇敢的精神！何等的正义！诗人知道，在法律和正义面前，正义总是第一位的。

　　朗费罗还有一首短诗在国内很流行，叫《箭与歌》(*The Arrow and the Song*)，可惜的是完全被理解错了、翻译错了。原诗、音步、韵式如下：

The Arrow and the Song

Henry W. Longfellow

I shot |an ar |row in |to the |air,　　　　　a

It fell |to earth |, I knew |not where;　　　a

For, so |swiftly |it flew |, the sight　　　　b

Could not |follow |it in |its flight.　　　　b

I breathed |a song |into |the air,

It fell |to earth |, I knew |not where;

For who |has sight |so keen |and strong,

That it |can fol |low the |flight of |song?

Long, long |after |wards, in |an oak

I found |the ar |row, still |unbroke;

And the |song, from |begin |ning to |end,

I found |again |in the |heart of |a friend. ①

　　这首短诗有 3 个诗段，每段有 4 个诗行，每行有 8 至 10 个音节。音节数是不规则的，因此音步数也就不规则了。多数诗段是 4 个音步，但有 4 个诗行有 5 个音步。其韵式是 aabb。

———————————

① 孙梁.英美名诗一百首[M].北京:中国对外翻译出版公司,1991:270.

每个音步中轻重音节的规律基本上是"轻重格",但有 17 处例外,如第一诗段有|row in|、|to the|、|air,—|、|swiftly|、|follow|、|it in|。第二诗段有|into|、|low the|、|flight of|、|song?|。第三诗段有|after|、|wards,in|、|And the|、|ning to|、|end,—|、|in the|、|heart of|。这实在是太多了,远远超出了格律诗的容忍度,是不合格的英语格律诗,不过节奏和韵味还是比较足够的。

诗意有点价值。第一诗段讲箭射出去找不到了。第二诗段讲歌唱出来之后也找不到了。第三诗段是说箭和歌都找到了。箭扎在坚固的橡树上,而歌声则存在于朋友的心中。

关键问题是如何理解"箭"和"歌"的象征意义。"象征"是指"用 A 代表 B"。那么,"箭"和"歌"代表什么呢?如果只是表面意思,而不能代表别的更有意义的思想,这首诗就太肤浅,毫无价值可言。所以它一定有所指。搞不清楚这一点,就不能正确、合理地翻译它。

三、《箭与歌》的译文质量分析

翻译这首短诗的译者不少。杨霖的译文被收录在《英美名诗一百首》之中。杨霖的译文和笔者的译文对比如下:

箭与歌	箭与歌
朗费罗	朗费罗(1807—1882)
杨霖译	罗长斌译
我射一箭直上高空,	我射利箭入长空,
待它落下,不见影踪;	飘落大地无踪迹。
因为它飞得如此疾迅,	迅若疾风瞬息逝,
我的眼力无法追寻。	何人利眼能寻觅?
我歌一曲响遏行云,	高歌一首对蓝天,
待它飘下,无处觅寻;	飘落大地无处现。
谁的眼力那么强,	谁有非凡敏锐眼,
能追随歌声飞扬?	追溯歌声到天边?

好久、好久后,我见一株橡树,	数年以后橡树上,
树上嵌着箭,完好如故;	利箭无损伤树身。
那首歌,从头至尾,我也发现	轻柔歌声暖意长,
在一位友人深深的心田。①	善意仍存朋友心。

点评:(1)杨霖把《箭与歌》译成了自由体,这样一来,这个颇有韵味的英诗在译文中就体现不出必要的韵味和节奏感,格律体的风格被破坏了。另外,译文也只是表达了它的表面意思,还存在有重要的失误,即没有翻译出"箭"和"歌"的象征意义,这从"树上嵌着箭,完好如故"中可以看出,因为这是最关键的诗句。

原诗的本质内涵是讲述"爱"与"恨"。"shot an arrow into the air"是指无意中做了坏事,还没看见恶果。虽然不是有目的的伤害,但这是危险的伤人动作,而且伤人的力度还很大,必然会有恶果。多年以后,坚硬的橡树被射伤,喻指害人的力度很大。

而"breathed a song into the air"则是指无意中做了好事,对人表达了善意,多年以后却仍被人记着和怀念。这是在歌颂善意、爱心和友谊。

对于植物的伤害也是伤害,诗人主要是喻指对于人的伤害。因此,这首短诗是在表扬善心、善念和善行,同时在警告和批评说,恶的言行也会导致很长久的恶果。在杨霖的译文中,这点重要的内涵都被翻译掉了,因为译者没有看懂"箭"和"歌"的象征意义。"箭"象征"恶行",而"歌"则象征"善行"。

译者如果理解到了这个道德深度,他的语言和语气都会往这个方向去铺排、去用词,这样才能让读者从译文本身读到、感受到原作的美感和道德指引。

(2)笔者对于这首短诗的理解也经历了几年时间。正如古人所言"读书百遍,其义自见"那样,笔者不断讲给学生听,讲着讲着,笔者的理解加深了,疑问得以解答。这时,笔者的译文也一气呵成了。

笔者翻译时保留了原诗的格律体,并尽力使译文押一点韵。在"利箭无损伤树身"一句中,使用了"伤"字表达了"箭"所象征的"恶行"。在"轻柔歌声暖意长"中使用了"暖"字。在"善意仍存朋友心"中使用了"善"和"存",表达了

---

① 孙梁.英美名诗一百首[M].北京:中国对外翻译出版公司,1991:271.

"歌"所象征的"善心、善行"。实际上,笔者花了几年时间,解决好理解问题之后,重点是选用了"伤"和"善"两个字,把诗中这两个深刻内涵表达了出来。

在笔者的译文中,原诗的形式和内涵都得到了全面、最好的保持和表达。诗作表达了因果报应、善恶自现观念,诗人内心的善恶也从中呈现了出来。这是朗费罗最好的小诗之一,诗人的道德感和文字表现力也是值得赞叹的。这样一来,在正确、准确的理解和翻译之后,译者的文化桥梁作用也就实现了,译文的文化交流目的也就达到了。这才是翻译工作的最终面目。

第三章

英诗汉译的译语修辞手法探讨

——以弗罗斯特的诗歌翻译为例

英诗表面上看起来往往显得比较简单易懂,可是中国译者却往往译错。原因还是他们没有理解到英诗的深刻内涵,没有遵守诗歌的翻译原则,也没有注意到译语的修辞要求。原诗是格律诗时,其用词用语也都是简洁浓缩的,寓意也是深刻的,尤其是它的韵律和节奏使之拥有音乐之美,因此翻译时应该争取用"仿汉语格律诗"的形式和相对应的译语质量、修辞来表现。否则,对于很看重格律诗的弗罗斯特等格律诗人而言,以自由体形式来翻译他们的格律诗,以及忽视内涵寓意和修辞的作用,将会大大弱化其诗作的价值。重视修辞的合理运用是提高译作质量的方法之一。

一、修辞和诗歌翻译

修辞手法(rhetorical devices)在英汉两种语言中都运用得十分普遍,它是指通过修辞来调整语句结构和词语位置,运用特定、特殊的表达形式以提高语言表达能力和效力。它是诗歌写作和翻译的技巧之一,常常效果显著,能起到画龙点睛的作用。因此,合理运用修辞,不仅可以提高写诗的质量,也可以提高译文的质量。

修辞的手法共有 63 大类,78 小类之多。写作中使用的主要修辞手法有比喻、拟人、夸张、排比、对偶、反复等。特殊的描写方法有白描、衬托(正衬、反衬、陪衬)、反复、反语、双关、重叠、指代、用典、谐音、委婉等。中文的伟大和深奥不仅在于汉字创造的奥妙,更在于这些复杂多变、含义深远、灵活多样的修辞手法,它们共同造就了汉文化博大精深、意境深邃、优美淡雅、朴实庄重的特点。

在英诗汉译时,中译文常常存在修辞手法运用不足的问题,汉字的运用水平也很低。这不仅让读者感到译者没有把英文理解透彻,更是让读者为其肤浅单薄的汉字和语句感到迷惘和困惑,因为诗歌的写作本来就特别讲究用词精致、独创和别致,译文又焉能用词简单而寓意单薄呢?

比如,诗人要使用比喻,以便把抽象的事物形象化;使用借代,以使语言显得简练和含蓄;使用夸张,以便更突出、更强调、更鲜明地表达诗人的意境和思想。这些都是译者要解决好的修辞知识基础。

本章以美国著名诗人罗伯特·弗罗斯特的一首名诗的解读和翻译为例,通过3位译者在修辞上的缺憾,来探讨汉语修辞知识在译文表达中所能够起到的良好作用。

我们可以看到,正确利用修辞手段,就能以画龙点睛的方式增强译语的感染力、深度和生动性,能够烘托出原诗固有的气氛,突出原诗的本质特征和价值,并能恰到好处地表达原诗以及诗人的本意。也就是说,如果在译诗中恰当地运用好汉语修辞手法,就可以达到高水平的翻译要求,完成一个译者应有的翻译责任,成就一个译者的桥梁作用。

二、弗罗斯特其人其诗

(1)作者简介。

弗罗斯特(Robert Frost,1874—1963)于1874年3月26日出生于旧金山,11岁时随母亲迁居到新英格兰地区。他16岁开始学习写诗,20岁时正式发表诗歌,他一生共出版了10多本诗集。

他钟爱大自然,大部分诗歌都是描写植物和自然界的。他经历了很多人生的艰辛和痛苦,所以在诗歌中经常表现与孤独、绝望、死亡相联系的意象,如冬、雪、冰、霜、枯叶等。他创作了《林间空地》《未选择的路》《林边雪夜驻足》等著名诗作,先后4次荣获美国普利策文学奖。

在诗歌创作的手法上,他很少写自由体诗,声称要用"旧形式表达新内容"①。他采用通俗的语言、熟知的韵律、常见的比喻和象征手法,描写了新英格兰地区的乡村和风俗。他的代表诗作常常是探究内心、他人、大自然同宇宙的关系,并以寓意深刻的小诗形式去展示他的价值观。

弗罗斯特很重视格律诗中的抑扬格。他说:"对英语诗歌而言,抑扬格和稍加变化的抑扬格是唯一自然的韵律。"②他的最大特色就是善于运用眼前看似平淡无奇的事物,去表达一个深刻的、具有教育意义的哲理。因为他擅长于用具体、普通的事物去解说抽象概念,所以他的诗作可读性很强,很容易被读者所接受。

(2)作者的诗作。

诗人有一首著名的短诗叫 Stopping by Woods on a Snowy Evening,其中包含着几种修辞的运用,如隐喻、用典、比喻、对比。

原诗、音步和韵式如下:

Stopping by Woods on a Snowy Evening
Robert Frost

Whose woods|these are|I think|I know.　　　a

His house|is in|the vil|lage though;　　　a

He will|not see|me stop|ping here　　　b

To watch|his woods|fill up|with snow.　　　a

My lit|tle horse|must think|it queer　　　a

To stop|without|a farm|house near　　　a

Between|the woods|and the|frozen lake　　　b

The dar|kest eve|ning of|the year.　　　a

He gives|his har|ness bells|a shake　　　a

To ask|if there|is some|mistake.　　　a

The on|ly o|ther sound's|the sweep　　　b

① 弗罗斯特[EB/OL].百度百科.2013-12-19.
② 弗罗斯特[EB/OL].百度百科.2013-12-19.

Of ea|sy wind|and dow|ny flake.　　　　　　　a

The woods|are love|ly, dark|and deep,　　　　a
But I|have pro|mises|to keep,　　　　　　　a
And miles|to go|before|I sleep.　　　　　　a
And miles|to go|before|I sleep. ①　　　　　a

　　这首格律诗的韵式基本上是 aaba,但有两处例外。一是第二诗段第四诗行的 year 押的是近似韵。二是第四诗段的韵式是 aaaa。

　　全诗共有 4 个诗段,每个诗段有 4 行。每行有 8 个音节,分为 4 个音步,基本上是弗罗斯特一直喜爱的抑扬格。但有三个音步 |and the|,|ning of|,|mises| 却是例外,因为处于"扬"位置的 the、of 和 ses 应该读重音,但这三个音却只能读弱音。然而,少量破例违规不影响它的格律诗形象。

　　总之,这是一首短小精悍、意义深远、形式上比较规范的四音步抑扬格诗。该诗在形式上的 5 处例外也说明,诗人最看重的是思想内容上的新颖、别致和深刻,而不是追求形式上的完美无缺。

　　关于修辞手段,他在结尾处给出一个隐喻,直译为:"睡前我还要赶上几英里,/睡前我还要赶上几英里。"表面上看,这是一个简单、直截了当、甚至是啰唆的重复。可是读着读着,我们会发现这是一个"隐喻和用典"。所谓的"睡觉"(sleep),它的隐喻是死亡。这一点联系是来自于哈姆雷特的独白,最早来自于《圣经》,这同时又是用典。于是,一个 sleep 的运用,就包含着两种修辞手法,这就大大加深了原诗的寓意和价值。

　　该诗想要表达的是诗人在遭受最大困难之时还要坚强地保持他的勇气和人格。诗中用价格比较便宜的 little horse 比喻诗人在经济上的贫穷状态,相对比的是他的朋友却拥有着极大财富(象征助人的能力),但他知道富人朋友肯定不会帮助他。因此,他路过朋友家而放弃拜访,以避免吃闭门羹的尴尬,这是保存人格尊严的最后努力。他在诗中还暗示,以前交朋友时,他骑的是一匹大马,暗示他以前有较多的财富。

――――――――

① 吴伟仁.美国文学史及选读(第 2 册)[M].北京:外语教学与研究出版社,2011:171.

在这里,他用巨大的树林和湖面以及附近朋友的住房来暗示朋友的巨大财产,从而和他的窘困形成鲜明的对比。朋友拥有巨大的助人能力却不帮助他,一则揭露和批判了美国人的极端自私,二则暗示此人的忘恩负义。怎样对待忘恩负义之人呢?诗人告诉我们,绕着走,不要去见他,坚持完成自己的使命,这才是正确的选择。当然,世俗财富多少只是一个有关世俗能力的比喻。从精神财富来讲,他的朋友不值一提。该诗尤其表达的是对某些满身铜臭、薄情寡义的美国人的批评。

"雪夜"比喻诗人正遭遇着人生中最艰难、最危险的时刻,可他却还要在雪夜中赶路(比喻"困境中的坚持")。这本是最需要朋友帮助的时刻,可是有鉴于朋友的拒绝态度,他稍停片刻之后,便毅然决然地冒着危险朝着他的既定目标奔去。

雪夜本来是比较明亮的,怎能是 darkest evening?因为在受到打击的情况下,在得不到外援的情况下,此时此刻,这困境就成了他今年心情最糟糕、最窘困的时刻。诗人用它来比喻"最困难、最黑暗"之夜。实际上,它不是指雪夜之黑暗,是指朋友之心的黑暗。这又是一种比喻。

诗中还用 And miles to go before I sleep 来象征他的决心。在惜墨如金的诗句中,他还重复了这一行诗,足显其珍贵和重要。如果直译,把这两个诗行译成同样的汉字,读起来就太蹩脚、太轻浮了。其中 miles to go 象征他剩余的不多的未竟事业,而 sleep 则象征着最终的离开人世,并非指当晚的睡眠。

诗中重点着墨的漂亮、安静的雪夜树林,并非是单纯讴歌大自然,而是以愿意帮助他的美丽的大自然和拒绝帮他的心灵丑恶的朋友作对比,以清楚表明诗人的哲理态度,即歹毒的人心比大自然的严寒还要坏!这里的修辞手法叫"对比"。

因此,表面看来,这是一首简单易懂的小诗。可是,只有反复咀嚼,才能慢慢体会到它的深刻含义和多种修辞手法的妙用。

三、译语的修辞手法分析

(1)笔者收录到三种译文,都含有可商榷的地方,现对比分析如下。对于标题,刘守兰译为"雪夜林畔小立",李正栓译为"雪夜停林边",顾子欣译为"雪夜林边驻留",而笔者译为"林边雪夜驻足"。

刘守兰和李正栓的译文如下:

雪夜林畔小立

罗伯特·弗罗斯特

刘守兰译

这是谁的树林我想我明白。
虽然他的屋子在村子一带；
他不会看见我这里停歇
观赏他的树林为白雪覆盖。

我的小马一定感到不解，
为何停留于渺无人烟之界，
在树林和结冰的湖泊旁
在一年最幽暗的冬夜。

他抖响颈上的铃铛，
问主人是否停错了地方，
那唯一的答案只是清风飘飞
和那雪花的冉冉飘扬。

这树林可爱，幽深而深邃，
然而我有诺言须遵守，
还要赶好几里路才能安睡，
还要赶好几里路才能安睡。①

雪夜停林边

罗伯特·弗罗斯特

李正栓译

这是谁家的树林我想我知道，
尽管他家住在村子里；
他看不见我在这里停住并观瞧
他的林中雪栖树枝落满地。

我那匹小马肯定认为很古怪，
在这一年中最灰暗的黄昏，
湖面冰封，**近无人家，**林木雪盖，
停在这儿是什么原因？

它摇动缰铃，似乎在问：
你停在这里，**有没有搞错？**
此外别无任何的声音，
只有清风徐来，雪花飘落。

树林幽深，景色迷人，
不过，我有约要赴，
须走路程遥远才能投宿，
须走路程遥远才能投宿。②

点评：标题的翻译具有很大的灵活性，不同的翻译没有太大关系。从诗歌内容上看，这两篇译文表面上并无大错，但考虑到诗歌语言的质量需求和修辞，两篇译文的品质就显得平庸、一般化了。译文显示，好像诗人在留恋树林，其实不然。

正如前文所说，诗人并非是在雪夜中夜行，而是使用雪夜、树林、结冰的湖

---

① 刘守兰.英美名诗解读[M].上海：上海外语教育出版社,2003：518—519.
② 李正栓,吴晓梅.英美诗歌教程[M].北京：清华大学出版社,2004：221—222.

面来比喻他的艰苦环境。至于造成灾难的根本原因,诗中没有明说,笔者的推理是,因为他的理念和朋友是相当不同,他信任朋友,却没想到被这个朋友出卖、陷害了,于是灾难降临到了他的身上,导致了他现在的受苦受难,而朋友就变成了路人、小人。

简单勾勒一下,大约是以下几条:

①朋友很富有,他很贫穷,贫富之间自然有着不可逾越的阶级鸿沟。他的朋友是世俗凡人,嫌贫爱富,以强欺弱,甚至还出卖他。

②朋友只贪图物质享受,没有理想,而他却有理想。

③最关键的是,诗人通过两件事情表达了他那种不屈不挠、"不向五斗米折腰"的精神追求。一是他需要帮助但不向这位虚伪的朋友示弱求救。二是即使在他最困难的时刻,他还想着要去实现他的理想,即诗中的"但我必须履行我的诺言"。尤其是使用比喻"辞世"的"睡觉",以表达实现理想至死方休的精神。

以上两个译文都是自由体形式,其语言比较简单、松散和随便。比如,李正栓的"这是谁家的树林我想我知道"和"有没有搞错?"等口语化表达。"近无人家"是错译,因为往日的朋友就在附近的村子里。这都会大大降低原诗的语言质量和深刻内涵。

(2)另有两种译文,也收录在此,以示对比研究。

顾子欣和笔者的译文如下:

雪夜林边驻留	林边雪夜驻足
罗伯特·弗罗斯特	罗伯特·弗罗斯特(1874—1963)
顾子欣译	罗长斌译
我知道谁是这林子的主人。	树林属谁我自明,
尽管他的屋子远在村中;	他家就在那村里。
他也看不见我在此逗留,	安能料我来此地,
凝视这积满白雪的树林。	途遇大雪漫树林。
我的小马想必感到奇怪:	小小马儿显疑情,
为何停在树林和冰封的湖边,	为何偏在这儿停?
附近既看不到一间农舍,	冰湖林间无房屋,

又在一年中最黑暗的夜晚。　　　　｜　　冰雪之夜最黑蒙。

它轻轻地摇了一下佩铃，　　　　　　｜　　小马甩动缰绳铃，
探询是否出了什么差错。　　　　　　｜　　似问主人为何停？
林中毫无回响一片寂静，　　　　　　｜　　只闻微风籁籁语，
只有微风习习雪花飘落。　　　　　　｜　　鹅毛雪片渐渐增。

这树林多么可爱、幽深，　　　　　　｜　　夜林深沉尤可爱，
但我必须履行我的诺言，　　　　　　｜　　使命呼唤难久停。
睡觉前还有许多路要走啊，　　　　｜　　**找店尚需快赶路，**
睡觉前还有许多路要赶。①　　　　｜　　**安息之前须远行。**

点评：(1)顾子欣稍微顾及了一下押韵，而不是刻意追求，这没有关系；但把第 3 诗段译成相等数量的 10 个汉字，却不是格律诗所需要的紧凑句式和意义浓缩的汉字，诗句意思和结构就显得拖沓和松散。整首诗译成自由体的形式，还是要尽量避免这样整齐的句式。总体上看，其质量稍好一点。

三位译者的共同错译：一是将一首格律诗译成了自由体，这违背了诗人的本意；二是最后两句诗行的翻译，不应使用重复和直译。

自由体诗也不是随便写下来长短不一的诗句就是自由体，它也要讲究词义的浓缩、紧凑、修辞、用典和比喻等。比如，艾米丽·狄金森和 T. S. 艾略特的自由体诗中的语言和结构就是杰出的示范。他们在诗中用词奇妙、含义深刻，诗句和诗段都是尽量长短不一、没有规律，同时回避押韵。

由于译者对于原诗的理解深度有限，所用的汉字、句式和结构都让人感觉松散，含义单薄，修辞手段也没有被重视。尤其是最后两行诗的直译，使之失去了好诗所应具有的语言优美和内涵深刻的特点。

(2)按照笔者对于诗歌翻译原则的理解，笔者尊重诗人的格律形式，并采用模仿汉语古诗的形式来翻译。

笔者的译文尽量采用二、四行押全韵和近似韵，但不追求完美的押韵形式。

---

① 蒲度戎,彭晓华.英美诗歌选读[M].重庆:重庆大学出版社,2000:284.

汉语用词尽量浓缩和紧凑,有意识地采用比喻、对比、拟人、对偶等修辞手法,以恰当、合理地表达原诗的深刻寓意和哲理味道。其中,"冰雪之夜最黑蒙"清楚表达了原诗本有的对照疑问和悬念。"找店尚需快赶路/安息之前须远行"则回避了重复诗行可能造成的啰唆和单薄。

笔者的译文不一定是最完美的,但前三种译文的错译和不合理之处都得到了纠正,尤其是原诗的形式和内涵都得到了较好的保持、表达和提升。笔者没有完全照着原文的字面意思来翻译,所有的用词用语,都是在深度理解全诗的基础上重新选词和调配句式。

这看似简单,其实不然。几个字之差,位置的稍微调换,语气的稍微变化,修辞方式的改变,都来源于译者对该作品、英美文化和生活的深刻理解。所以,这种饱含心血的用心翻译必将会大大提高译文的质量。

(3)原诗所采用的英语修辞手法主要有三种:比喻、拟人和重复。那么,译者也应重视修辞方式的采用。

①英语中的比喻手法也用汉语相应的比喻手法来翻译和表达,这是可以和应该做的,也可以变换一下修辞手段。如果对原诗的深刻内涵缺乏钻研,所用的汉字能够表达的含义就会失之肤浅。如果体会到了深刻的内涵,所采用的汉字以及译者的心态,就会往深刻的方向去努力。其汉字就必然会是精雕细琢的形象,其内涵也就会不同凡响,修辞手段自然会应运而生,真的是字由心生。

②弗罗斯特作为一位著名且多次获奖的诗人,最后两行重复的诗句,我们应该相信它是符合英诗要求的。可是,按照自由体或仿汉语格律诗的形式去重复翻译,尤其是按照诗句的表面意思去翻译,那么汉语译文就可能是累赘,是啰唆,是败笔。

另外,读者从三种译文中也看不出"睡觉"和"死亡"有什么关系,看不出远行和雪夜、树林有什么关系。因此,关于原诗的这个"重复"修辞手法,翻译时就要放弃。笔者在翻译时,灵活地使用"对偶"修辞句代替之,译为"找店尚需快赶路,/安息之前须远行"。笔者用"安息"替代"睡觉",以避免给人单纯是"入睡"的感觉。而"安息"同时有两个意思:一是平静地休息;二是对死者表示哀悼的用语。如何理解"安息",则是给读者留下的一个悬念。

四、小结

英美国家是基督教国家,其文学也一直浸泡在基督教文化里。几乎所有作家都是基督徒,他们生来就要接受基督教的教育。他们会自觉不自觉地在作品中展示和表达他们的神学观点。对于在文学作品中所表达的"睡觉"和"死亡",尤其值得译者们重视,因为对于生死问题的看法是信徒们所面对的首要问题。

西方人为什么信神?为什么不怕死亡?宗教教义告诉他们:死亡只是肉体暂时离开人间,还有不死的灵魂。所谓信神,就是相信肉体在人间受罪、死亡之后,灵魂会被天使接引到天国,从而永享快乐。耶稣的直面死亡和灵魂在三日后的复活,就一直是虔诚信徒的榜样。这个直面死亡的基督教味道也要求译者能够翻译出来。

总之,翻译前,译者应该努力充电,扩展知识容量,提高对英语的理解能力和汉语表达能力。翻译英诗时,译者应该争取采用仿汉语格律诗的形式和相对应的译语质量和修辞。如果随意使用自由体以及像上述三种译文的"自由语言"去翻译名诗,就会大大弱化原诗的结构、意境和价值,诗体结构的音乐之美也会随之失去。以自由体方式翻译该诗人的诗作,这对于很看重格律诗的弗罗斯特而言,将是致命的损伤和歪曲。

第四章
论庞德的诗德和诗作的翻译

一、引子

在 20 世纪 20 年代,美国中年女作家斯泰因女士(Gertrude Stein,1874—1946)在巴黎创办了著名的文学沙龙,为世界培养了三位诺贝尔文学奖得主。当时身在巴黎的美国诗人庞德(Ezra Pound,1885—1972)也功不可没。

可是,由于庞德在 1924 年去意大利投奔了法西斯,他的后期作品中就包含有法西斯的思想和情绪,这是别的大作家所没有的思想和情绪,这是世界文坛少有的现象和遗憾。

对于译者而言,非常需要清楚了解这个史实,了解庞德思想的特殊转变,因为它决定着译文语言的使用、译者的态度和内涵的合理表达。如果没有了解这个背景,译者可能会以同情、支持庞德的抱怨诗和愤怒诗来翻译,那么译文就必然会走偏。

二、巴黎文学沙龙和庞德

20 世纪 20 年代初,48 岁左右的女作家和诗人斯泰因在巴黎自己的寓所里开办了一个著名的文学沙龙,吸引了一战后一批不满意美国文化而慕名前来法国寻找文化艺术的美国年轻人。

参加者有后来著名的作家刘易斯(Sinclair Lewis,1885—1951)、帕索斯(John Dos Passos,1896—1970)、海明威(Ernest Hemingway,1899—1961)、卡明斯(E. E. Cummings,1894—1962)、威廉姆斯(William Carlos Williams,1883—

1963）、菲兹杰拉德（Scott Fitzgerald,1896—1940）、艾略特（T. S. Eliot,1888—1965）①等一批美国知识青年。

海明威甚至参加过第一次世界大战,有心灵和肉体创伤。菲兹杰拉德还在国内军营受训时,一战就结束了,没来得及上战场就复员了。不过,战后的欧洲还是把他吸引过去,参加了这个文学沙龙。这个沙龙把他们渐渐培养成为未来著名而伟大的作家。沙龙上关于文学创作的讲解和讨论是不可避免的,必然是由已经是著名作家的斯泰因女士和诗人庞德所主讲。

此时,庞德已是著名的诗人,37 岁左右。在庞德的鼓励和帮助下,T. S. 艾略特发展了他在诗歌创作上的才华。显而易见的证据是,庞德为他修改了著名的《荒原》(1922)。于是,艾略特顺利成长,于 1948 年以其卓越的自由体诗歌成就获得了诺贝尔文学奖。

斯泰因女士则鼓励海明威写小说。她给海明威的第一部小说的扉页上题词,称他为 20 年代"迷惘的一代"。海明威擅长撰写长篇小说,于 1954 年以《老人与海》(1952)获得了诺贝尔文学奖。笔者却认为,海明威最优秀的作品应是早期的《永别了,武器》(1929)。

刘易斯返回美国后从事小说创作,于 1930 年以小说《巴比特》获得了诺贝尔文学奖,这是美国第一位获得诺奖的作家。可见,这个沙龙给世界文学界贡献了三位诺奖作家,这是无与伦比的贡献。其他作家如菲兹杰拉德也很了不起,这都有庞德的一份功劳。不幸的是,中国读者对于这个沙龙知之甚少。

不久以后,在 1924 年,39 岁的庞德离开了巴黎,来到了意大利,慢慢追随墨索里尼的思想走上了反犹太主义,并开始为墨索里尼的法西斯唱赞歌和反美。在二战期间,庞德在罗马电台发表了数百次的广播讲话,抨击美国民主和罗斯福总统,赞扬法西斯独裁者墨索里尼。

庞德也因此于 1943 年被控叛国罪。1944 年,他被占领意大利的美军所俘虏,并于 1945 年被押往华盛顿受审。他后来被宣布为"神经失常"而在精神病院度过十几年。关押期间,他研究孔子,对孔子的评价很高,并翻译孔子的书,以及写作长诗《诗章》。

1958 年,经过一些美国作家朋友周旋说情,比如印象主义诗人麦克利什

① Bode, Carl. *Highlights of American Literature*[M]. Washington D. C.: English Language Programs Division,1987: 147.

(Archibald McLeish,1892—1982)、诗人弗罗斯特(Robert Frost,1874—1963)和海明威等,庞德得到了很大的谅解,他未经审判就取消了叛国罪名。可以说,作为诗人的他得到了文人朋友和美国政府给予的非常宽容的对待。

但是,他不报恩祖国,不道歉,不认罪,却对意大利情有独钟,他重新返回意大利居住,于1972年11月病逝于威尼斯。

不管怎么说,他的大脑里包含有很多违背美国精神的思想,他没有经过认真的思考和清理,即使获得了祖国的同情式释放他也固执己见。甚至于他在照片中所透露出来的眼神,也是异常的走样和狡猾,缺乏诚实,这是其他大作家所没有的。在获释前后,他的(后期)作品仍然陆续得到了发表。

庞德的作品应该分为前期和后期,以1924年为界限,也就是以他去意大利的时间点为界限。1924年之前,其作品中所包含的思想比较纯净,是正常文人的思想,是他的前期作品,也是他人生的第一阶段。

1924年之后,他的作品中沾染了法西斯思想,而且是实实在在地为法西斯唱赞歌。这个阶段的作品是他的后期作品,甚至不能称为"作品",应该被禁止流传。这是他人生的第二阶段。

在被监禁期间以及获释之后,直至去世,这是他人生的第三阶段。因为他仍然没有忏悔,没有放弃法西斯思想,他此时的作品也应该属于后期作品。然而,其后期作品中所包含的不良思想却常常被国内编者和译者所忽视,这是非常不应该的。

三、关于《敬礼》诗

(1)庞德的写诗技巧被认为层次很高,名声也大,因此其价值观方面的严重道德错误便容易被人们广泛原谅或忽略。他被人原谅只是代表别人的大度量,他自己却没有从中吸取应有的教训,没有清洗他的错误思想。

于是,庞德写了一首《第二次的敬礼》(*Salutation the Second*),以粗鲁的口气反击评论家对他的批评。不知怎么回事,这首诗竟有两个版本流传下来,有一个版本竟然收入美国文学的课本中。该诗写道:

Salutation the Second

You were praised, my books,

　　because I had just come from the country;

I was twenty years behind the times

　　so you found an audience ready.

I do not disown you,

　　do not disown your progeny.

Here they stand without quaint devices,

Here they are with nothing archaic about them.

Observe the irritation in general:

"Is this," they say, "the nonsense

　　that we expect of poets?"

"Where is the Picturesque?"

　　"Where is the vertigo of emotion?"

"No! His first work was the best."

　　"Poor Dear! He has lost his illusions."

Go, little naked and impudent songs,

Go with a light foot!①

笔者翻译为:

第二次的敬礼

我的书籍受到了称赞,

　　是因为我来自于那个国家;

我落后于时代二十年,

---

①　吴伟仁. 英国文学史及选读(2)［M］. 北京:外语教学与研究出版社,2015:131.

　　　　　　　结果你发现读者已有心理准备。
　　　　我愿拥有你,
　　　　　　　也愿拥有此后的你们。

　　　　他们拿着恰当的技巧在此等待,
　　　　他们也不拥有任何古典的玩艺儿。
　　　　他们却从各个方向观察着你这个刺激之物。

　　　　"难道这是我们,"他们说道,
　　　　　　　"从诗人那里期待的胡言乱语?"
　　　　"自然美的东西何在?"
　　　　　　　"回旋的感情何在?"
　　　　"都没有! 他第一部书是最好的。"
　　　　　　　"可怜的人! 他已失去了想象力。"

　　　　去吧,你这样直率而放肆的小小歌声,
　　　　　　　去吧,迈着轻快的脚步走开吧!

　　从态度和口气上看,这首诗应该属于他的后期作品。从庞德的角度来理解,第一次的敬礼给予读者是因为他们给他捧场;一旦现在的读者捧倒场,他就用"第二次的敬礼"示意那些"白痴(评论家)们"走开。其语言是何其傲慢无礼! 诗人嘲笑说,那些读者或批评家们不具备古典艺术知识,也不懂他的现代派(诗作)艺术,竟然想从他的现代派诗中去寻找古典诗作中的"自然美"和"回旋的感情"。
　　所谓"你们",就是庞德后期包含法西斯思想的诗集。"他们"(评论家)不喜欢,庞德却愿意喜欢"拥有此后的你们"。"此后"就是"后期"。"那个国家"指美国。"刺激之物"指庞德自己的惹人批评的作品。"第一部书"指他的早期诗集。批评家委婉地批评他的后期作品,暗指其诗作含有不当思想。但是,他却用此诗傲慢地进行了回敬和驳斥,宣称自己更喜欢后期作品。他暗示,法西斯思想是他的最爱,不会丢弃的。

　　从诗中看到,他的心态非常不正常、不平衡。以前他的诗作被人赞扬,他高兴;现在评论家们批评他的后期诗作,这触及他的灵魂深处了,他就愤怒了。可是除了语言傲慢无礼之外,诗中并没有写出任何有价值的内容。

　　面对那些曾经为他捧过场的评论家和读者,庞德没有道德上的感恩态度,却因为别人对他后期作品的正确批评,就用这样傲慢的诗作来回敬。这更加明确地说明,服务过法西斯的这个诗人,对自己人生的污点缺乏认真的反思和忏悔,舍不得扔掉其罪恶的法西斯思想。这样,庞德的这种嘲笑、讥讽式的"第二次敬礼",除了暴露自己的黑暗心灵,宣告他和评论家、读者决裂之外,没有任何作用,更不应收入教材。

　　只有理解了这一层意思,译者才能恰如其分地翻译好它。笔者的译文就恰当地表达了庞德的傲慢态度和讥讽语气。

　　这首诗还有另外一个版本:

> YOU were praised, my books,
>
> 　　because I had just come from the country;
>
> I was twenty years behind the times
>
> 　　so you found an audience ready.
>
> I do not disown you,
>
> 　　do not you disown your progeny.
>
> Here they stand without quaint devices,
> Here they are with nothing archaic about them.
> Watch the reporters spit,
> Watch the anger of the professors,
> Watch how the pretty ladies revile them:
>
> "Is this," they say, "the nonsense
>
> 　　that we expect of poets?"

"Where is the Picturesque?"

"Where is the vertigo of emotion?"

"No! His first work was the best. "

"Poor Dear! He has lost his illusions. "

Go, little naked and impudent songs,

Go with a light foot!

(Or with two light feet, if it pleases you!)

Go and dance shamelessly!

Go with an impertinent frolic!

Greet the grave and the stodgy,

Salute them with your thumbs at your noses.

Here are your bells and confetti.

Go! Rejuvenate things!

Rejuvenate even "The Spectator".

Go! And make cat calls!

Dance and make people blush,

Dance the dance of the phallus

and tell anecdotes of Cybele!

Speak of the indecorous conduct of the Gods!

(Tell it to Mr. Strachey.)

Ruffle the skirts of prudes,

speak of their knees and ankles.

But, above all, go to practical people—

go! Jangle their door-bells!

Say that you do no work

and that you will live forever.

这首诗来自网络，其中有几个拼写错误笔者予以了改正。这很可能是庞德最想说的骂人话，语气傲慢、轻佻，极其藐视批评者，透露出空前的法西斯味道。

（2）可是在 1916 年，诗人庞德写作、发表了一首真正的诗作《敬礼》（*Salutation*），这是他的前期作品，也可以看作是他第一次的敬礼。原诗如下：

Salutation

O generation of the thoroughly smug

　　and thoroughly uncomfortable,

I have seen fishermen picnicking in the sun,

I have seen them with untidy families,

I have seen their smiles full of teeth

　　and heard ungainly laughter.

And I am happier than you are,

And they were happier than I am;

And the fish swim in the lake

　　and do not even own clothing.

现将两种译文收录如下：

敬礼	敬礼
匿名者译	罗长斌译
噢完全沾沾自喜的一代	哎呀，十足地自鸣得意的一代
又完全坐立不安的一代	十足地令人不安的一代。
我曾看过渔人们在烈日下野餐	我见过渔夫在太阳下野餐，
我曾看过他们衣衫褴褛的家庭	我见过他们那凌乱的家室
看过他们满嘴牙齿的笑脸	我见过他们咧嘴露牙的微笑
听过他们拙笨的笑声	也听过他们粗俗的狂笑。
而我比你们快乐	我而今比你们都快乐，
而他们比我快乐	他们彼时却比我现在更快乐。
而鱼游在湖中	看那鱼儿游乐于湖中
不曾身着一丝半缕	却不曾有自个儿的衣裳。

诗人批评那些富有的、傲慢的"自鸣得意的一代",认为他们实际上是"令人不安的一代"。贫穷的渔夫连衣服都没有,却过得很快活。诗人虽然是从贫富的差距这个角度描述两类人不同的快乐感觉,然而贫富背后的故事却是非常丰富而悲惨的。

我们从中看到,1916 年的庞德颇为同情穷人,这也是心怀正义感的作家所应有的态度。因此,这是诗人心态正常时写的诗,笔者的译文恰好表达出了庞德的同情心和正义感。匿名者的译文则非常随意,缺乏诗意。

(3)把这两首敬礼诗对比起来看,就可清楚地看到庞德在参加法西斯阵营前后的思想感情变化了。毫无疑问,之前,他的思想是纯朴、正常的文人思想,流露着文人应该有的良心和责任。之后,他的心态就完全变了,变成一个不服输的专制分子。

对于译者和编者而言,了解清楚这一点相当重要,因为它决定着译文语言的使用、态度和内涵的合理表达。如果不了解庞德的这种背景,随便把他的问题诗作编入教材中教给学生,随便翻译他的诗作去流通的话,翻译工作就必然会走偏,读者也会被严重误导。

四、关于《协约》诗

邪恶的程度原本可以分成许多不同的层次,庞德可能不属于那种深层次邪恶的类型。但是,他心里却没有"正义""道歉""民主""自由"和"感恩",这是他的硬伤。比如,他在利用《协约》诗表示所谓的"感谢"时,尖尖的刺藏在诗中。庞德写道:

A Pact

I make a pact with you, Walt Whitman —

I have detested you long enough.

I come to you as a grown child

Who has had a pig-headed father;

I am old enough now to make friends.

It was you that broke the new wood,

Now is a time for carving.

We have one sap and one root —

Let there be commerce between us. ①

　　诗中"赞扬"惠特曼(Whitman,1819—1892)开拓了自由体新诗的形式（"切开一块新木"），但庞德仍嫌粗糙，所以需要"我"来刷新、发展和"雕刻"。因此，"我"的新诗是在惠特曼的基础上经过雕刻过的创新，是"真正"好的诗作。这是第一层贬低惠特曼。

　　接着，诗人又"谦虚地"称赞惠特曼为"父亲"，自己则只是"孩童"。惠特曼的功劳犹如"树根"，他的功劳则如"一滴液汁"。这样，经过雕刻提炼过的"我的"新诗如"一滴液汁"般浓缩、味浓，而惠特曼的诗却像树根一般粗糙。那么，让我们来交易吧！怎么交易呢？一边是"液汁"，一边是"树根"。在交易场上，人们肯定要买"液汁"，不买"树根"。因此，他暗示他的东西（诗作）才是有市场的、有价值的、受欢迎的。这是第二层贬低惠特曼，进一步暗示惠特曼的诗作比不上他的问题诗作。

　　惠特曼早已辞世，庞德所谓订立"协约"只不过是想借此将二人联系起来，从而让前者作他的铺垫，作为抬高他的砝码。但为什么要用 I have detested you long enough 和 a pig-headed father 来谩骂、贬低惠特曼呢？实际上，在这样短小的诗中，他对惠特曼已经表达了太多的轻蔑，每行诗都是刺。

　　惠特曼热爱他的祖国和人民，是典型的爱国者和民主诗人，而庞德则喜欢罗马的专制。二人在人品和诗品的深层次上面是根本不相同的。惠特曼首创了自由体，纵使有不足之处，也不宜这般贬低。这本是一个常识，庞德应该知道。

　　所以，他这样写诗，纯粹是以炫耀自己和谩骂去世的有功之臣为乐，而惠特曼又不能反批评。可见，庞德的道德水平很低，他的这首后期作品令人不堪卒读。不幸的是，该诗也收入美国文学教材之中，被广泛流传和译介。

　　根据这样的理解，笔者将它翻译为：

---

① 吴伟仁.美国文学史及选读(2)[M].北京:外语教学与研究出版社,2014:131.

协约

我和沃尔特·惠特曼订立一个协约——
我恨你也已足够长久。
你一直就是位愚蠢的父亲：
作为长大的孩童我来到你身旁，
我也是足够年长到可交朋友。
正是你切开一块新木，
此时正应雕刻。
我们有一滴液汁和一个树根——
让咱们俩做场交易吧。

现将另外两个译文对比排列如下：

合约
李正栓译

沃尔特·惠特曼，我与你有约在先——
我以前一直把你讨厌。
我现在向你走近，
因为长大的孩子已离开愚蠢的父亲；
我已长大成人，能交友择朋。
是你砍下了新木，
现在已适合雕刻。
我们合一种树汁，合一条根——
愿你我之间存有流通和交易。①

合同
杨传伟译

瓦尔特·惠特曼，我跟你订个
　　合同——
我讨厌你已经很久。
我走近你，像成年的孩子
走进那顽固脑袋的爸爸
我已经长大了，能自己交朋友。
是你砍伐了新的木料，
现在该是精雕细刻的时候。
我们是同一条根，同一种树液，
让我们互相沟通交流。②

① 李正栓，吴晓梅.英美诗歌教程[M].北京:清华大学出版社,2004:215.
② 蒲度戎,彭晓华.英美诗歌选读[M].重庆:重庆大学出版社,2000:295.

五、关于《在巴黎地铁站》

产生于 20 世纪 20 年代的意象主义(Imagism)运动(1909—1917)是很短命的,庞德是领军人物,美国诗人麦克利什(MacLeish,1892—1982)是参加者。庞德说:"我只能说出我当初造这个词的时候用它表示的是什么意思。而且,我不能保证我关于它的想法会绝对保持不变。"①

庞德还说过:"意象在任何情况下都不是一个思想,它是一团,或一堆相交溶的思想,具有活力。"②

这样我们就知道了,意象主义运动是庞德的独创,而且运动的内涵也有可能发生改变,最后它是很短命的,过了几年就消失了。

在创作时,作家一般不可能考虑给自己的作品先确定一个艺术流派的归属,然后再按照这个流派的定义去进行创作。艺术创作是自由的、随意的、随性的,不能有所束缚。所谓作家所属的艺术流派,那是后来的批评家们给划分的。

其实,流派的划分没有太大的实际意义。然而,庞德却留下了一首典型的依据流派的定义而写成的意象主义小诗《在巴黎地铁站》,它绝妙地诠释了意象主义流派的艺术追求。庞德终于按照他自创流派的要求,花了很长的时间用眼睛写出了一首"好"诗。当然,作为小诗而言,该诗还是拥有小诗的短小、快速和简洁。太大、太深的内涵是没有的,用它来奠定诗人的地位也是不行的。

庞德的小诗如下:

In a Station of the Metro

The apparition of these faces in the crowd;

Petals on a wet, black bough. ③

小诗的表面意思是说,下过雨后,树枝上的雨水使得树枝变黑,而树上的花瓣也在雨水的打击之下处于衰败、颓废和凋零的状态,而他在地铁站看到乘客

---

① 黄晋凯,张秉真,杨恒达. 象征主义意象派[M]. 北京:中国人民大学出版社,1989:149.

② 黄晋凯,张秉真,杨恒达. 象征主义意象派[M]. 北京:中国人民大学出版社,1989:552.

③ 吴伟仁. 美国文学史及选读(2)[M]. 北京:外语教学与研究出版社,2014:132.

的表情就像是雨后花瓣的凋落和颓废状态。

因此,深层次上,诗人是采用花朵的外貌状态来比喻地铁乘客之面部表情,以快速、简洁地反映出乘客的精神状态,犹如这些遭受过冲击、打击之后快要凋落的花瓣,其创意是很新颖的,其比喻也是符合当时巴黎人民的实际生活和精神状态的。

Metro 是法语,意思是"地铁",英语是 subway。所以根据这个法语单词,应将标题精确地翻译为"在巴黎地铁站"。

那么,巴黎人的表情为何这般模样呢?

该诗写于 1914 年。而第一次世界大战于 1914 年 7 月 28 日爆发,这对法国人产生了冲击。庞德的观察时间点是在一战爆发之前还是之后,我们不得而知。如果发生在大战爆发之前,那时各国的外交活动频繁,争执正酣,战云密布于欧洲,法国人民的心情也必是沉重、压抑和迷茫,并愁容满面,对未来忧心忡忡。如果发生在一战爆发之后,此时必是大战初期的 1914 年下半年,其经济损失已经产生,死神已经降临到许多士兵的身上,法国人民的心情会更加沉重、压抑,尤其有难以诉说的恐惧感和挫败感。

笔者的分析是,小诗所描述的精神状态更符合大战爆发之后的心态。其冲刷花瓣的大雨正是指大战开打。但是,如果照直去描写人们当时的精神状况,那就不是诗了。

关于这首诗,庞德在 1916 年说过:"3 年前在巴黎,我在协约车站走出了地铁车厢,突然间,我看到了一个美丽的面孔……我整天努力寻找能表达我的感受的文字……我写了一首三十行的诗,然后销毁了……一年后我写了下列日本和歌式的诗句。"①

这段话透露了这样一个事实:诗人于 1914 年写了初稿,然后花费了 1 年的思考才修改成为两句"日本和歌式的诗句"。诗人如此慎重,在精心雕琢词汇,译者能否一蹴而就呢? 显然不能。译者也需花费较长的时间才能理解好、翻译好。

很多译者喜欢翻译它,却没有进行过思考,翻译时也不想站在诗人的角度去理解、去翻译、去表达,而是喜欢借翻译之机把自己的杂念加进去,从而就形

---

①　黄晋凯,张秉真,杨恒达.象征主义意象派[M].北京:中国人民大学出版社,1989:553.

成了这样两种不合适的局面：

一是各人翻译时，其表达的语言和方式千奇百怪，但都没有理解到原作应有的深度。

二是在别种译文的基础上稍作修改式的"翻译"。

屠岸先生翻译为：

在地铁站口

人群里这些脸庞幻影般涌现；

湿漉漉的黑色树枝上，多少花瓣。[①]

点评：（1）标题译错了。"站口"的位置是指地面上的出入口，而诗人描写的是在地面下的站台上等候地铁的人群。

（2）"幻影"和"多少"是译者加上去的多余的字，原诗的含意中没有。若翻译两句短诗都要多加 4 个脱轨字，翻译一首长诗该会增加脱轨多少字呢？这是不妥当的，译者要注意译文语言的简洁明了，以配合原诗的简洁明了。

现在收录另外 4 首译文以助对比研究：

在地铁车站	在一个地铁站
李正栓译	杜运燮译
人群中幽灵般的一张张面孔；	人群中这些面孔幽灵一般显现；
黑色潮湿枝头上的一片片花瓣。[②]	湿漉漉的黑色枝条上的许多花瓣。
在地铁车站	**在地铁车站**
蒲度戎译	刘守兰译
人群中这些面孔隐隐幻现；	人群中的面孔幽灵般时隐时现；
黑色潮湿枝头的花瓣。[③]	湿漉漉的黑枝头上花瓣片片。[④]

---

① 屠岸,章燕.英语诗歌精选读本[M].屠岸,译.北京:中国国际广播出版社,2007:283.
② 李正栓,吴晓梅.英美诗歌教程[M].北京:清华大学出版社,2004:216.
③ 蒲度戎,彭晓华.英美诗歌选读[M].重庆:重庆大学出版社,2000:293.
④ 刘守兰.英美名诗解读[M].上海:上海外语教育出版社,2003:167.

在杜运燮的译文中,他使用"幽灵"这个看不见的不祥之物,这和眼见的表情有明显差距。它既不符合原诗之意,也不符合意象派的创作精神。尤其是,这两句诗之间缺乏的联系仍然没有补上,从而让读者难以把"面孔"和"花瓣"联系起来。

这4个译文中,译语之含义和原文也有较大差异。译者们都非常热衷于想当然地增加许多词,如:"幻影般涌现""多少""幽灵""时隐时现""一张张""一片片""隐隐幻现"等。可是,他们为什么就是不愿意增加"巴黎"和"如"这三个字呢?

在这两句诗中,起连接作用的单词是 is like("如"),诗人有意省略了,这正是诗歌创作的要求。如果写完整了,符合语法了,那就是散文句子,而不是英语诗歌了。

但是,在翻译时,为了方便中文读者的理解,在译文中如果补充了"犹如"这样的意思,其意义上的连接就紧密一些,也不妨碍它是一首汉语短诗。笔者的译文是:

在巴黎地铁站

人群中这些面孔之呈现;
如潮湿、黑色树枝上的花瓣。

"巴黎"和"如"是原诗在字面上没有,但含义中有的意思,所以增加的字并不多余。用了这个增词方法,使得汉语译文看起来很连贯,也很像是一首诗。

六、小结

诗人的人生观和价值观对于文学创作是至关重要的因素,因为他在作品中不可避免地要予以表达。大体上,作家所信奉的人生观和价值观分为以下几类:封建专制观念、殖民主义观念、法西斯观念、资产阶级观念、无产阶级观念、西方民主自由观念、文艺复兴观念,或者是儒家、道家、佛家、神学观念等。

在这些观念中,有些是被抛弃的、错误的,有些是长存的。比如,吴承恩、班扬、但丁、莎士比亚、马克·吐温、海明威等作家就代表着部分长存的价值观念。

庞德也不例外。他以前是美国人,必然持有美国的民主自由观念。他1924年去意大利之后,改变了信仰和思想,开始信奉法西斯专制观念,实际上是个主动投奔而去的叛国者。文人叛国是个稀有案例,他却是个实实在在的大案例,并切实地在他的作品中渗透了法西斯味道,并积极地为法西斯卖力工作了20多年,甚至战后仍抓住法西斯思想不放。

反法西斯是个有关民族大义的问题,在我国英语界却未引起足够的重视。有关庞德的大量篇幅累累出现在国内的畅销英美文学教材中,好像他是个"典范""大师级"的诗人,而更应该介绍的作家如玛丽·雪莱及其小说《科学怪人》、朗费罗的《箭与歌》,以及霍桑的《年轻的古德曼·布朗》《教长的黑面纱》等优秀作品,在英美文学教材中却始终不见踪影。

作为译者,要真正体会到作家和人生观、价值观的关系,要真正体会到庞德的思想变化对于诗歌语言、风格、思想的深刻影响。这样,在翻译时就知道了如何运筹译语,如何恰当、合理地运用译语。

进一步说,诗歌译者应该非常懂诗才行;要做好背景知识的了解和掌握;要有诚实的工作态度。诚实就是老老实实,不是花里胡哨、外强中干、敷衍了事。

诗歌是什么呢?诗歌就是以特殊语言外形为外衣,能够简明扼要地表达、预示或颂扬正确的人类思想的主流情感表现(如原谅、感恩),或较高层次的道德(如宽容、博爱、博大胸怀),或更光明的愿望(如崇高、志向),它应该包括较少或没有自私的意图。而且,诗歌所应该拥有的深刻内涵、高远的志向和超然的境界就是诗歌所特有的本质。

译者如果不能很好地理解诗歌的外形特色,如用词、用语、押韵、音节、音步等,以及诗歌的深刻内涵,如道德、象征、比喻、联想、诗意等,那么想要翻译好一首诗不是容易的。以庞德的这几首短诗而言,本来是比较简单的,并没有什么博大精深的思想和哲学深度,但是,如果不能理解、读懂诗歌,那么想翻译好也不是一件容易的事情。

第五章

论希腊神话在文学翻译中的重要作用

—— 以爱伦·坡的《致海伦》的翻译为例

一、引言

古希腊罗马神话是西方两大文化源泉之一,另一个源泉是基督教文化,都对西方文学的影响很大。译者对于这方面知识的了解程度会直接影响其译作的质量。

爱伦·坡的著名诗作《致海伦》就是其中一个错译的案例。该诗由赞美人间的海伦,到赞美水泉女神娜伊阿得,到最后赞美灵魂女神普赛克,其目的就是渴望普赛克能够把诗人的灵魂带到天国。这条线索是诗人的点睛之笔,是此诗的诗魂,译者们却都翻译错了娜伊阿得和普赛克。原因就是这些错译和不合理的译文都是源于译者对古希腊神话欠缺了解。本质上讲,只有熟知希腊神话知识,才能翻译好这首诗。

翻译学方面通常极其愿意深入探讨中外的各种翻译技巧。不管是研究者们引入乔姆斯基、奈达的理论,还是细究严复、鲁迅等现代译家之理论,译者本人的西方文化素养的培养和重视往往被忽视了。古希腊罗马神话及《圣经》知识的深入学习和掌握,究竟在文学翻译中能起到什么作用?这在翻译理论文章和教材中是找不到的。殊不知,那些翻译技巧都只是表面上的小技巧,不能解决译者理解好原作的问题;只有当译者看懂原作时,翻译技巧能提醒译者如何修饰一下文字。既然翻译是一项复杂的脑力劳动,原文的理解和译文的表达都需要精细的思考,那么译者内在的素养、知识和品德实际上就起着关键性、基础性和指导性作用。

简而言之,在翻译工作中,译者自始至终都需要本着实事求是、老老实实的态度对待原文的内涵,并以译者深厚的西方文化素养为基础,深入理解好原文的主旨,再以直译和意译相结合的方式,用紧扣原文思想的汉语灵活地把原意表达出来。翻译时,虽有相当的语言表达和发挥的自由,但在原文的关键之处,却不能由着译者的性子去任意发挥。否则,其译文就会严重地偏离原文的主旨,这样就属于篡改原作、欺骗读者。

二、译者的心理准备和理论准备

翻译是一个特殊的科研领域,文学翻译也是一门再创造的、富含科研因素的文字艺术。所以,译者应同时具备科学研究者和文学艺术家的素质。

依据长期以来的翻译实践和对于翻译理论的思考,笔者提出了最为实用的、真正能解决实际问题的翻译理论,就是四阶段论:先理解、再翻译、再修改、做注释。

"先理解"的本质意思就是要博览群书,在博览群书中打下广博的知识基础,冲破狭隘的偏见,去寻找真理。

诚实的品德既是做人的基础,也是所有自由的学术研究的基础,因为所有的学术腐败者都是掩耳盗铃的不诚实者。在翻译工作中,诚实的理解和诚实的翻译就更显得重要了。若不如此,译者就必然会误译、错译和歪译,甚至是有意篡改原作或抄袭、剽窃,这就导致了译者以及翻译界形象的贬低。所谓诚实的翻译,就是老老实实地对待原文中每个单词的表面含义和深刻内涵。

笔者现以爱伦·坡的短诗《致海伦》为例,从理解和翻译的角度来认真谈论这个问题。笔者用译者的错译实例指出:古希腊神话知识在文学翻译中起着极其重要的作用,而诚实的品德也是翻译实践中最基本的内在指导因素。缺少了这些素质,译者必然翻译出变味儿的外国作品。

三、细致的阐释和诚实的解读

汉译文的质量如何,人们一般只看汉语句子的质量,比如用语是否紧凑、精炼等,基本不考虑译文和原文的关系。专业的译著出版社编辑却有能力从译著中品味出译者的水平。但是一般而言,普通读者做不到这一点。

诗歌翻译的总原则应是要求译文的语言风格和原文的语言风格相似、相近或对等。

除格律规则最为严格的十四行诗外,英语格律诗享有很大的自由度,其韵式、诗行长短、段落的数量等都由诗人自己决定,而韵式由第一段所决定。《致海伦》是多次被国人选入美国文学教材中的一首美国短诗,其第一诗段的韵式是 ababb,第二诗段是 ababa,第三诗段却是 abbab。所以这是一首不规则的格律诗,实际上应看作是自由体诗。因此,几个自由体译文中出现的问题,不是指诗歌形式的方面,而是译者对原作内容存有很大的误解。

诗人爱伦·坡(1809—1849)生于波士顿,上过弗吉尼亚大学,在哈德逊河西岸的西点军校工作过。他的文学贡献主要在于短篇小说、诗歌和文学评论。《致海伦》应是他的早期作品,其内涵幼稚、矛盾,远不如后期作品寓意深刻。

该诗全文及韵式如下:

To Helen

Helen, thy beauty is to me,	a
Like those Nicéan barks of yore,	b
That gently o'er a perfumed sea,	a
The weary, way-worn wanderer bore	b
To his own native shore.	b
On desperate seas long wont to roam,	a
Thy hyacinth hair, thy classic face,	b
Thy Naiad airs have brought me home	a
To the glory that was Greece,	b
And the grandeur that was Rome.	a
Lo! In you brilliant window-niche	a
How statue-like I see thee stand,	b

>　　The agate lamp within thy hand!　　　　　　　　b
>
>　　Ah, Psyche, from the regions which　　　　　　a
>
>　　Are Holy Land!①　　　　　　　　　　　　　b

　　要翻译好这首诗,译者首先要理解好它的文化内涵。要想理解好它的内涵,首先就要具备相当多的古希腊神话知识。只有这样,才能在译文中表达出原诗的韵味和内涵。

　　古希腊神话中的最高主宰神是宙斯(Zeus)。还有一些主要的神祇,如宙斯的妻子赫拉(Hera),智慧与技艺女神雅典娜(Athena),主管光明、音乐、诗歌的太阳神阿波罗(Apollo),爱与美的女神阿芙罗狄蒂(Aphrodite),战神阿瑞斯(Ares)或称玛尔斯(Mars)等。此外还有众多的男女小神。古代美女海伦既是人间的名字,也是某个地位极低的小神转世,她在天上没有地位,在人间却是皇后。特洛伊战争爆发的原因,就是因为地位最高的三位女神赫拉、雅典娜、阿芙罗狄蒂想要争夺宙斯的一个金苹果。

　　在第一诗段,诗人把海伦之美比作可以遣送旅人回家的轻舟。若无海伦,诗人就不能回家。此时,海伦之美并非指其外貌之美,而是指诗人想象中的海伦所具有的大慈大悲的救赎世人的气度,然而,海伦引发了十年残酷的特洛伊战争却被诗人有意遗忘了。或者说诗人非常喜欢那种为了争夺海伦而引发的宏大、持久、热烈、无畏的流血场面。这种情况说明,海伦是三位女神安排的一潭祸水,她不是大慈大悲的菩萨。诗人焉能赞美她?

　　诗人却认为,只有靠着海伦的慈善之心,长期在海外流浪的诗人方才可以回到老家(指天国)。他需要一叶轻舟(或称法船),载他渡过横在人间和天国之间的河流。因此,海伦之重要就如同此时的轻舟。不过,诗人也知道,普通小神海伦是做不到这事的,他只是做了个比喻和铺垫,想借海伦之名作为标题以吸引读者的眼球,目的是导出地位更高的女神。

　　然而,按照基督教义,若想回归天国,必须信仰基督教,在牧师的指导下才可成功。爱伦·坡作为年轻的基督徒,却看不透这一点:基督教和希腊诸神在

---

　　① 吴伟仁.美国文学史及选读(上)[M].北京:外语教学与研究出版社,2005:128—129.第三段第一行中此处用 you,但在《英美诗歌教程》(李正栓等编著)和《英语爱情诗歌精粹》(程雪猛等编译)中,此处用 yon,指 yonder(那边的)。

本质上完全是两码事,是不同的体系,而且基督教会不承认神话中的诸神。诗人一方面希望异教神海伦救赎他,一方面却在"遵循"基督教的指引,因为他在诗中用了一个基督教圣地尼西亚(Nicean)来暗示他也是通过基督教的途径回归天国故乡。这根本就是张冠李戴、似是而非、南辕北辙的骗术!

爱伦·坡把神话和宗教混在一起,这本是一对尖锐的信仰矛盾,说明他在宗教问题上犯了严重的常识性错误。

位于小亚西亚西北部的古城尼西亚(Nicaea),于325年和787年举行过世界性基督教主教会议,说明该城在古代的宗教地位甚高。那时,罗马帝国于313年承认了基督教的合法地位,并于393年确立基督教为国教。可见这两次主教会议在基督教历史上具有奠基的作用。而且,在325年的主教会议上确定了著名的"尼西亚信经"①。

这份短短的255个汉字的信经是教会史上的重要文件之一,它非常概括地叙述了耶稣的使命。381年,该信经又被修订了一次。这些事说明了尼西亚城的重要性。然而,不管尼西亚城在古代有多么重要,在爱伦·坡的时代,它的辉煌已经消失殆尽了,它又有何能量吸引爱伦·坡的向往呢?

既然在爱伦·坡的心中,尼西亚有那样重要,爱伦·坡为何把字写错了呢?他在诗中写的Nicean和《英汉大字典》所提供的两种拼法Nicene和Nicaea都是不同的,但还是应该把它看做是"尼西亚"。笔者认为,是爱伦·坡有意拼错的,以便制造一个悬念,即他想赞扬尼西亚,实际上却是拼写错误。

在第二诗段里,诗人提到古希腊神话中住在河流、泉水和湖泊的水泉女神娜伊得。他指出娜伊阿得会带他回家,而家乡则转变成为诗人及世人(如英国诗人济慈等)向往的古希腊的光荣和古罗马的辉煌。

这时我们发现:(1)搅动特洛伊战争的美女海伦变身成了掌管生命之水的女神娜伊阿得,海伦即是娜伊阿得。(2)此时,诗人向往的故乡并非第一诗段的"尼西亚",而是许多西方文人都向往的"最诱人、壮美的"古希腊和古罗马,即诗人的故乡是如此这般"美丽、宏大、壮观"之地,轻舟载他去的正是这样的地方,他却忽视了古罗马是残杀早期基督徒的罪恶之地。

---

① 基督教要道问答. 中国基督教协会编印. 金陵协和神学院出版. 2012:81.

"令人绝望的大海"喻指他生活的人间,犹如在危险的大海上飘荡。

在第三诗段中,诗人提到古希腊神话中所描绘的象征着人类灵魂的灵魂女神,即以长着蝴蝶翅膀的少女形象出现的女神普赛克。在供奉神佛的壁龛中,诗人供奉的正是手拿玛瑙灯的普赛克,她来自天国圣地。而手持烛灯的形象就是普赛克的典型形象,它来自一则著名故事:手持烛灯的普赛克穿过窗户去探望熟睡中的爱神丘比特,结果温热的蜡烛滴在丘比特的身上而惊醒了他。

此时我们发现:(1)水泉女神上升到更高位阶的灵魂女神,即海伦＝娜伊阿得＝普赛克。这个等式就是诗人的点睛之笔,就是此诗的诗魂。(2) Holy Land 的原意是指巴勒斯坦的宗教圣地,但诗人用它象征的是他渴望的天国净土;至此,他的家乡又变成了宗教界的"天国"。那么诗人供奉普赛克,为她唱赞歌,实际上是渴望在诗人死后,灵魂女神能把他的灵魂接送到基督教所说的天国。

然而,这是非常滑稽可笑的事情。神话中的天国不叫"天国",叫做"奥林匹斯圣山",其最高主宰叫做宙斯。它和基督教中的天国是完全不同的体系,神话体系中的女神普赛克根本不可能进入上帝的天国,因此也完全不可能把诗人的灵魂送到上帝的天国里面。显然,著名诗人爱伦·坡把神话和基督教彻底混淆起来了。

爱伦·坡在短篇小说《反常者的孽障》的末尾写道:"今——天我披戴镣铐,囚禁于此!明——天我将卸下镣铐!但我将往何方。"①

作者认为,转生于世,如同"囚禁"于狱中,而肉身正是那"镣铐"。但抛弃肉身而死亡之后,作者却不知灵魂"将往何方"。

在这个小说中,作者表达了他的忧虑;在这首短诗中,作者似乎找到了答案,即通过供奉普赛克,表达虔诚之心,他死之后,普赛克会用小船(或法力、法船)把他送回到他的天国故乡。诗人是清楚地用诗的语言和形式表达了他的想法和渴望,然而他的路径和目的地都是异常矛盾的。

因此,这不是爱情诗,也不是爱的诗,而是一种异类宗教诗。之所以称为"异类",是指诗人的宗教信仰发生了严重偏差和混乱:他把基督教和神话混在一起来崇拜,最后的结果必然是上帝和普赛克都不愿意接纳他。程雪猛却把它

---

① 爱伦·坡.反常者的孽障[J].罗长斌,译.世界心理小说名著选(美国部分)(M).钱满素,编.贵阳:贵州人民出版社,2002:276—277.

收藏在爱情诗集中①,显然更是大错特错了。

表面上看,这首诗很好玩;但从宗教的角度来分析,它就是一团混乱。

基督教中神的体系包括天父耶和华、圣子耶稣及其母玛丽亚,还有许多天使长和天使等;而古希腊神话也有全面和完善的神祇体系。前者由 3000 多年前的犹太教徒和早期基督徒所记载,后者由更久远时期的古希腊人所创造。致命的问题在于,耶和华和耶稣是三界以外的高层次神;而奥林匹亚诸神是三界内的低层次神。

爱伦·坡本是基督徒,应渴望死后灵魂被基督手下的天使长所接走。此时他却披着基督徒的外衣,内心向往的却是个低层次神,这是信仰的倒退,也可以说是一个异教徒。所以,笔者称之为异类宗教诗。这是爱伦·坡的第一个严重问题:他把崇拜的神祇搞混乱了。

诸神是有地位高低之分的。比较中西两类神话体系可以发现,古希腊神话所反映的是三界内不得永生的低层次神灵,这和中国神话中的玉皇大帝及其属下的道家诸神基本是一样的层次。越不过三界,便不得永生,便要转生轮回,甚至死亡。而基督教所信之神是越过三界、可得永生的地位更高之神,这和佛教所信之如来佛和观音菩萨同属高层次神。

许多西方人会自觉地把信仰留给基督教,而把古希腊神话当作是文学故事。爱伦·坡却把故事当作了信仰,并以爱情诗一般的标题作幌子,却深藏着他深深向往低层次神灵的信仰。与其说该诗反映了他对基督教的失望,不如说反映出他是自甘堕落,或者他是反基督。这是爱伦·坡的第二个严重问题:他把崇拜的方向搞反了。

当然,爱伦·坡对古希腊、古罗马进行了赞誉甚至怀有向往之情,其实是对历史的严重误判。荷马史诗及有关古希腊、古罗马的历史典籍或考古发现,基本上向世人讲述了一个时间长达 1000 多年的残暴帝国的故事。所谓心向往之,他怎能向往残暴帝国呢? 这是爱伦·坡的第三个严重问题:他把历史错判了。

最后,古希腊神话完全是古希腊人依据自己的喜好创造出来的。那些神祇除了不会死亡之外,和古希腊人是一样的喜欢争斗、好色、好酒,一样有七情六

① 程雪猛.英语爱情诗歌精粹[M]. 武汉:武汉大学出版社,2000:196.

欲。这完全不是神仙应有的品德,所以他们是由凡人杜撰出来的假神仙。爱伦·坡看不透这点:无论是普赛克还是宙斯都不能把他的灵魂送回天国老家。这是他的第四个严重问题:他错解了神仙的境界。

根据以上分析,我们可以看到,爱伦·坡在这样短的一首小诗里,竟也掩藏着这么复杂而混乱的东西。正如美国评论家诺曼·霍兰德所说:"坡的艺术是一种技巧,也是一种掩藏,掩盖着相反的东西。"①因此,如果根据这样详细的理解和解读来进行翻译并添加几条必要的注释的话,必然会将原诗翻译准确。译者本来就应该让读者在译文中感受到这许多被掩藏着的、相反的、混乱的东西,而不是美化它、拔高它。

四、对于几家译文的理论评点

在翻译诗歌时,有一些诗歌的外形(如韵式)方面的东西不可避免地会被翻译掉。但是诗的深刻内涵不仅不应该被翻译掉,而且还可以很好地被翻译出来,关键是译者有无能力(诗的鉴赏力、诗的语言的表达力和知识深度等)把它翻译出来。

这首诗是个奇怪的格律诗,整首诗的韵式是 ababb ababa abbab。这是一个有规律的韵式变化,但是他完全破了戒,因为 3 个诗段的押韵规律是不相同的,这就违背了英语格律诗的基本要求,即第 2、3 诗段的韵式要和第 1 诗段完全相同。更严重的是,每行诗的音节数也不相同。这样,我们就应该把它看作是自由体诗,并译成自由体。这种格律体和自由体的混合形式反映了爱伦·坡在诗歌形式上的混乱和戏耍,以及在诗歌内容上的混乱和戏耍,都不值得学习和仿效。

诗歌需要韵式等元素的包装,但它的部分外在形式属于不重要的表面特质,所以不必强调这样的小损失,不必怜惜这样的小损失。归根结底是要从本质上去理解诗歌的内在意义,并把内涵和思想翻译出来。关于这首诗,也要翻译出它的混乱和戏耍味道。现收录几种译文如下:

(1)曹明伦和吴光中的译文及其韵式如下:

---

① 王逢振,盛宁.最新西方文论选[C].王逢振,盛宁等,译.桂林:漓江出版社,1991:95.

致海伦		给海伦	
曹明伦译		吴光中译	
海伦,你的美丽对于我	a	海伦,你的美貌对于我,	a
就像昔日**尼斯安**的小船,	b	象古代**奈西亚**的那些**帆船**,	b
在芳菲的大海轻轻颠簸,	a	在芬芳的海上**悠然浮过**,	a
载着精疲力竭的流浪汉	b	把劳困而倦游的浪子载还,	b
驶向他故乡的岸边。	b	回到他故园的港湾。	b
早已习惯漂游在汹涌的海上,	a	惯于在**惊险**的海上流浪,	a
你**菫色的秀发**、典雅的容颜	b	你**风信子的柔发**,古典的面孔,	b
和**仙女**般的风姿已令我尽赏	a	你**女神**的风姿已招我回乡,	a
从前希腊的华美壮观	b	回到昨日希腊的光荣,	b
和往昔罗马的宏伟辉煌。	a	和往昔罗马的盛况。	a
瞧! 在那明亮的壁龛窗里	a	看! 那明亮的窗龛中间,	a
我看你玉立多像尊雕塑,	b	我见你像一座神像站立,	b
那**镶嵌玛瑙的明灯**在手!	b	**玛瑙的亮灯**擎在你手里,	b
啊,**普叙赫**,你来自圣地,	a	哦! **赛琪**,你所来自的地点	a
那天国净土!①	b	原是那遥远的圣地!②	b

点评:笔者惊讶地发现,两位译者在汉译文中的韵式,加上 2 个疑似的近似韵"边"和"手",竟然和爱伦·坡完全一致,都是 ababb ababa abbab。总之,给自由体诗配上韵都是犯了常识性错误,是浪费时间,是误导读者。

　　这两位译者既然能够花费心思去追求如此好的押韵,说明他们对于爱伦·坡的重视和钟爱,可是为什么连 Naiad 和 Psyche 都不会翻译呢? 连整首诗的核心内容都不愿花时间搞懂呢?

---

① 爱伦·坡.爱伦·坡集(诗歌与故事上卷)[M].曹明伦,译.北京:生活、读书、新知三联书店,1995:79—80.

② 吴伟仁,印冰.美国文学史及选读学习指南(上册)[M].北京:中央民族大学出版社,2002:145.该书未指译者是何人,但在《英语爱情诗歌精粹》(程雪猛等编译)第 197 页上写着,译者是余光中。这两个译文是完全一样的。

在中西方神话中,仙女的地位都是低于女神的。在曹明伦的译文中,译者把水泉女神的地位降至"仙女",他认为"仙女"是指海伦,这是不对的,应该把Naiad 直接翻译出来。

译者故意忽视 Naiad 的本意,改动了原义,误导中文读者以为海伦是仙女,然后带着诗人"尽赏"了古希腊和古罗马。若如此,在第三段海伦又怎么能够过渡到"普叙赫"呢?

"汹涌"指外在的表现,应该用"令人绝望的"来翻译 desperate,以表示诗人内在的感受。而"镶嵌玛瑙的明灯"的价值也远低于"玛瑙灯",也降低了女神的身份。

这两个译文只是译出了部分表面含义。因为未能准确翻译两位女神,也没有加注,所以读者不可能对该诗有更深的理解。

所谓诗能够被翻译,是指译者既能够很好地译出原诗的"表面含义",也能够翻译出它的"深层含义"。如果"深层含义"(诗魂)被翻译掉了,该译文便没有了价值。这样一来,对于见不到原文的读者或不懂英文的读者而言,译者便是在用赝品欺骗外行人。

在吴光中的译文中,barks 被译为"帆船","帆船"的形体较大,应译为"轻舟"或"小船"。

标题"给海伦"中的"给"字也是力度不够。"昨日""往昔"原诗中并没有,可以加上"古"表示时间感,即"古希腊"和"古罗马"。"悠然浮过""惊险"也不合适。

hyacinth 意为"淡紫色头发,风信子花",是指希腊神话中关于少年 Hyacinth(雅辛托斯)的故事。该少年被太阳神阿波罗误杀之后,为纪念死者,阿波罗使其血泊中长出了风信子花。此时,"风信子花"应属于男性。但此处,笔者认为,应译为"淡紫色头发"。因为本诗一直在谈论女神,怎么可能又变成男青年"风信子的柔发"?

另外,这两篇译诗还犯了两个同样大的错误。

①他们都未能很好地体会原诗,从而未能把更深层次的含义暗示或传达给中文读者;他们都译错了两位女神的名字,译掉了诗魂。他们从根本上改变了原诗的内涵从而误导了读者。

②不管译者是否以为自己已经透彻理解,以诚实的态度(即多查字典,首先

要相信字典)尽可能地反映原诗的词义,并为中文读者添加必要的注释,这是译者最应该做的。译者完全不应该想象,中国读者能够理解"女神"和"仙女"是同一位女神,并知道"奈西亚"和"尼斯安"是同一个地方,知道"赛琪"和"普叙赫"是同一个女神。

(2)李正栓和笔者的译文如下:

<table>
<tr><td align="center">致海伦</td><td align="center">致海伦</td></tr>
<tr><td align="center">李正栓译</td><td align="center">罗长斌译</td></tr>
<tr><td>海伦,对于我,你的美</td><td>海伦,你的美丽对于我</td></tr>
<tr><td>　正像古时奈西亚帆船,</td><td>　就像昔日尼西亚人的轻舟,</td></tr>
<tr><td>载着疲惫的旅人</td><td>在香味洋溢的大海上,轻轻地</td></tr>
<tr><td>　悠悠飘过芳香的海域,</td><td>　把旅途劳顿而消沉的游子</td></tr>
<tr><td>　驶向他故乡的海岸。</td><td>　送往了彼岸的故乡。</td></tr>
<tr><td></td><td></td></tr>
<tr><td>在长久习于汹涌的海面,</td><td>在绝望的人生海洋上漫游已久,</td></tr>
<tr><td>　你那卷发及典雅的脸,</td><td>　你那淡紫色的秀发,你那古典美的脸庞,</td></tr>
<tr><td>你**海仙女**的风姿使我熟记</td><td>你那娜依阿得般的神态送我回家</td></tr>
<tr><td>　古希腊的荣耀、</td><td>　送归到古希腊的光荣豪壮,</td></tr>
<tr><td>　古罗马的庄严。</td><td>送归到古罗马的伟大辉煌。</td></tr>
<tr><td></td><td></td></tr>
<tr><td>瞧!我见你玉立亭亭,</td><td>看啦!在远处明亮的窗龛之中</td></tr>
<tr><td>　在光彩的壁龛里,</td><td>　你像尊大神像站立彼处</td></tr>
<tr><td>　如玉雕神女,</td><td>　玛瑙玉灯擎在您手中!</td></tr>
<tr><td>手里还握着**玛瑙油灯**!</td><td>啊,普赛克,你所归属之地</td></tr>
<tr><td>呵,你是**赛琪**,来自天国的圣地。①</td><td>　原是那天国圣地!</td></tr>
</table>

点评:李正栓的译文没有讲究押韵,错译也多。除了以上所列的两大错误之外,还有将 Naiad 错译成"海仙女";将 Psyche 错译成"赛琪";将 Nicean 错译

---

① 李正栓,吴晓梅.英美诗歌教程[M]. 李正栓等,译.北京:清华大学出版社,2004:184—185.

成"奈西亚";将 hyacinth hair 错译成"卷发";将 agate lamp 错译成"玛瑙油灯"。

依据笔者的理解思路,笔者也翻译了这首诗,供读者鉴赏品评。

笔者译文中应该添加的 5 条注释(海伦、尼西亚、淡紫色的、娜依阿得、普赛克)此处予以省略,其解释内容在前文都已经描述过了。在独立的译文下方,添加上这 5 条详细的脚注,翻译的任务就完成了。至于对译文的内涵会做怎样的理解,那就交给读者了。

五、小结

面对一首短诗的翻译,译者写下的语言不多,可是译者要做到的知识准备是相当多。也只有具备了这么多的知识,译者才能够挖掘出诗中的深意,并恰如其分地把它翻译好。

译者应该付出百倍的努力,把原作者想说的话用另一种语言明白准确地表达出来,以便为读者服务。译者应该认识到提高自己文化素养的重要性,注重学习有关外国的文化、历史和神话知识使得翻译出来的外国文学作品不至于背离原文、误导读者。

第六章

论文学译本注释的特殊价值和认知作用

—— 以爱伦·坡的两个短篇小说的翻译为例

注释是文学译本最重要的附件和镜子,是原作的深刻内涵所在,是原作丰富内容的必要拓展。本章通过对爱伦·坡两个短篇小说的两种译本注释的对比,说明内容不充分的注释会弱化原作的价值,弱化译文的权威性,并妨碍读者对小说内容的阅读和认知;而周到细致的注释,不仅能提升译作的权威性、有助于读者的认知和理解,而且还具有资料价值、文献价值和考据价值。

一、爱伦·坡的悲剧思想和悲剧小说的联系

很年轻就出名的作家并不多,爱伦·坡却是其中一位。一般情况是,年轻人当作家,语调是明快的,思想是肤浅的,爱伦·坡却不是。他少年老成,很深邃、很悲观。他是美国 19 世纪少有的,长期描写怪诞、令人发悚、远离美国的想象故事。他具有欧洲人对人生怀有的忧郁和悲观的心情。

他的名诗如《致海伦》和《安娜贝尔·李》写得很一般,写得混乱而夸张,却频频出现在美国文学教材之中,但是本章将要探讨的《人群中的精灵》和《反常者的孽障》,却是作者笔下难得的、寓意深刻的短篇小说。他表达了对人生很有深度、很艺术、很悲凉的看法,其看法和理解也颇有些宗教味道、悲剧味道。这都来源于他大脑中的神秘想象和构思。

心理分析法说明,爱伦·坡忧郁的思想主要产生于他本人天生的忧郁个性和深邃复杂的大脑,而非幼年的经历。深刻理解人世间的黑暗,必生活得十分痛苦,爱伦·坡正是如此的人物。

他无法接受人间那些肮脏的想法和卑鄙的行为。他认为,是肮脏的人心指挥着大脑去执行那些邪恶之事,他能顺着邪恶之事追溯邪恶之心。他认为邪恶之事暂时可以不做,只要有邪恶之心存在着,总有一天,坏事必会发生。一个人(或一批人、一个社会)的邪恶心态和肮脏的集体无意识也是如此运作发展的。因此,肮脏的社会和生活环境也就难以改变了。

悲观之后,爱伦·坡便得出结论:人心是不能被读懂的,也没有必要读懂。因为读懂人心是痛苦的、危险的,这便是他在《人群中的精灵》中所表达的核心思想。他最后推理说,掩盖住黑暗的心灵也许是出自于上帝的仁慈。虽然哲学家的书籍没有太大用处,作者还是引用了一句法语作为开场白。

法国哲学家拉布吕耶尔说:"最大的不幸,乃是不能独处。"其意为,由于不能独处,就要和人交往,大祸就源于交往之朋友。若能够不随大流,不愿从众,能够独处,能够独善其身,便能回避人生之大祸。若能如此,则此人即是有哲学智慧之人。所谓哲学,所谓智慧,就是能够用来修身、忍耐、宽容、施舍、寡欲、避祸的思想。

作家所描写的主人公没有朋友,他处于孤独的境地却不愿忍受孤独。他不停地在人群中穿行,制造一种忙于做事或正和朋友散步的假象。普通大众会相信这个假象,但对于睿智的作者而言,他觉得蹊跷,于是尾随其后,看出此人孤独行走的本意,并暗示此人可能是前生前世犯过大罪,此时正在接受上天的惩罚。惩罚的方式就是:受穷、恐惧、孤独和流浪。这是标题的第一种寓意。

第二种寓意是,他也可能是撒旦奉天命转世,正在伺机加害他人。因为这个人物的原型是来自于《旧约》中奉上帝之命迫害好人约伯的撒旦。《旧约·约伯记》第二章写道:"耶和华问撒旦:'你从哪里来?'撒旦回答说:'我从地上走来走去,往返而来。'"[①]然后在上帝的两次默许下,天魔撒旦给约伯播下了惨不忍睹的两次巨大灾难,以考验好人约伯对上帝的忠诚程度。

世俗之人因不愿忍受孤独而渴望同流合污,这和此人的独处在本质上是不相同的。此人愿意忍受孤独,却心怀恐惧,秘执凶器,他在寻找能够同流合污的目标。并且,世人在拼命争名夺利之时所发出的邪恶之心,在此处映照着此人衣内暗藏的尖刀:都是暗藏杀机、心怀叵测之辈,可是此人的心态则更为凶狠。

---

① 余也鲁. 圣经(启导本)[M]. 上海:中国基督教两会, 2006:774.

比照哲学家的语录,作者暗示,虽然此人及众人的详细人生故事都被上苍所掩盖,但必会因其"从众"心理而显露端倪。

《反常者的孽障》讲述了另一类故事。主人公偷偷干完坏事之后很久,终于按捺不住而主动向众人吐露了秘密,接着便锒铛入狱,并被判死刑。这大概和西方人向牧师忏悔的习惯有关。耶稣说过"杀人者必被人杀",即是此理。作者也想说,做了坏事之后必然会遭到应有的报应。所谓的磨难、受苦、遭受诬陷和打击、坐牢等,都是遭受报应的不同形式。如果在人间没有偿还完毕,死后在另一世界还要接着偿还。总有一天,或迟或早都要被以牙还牙,以血还血,还要支付利息。因此,沉默掩盖、装傻显摆、拒绝还债都敌不过天理的双眼、力量和惩罚。

以上是从哲理的角度,探讨了作者的内心世界和故事的联系,这正是合理翻译、注释这两篇小说的必要思考和知识准备。

二、注释的价值和作用

中西文化的差异十分巨大,翻译西方作品时译者必会遇到很多不解的单词、成语、典故、历史故事等。故事中的宗教信息尤其是翻译时的主要难点所在。所以,译者添加足够的注释就是一件非常重要的工作,注释的数量和质量代表着译者的翻译态度,因此也决定着译作的质量。

这两个短篇小说目前共有两个译本,由笔者和曹明伦先生所翻译。此处主要是将两种译本的注释进行对比分析,以探讨注释在拓展文本理解上的特殊作用。

曹明伦翻译的《爱伦·坡集》于1995年3月出版。1994年,笔者接受著名学者钱满素研究员的邀请,翻译了《人群中的精灵》和《反常者的孽障》,并在年底前完成了两次翻译。因为版权问题没有得到及时解决,出版社先支付了稿费,迟至2002年10月才出版。笔者在2003年3月收到了样书。这说明,曹明伦和笔者是在各自独立地翻译,并未受到对方译文的影响。

曹明伦翻译了长达1520页的《爱伦·坡集》,笔者只翻译了两个短篇小说。在研习原作之后,我们写出了不同的译文和注释。虽然有些译文的内涵比较接近,但是没有任何一句中文是完全一样的。这对于独立工作的译者而言,是必然如此的,这也是汉语灵活性的活力之所在,这便是翻译科研的意义。

在下面的表格中,笔者对两个译本的几个基本问题进行了简单的统计。译本的基本情况统计如下:

表 16

出版社	全书名	译者	出版时间	短篇小说的标题	正文加注释总字数	注释总数	正文出现的外语数
生活·读书·新知三联书店	《爱伦·坡集》(诗歌与故事)(上、下)	曹明伦	1995年3月	人群中的人	6318字	6条	3条
				反常之魔	4914字	1条	0
贵州人民出版社	《世界心理小说名著选(美国部分)》(上)(钱满素选编)	罗长斌	2002年10月	人群中的精灵	7350字	17条	1条
				反常者的孽障	4900字	11条	0

英美作家喜欢在作品中插入法语、拉丁语、意大利语、德语、西班牙语或古希腊语,以显示自己的博学。如要在翻译中保持一点原作的风格,这个方面就应有个正确的处理方式,即将正文全部译成中文,再将非英语词语排成斜体字或加下画线,再加注表明其非英语词语的身份。

有些译者是这么做的,也有些译者在汉译本的正文中保留着这些非英语词汇或语句,有时数量之大,让人不能卒读。这大大影响了中文的写作规范、阅读习惯以及翻译原则。英美作家这样写是因为英美读者能读懂这几种外语;作者是在为英美读者写书,而不是为中国读者写书。

翻译既是一种科研,也是一种再创作。再创作也是创作,不能违背创作的原则。因此,英译汉是译给中国人看的,正文中不宜出现中国读者看不懂的外语。如果有保留外语的必要,也只能是很少量的点缀。

非英语词汇的翻译也不是太难,因为对历史较为久远的英美名著,英美研究者会把非英语词汇译成英语。中国译者只需将英语注释译成汉语,并注明原版的版本和"原(版)注"字样,另据情况写明"作者注"或"译(者)注",总共是这3种注释情况。

在注释方面,曹先生总共写了7条注释。其中,他只是翻译了原书中的5条简短注释,排在译著末尾的第1503页,这是原版书研究者所写的注释;另外翻译了位于《人群中的精灵》末尾的1条脚注,那是爱伦·坡自己写的,他最终只为《反常者的孽障》写下 1 条新注释,他注明为"译者注"。那么他的意思是,没有标明"译者注"的注释都是原注,但是每条写清楚是最好的。笔者总共写了 28 条注释。

以下是曹明伦的部分译文和添加的注释,以及笔者的点评。在《人群中的人》中,曹明伦翻译的注释如下:

第一条:曹明伦为标题下方的法国哲学家语录翻译的注释是:"拉布吕耶尔的这句格言在《梅岑格施泰因》第一段中被引用得更准确(参见注 48)。"① 在该书末尾处的"注 48"写道:"起因于我们不能承受孤独。"②

点评:这是一条原注。曹明伦在正文中把语录翻译为"不幸起因于不能承受孤独"。这样,它就和"注 48"译得不同了,应该写成一样的汉字。倘若法语原文有差异,则有必要把"注 48"的法语写出来,以存其真。笔者查阅资料后对哲学家所做的注释是:

> 拉布吕耶尔(Jean de La Bruyère,1645—1696),法国以写讽刺作品闻名的道德学家,以《品格论》(*Characters*)著称于世。因其貌不扬,性情阴郁,说话刻薄,他总是成为人们的笑料,这却使他以敏锐的眼光看到金钱在一个道德败坏的社会中所具有的威力,看到贵族的惰性、狂热及其赶时髦的积习带来的危险。该书于 1688 年出版,后重版 8 次,引文(Ce grand malheur, de ne pouvoir être seul)即选自该书。1693 年他被选入法兰西学院。——译注③

第二条:曹译本的第 1 段第 1 句话是:"据说有那么一部德文书 'er lasst sich nicht lesen' ——它不允许自己被人读。"④ 后来,曹明伦在小说末尾处将这同一

① 帕蒂克·奎恩. 爱伦坡集(诗歌与故事)(上、下)[M]. 曹明伦,译. 北京:生活·读书·新知三联书店,1995:1503.
② 帕蒂克·奎恩. 爱伦坡集(诗歌与故事)(上、下)[M]. 曹明伦,译. 北京:生活·读书·新知三联书店,1995:1499.
③ 钱满素. 世界心理小说名著选(美国部分)(上)[M]. 罗长斌等,译. 贵阳:贵州人民出版社,2002:258.
④ 帕蒂克·奎恩. 爱伦坡集(诗歌与故事)(上、下)[M]. 曹明伦,译. 北京:生活·读书·新知三联书店,1995:441.

句德文翻译为："它拒绝被读"①。

点评：这句话的译文中出现德文，应该是允许的，因为在破折号的后面，该句德文被翻译了。这样既存原文之真，又未损读者趣味。笔者认为，中译文中可以出现外语词汇就是指这种情况。但是，曹明伦不妨把两处译文都写成一样，以免被读者误解。也可以写成不同，但是加上注释说明之。

笔者将这句话翻译为："传说有本德文书"Er lasst sich nicht lesen"——不许自己被人读懂。"②笔者根据德语语法为德文写上了书名号，但没有加注，因为破折号后面就是它的译文。对于小说末尾处这同一句德文，因行文需要笔者翻译为："世人之心也不许被人读懂。"③然后加注释说："原文为德语'er lasst sich nicht lessen'，和本文第一句中的引语相同。"④

第三条：曹译本在第 2 段第 4 行写道："每当那层薄雾从心头飘去——那层 αχλυς os πριν επηεν——而惊醒的理智会远远超越它平日的状态。"⑤

句中希腊文未翻译，曹明伦翻译的注释是："曾经笼罩着(他们的)阴霾(荷马《伊利亚特》第 5 章 127 行)。"⑥

点评：这种在中译文中保留外语单词的做法，中止了意义群，汉语读起来不连贯，在很多译本中都存在，这是翻译界的一个陋习，应该彻底放弃。笔者认为，应该尽可能地翻译过来。但是译者不是万能的，如翻译不了古希腊文、拉丁文等，译者应该加注说"译者无法翻译"，这不是耻辱。

笔者的译文是："当薄雾——先前笼罩着的薄雾[2]——和精神幻觉相脱离之时。"⑦然后给编号[2]加脚注："原文为古希腊文 αχλυς os πριν επηεν，来自

① 帕蒂克·奎恩.爱伦坡集(诗歌与故事)(上、下)[M].曹明伦,译.北京:生活·读书·新知三联书店,1995：450.
② 钱满素.世界心理小说名著选(美国部分)(上)[M].罗长斌等,译.贵阳:贵州人民出版社,2002：258.
③ 钱满素.世界心理小说名著选(美国部分)(上)[M].罗长斌等,译.贵阳:贵州人民出版社,2002：268.
④ 钱满素.世界心理小说名著选(美国部分)(上)[M].罗长斌等,译.贵阳:贵州人民出版社,2002：268.
⑤ 帕蒂克·奎恩.爱伦坡集(诗歌与故事)(上、下)[M].曹明伦,译.北京:生活·读书·新知三联书店,1995：441.
⑥ 帕蒂克·奎恩.爱伦坡集(诗歌与故事)(上、下)[M].曹明伦,译.北京:生活·读书·新知三联书店,1995：1503.
⑦ 钱满素.世界心理小说名著选(美国部分)(上)[M].罗长斌等,译.贵阳:贵州人民出版社,2002：259.

荷马史诗《伊利亚特》第五卷。——译注"①

第四条:曹译本在第 14 段第 6 行写道:"脑子里闪过的第一个念头,我想假若雷茨希见到了这张脸,那他一定会非常乐意把它作为他画那个魔鬼的原型。"②

曹译本为"雷茨希"翻译的注释是:"弗里德里希·奥古斯特·莫里茨·雷茨希(1799—1857),德国画家及雕刻师,因为歌德的《浮士德》插图而闻名。"③

点评:这正是所需要的注释。所谓雷茨希画的魔鬼,是指《浮士德》中勾引浮士德博士的魔鬼梅菲斯特。

笔者把它翻译为:"看见它时的第一个想法就是,如果雷茨希[1]瞧见的话,他定会非常喜爱它而非自己的魔鬼形象。"④然后为编号[1]加注:"雷茨希(Retszch,1799—1857),德国画家及雕刻家,由于为歌德的《浮士德》画插图而闻名。——译注"⑤

第五条:曹译本在第 15 段第 5 行(446 页)的译文是:"要么就是我真的从他那件显然是二手货的纽扣密集的 roquelaire 的一个裂缝间瞥见了一颗钻石和一柄匕首。"⑥

曹明伦没有翻译 roquelaire,对于该字的注释他翻译为:"一种长及膝部的男外衣。"⑦

点评:在正文中,曹明伦完全应该把 roquelaire 译成中文,而不应该让读者去翻阅位于书籍末尾的 1503 页的注释。

笔者把它翻译为:"包裹着他的是紧扣着的明显是二手货的宽大齐膝外

---

① 钱满素.世界心理小说名著选(美国部分)(上)[M].罗长斌等,译.贵阳:贵州人民出版社,2002:259.
② 帕蒂克·奎恩.爱伦坡集(诗歌与故事)(上、下)[M].曹明伦,译.北京:生活·读书·新知三联书店,1995:446.
③ 帕蒂克·奎恩.爱伦坡集(诗歌与故事)(上、下)[M].曹明伦,译.北京:生活·读书·新知三联书店,1995:1503.
④ 钱满素.世界心理小说名著选(美国部分)(上)[M].罗长斌等,译.贵阳:贵州人民出版社,2002:264.
⑤ 钱满素.世界心理小说名著选(美国部分)(上)[M].罗长斌等,译.贵阳:贵州人民出版社,2002:264.
⑥ 帕蒂克·奎恩.爱伦坡集(诗歌与故事)(上、下)[M].曹明伦,译.北京:生活·读书·新知三联书店,1995:446.
⑦ 帕蒂克·奎恩.爱伦坡集(诗歌与故事)(上、下)[M].曹明伦,译.北京:生活·读书·新知三联书店,1995:1503.

套[2];除非视觉误导了我,透过大衣裂缝口,我瞥见衣内藏有一颗钻石和一把匕首。"①然后给编号[2]加脚注:"原文为法语 roquelaire。——译注"②

第六条:小说最末尾一句的原文是:The worst heart of the world is a grosser book than the 'Hortulus Animæ', and perhaps it is but one of the great mercies of God that "*er lasst sich nicht lesen*".

曹译本为:"这世上最坏的那颗心是一部比 Hortulus Animæ 还下流的书,它拒绝被读也许只是上帝的大慈大悲。"③对于这个未翻译出来的非英语词组,曹译本翻译的作者注是:"即格吕宁格尔所著 *Hortulus Animq cum Oratiunculis Aliquibus Superadditis*。"④其中,Animæ 被错排成了 Animq。

曹明伦翻译的原注是:"在艾萨克·迪斯雷利的《文学珍品》中(坡可能就是从中得知此书),格吕宁格尔的这本书(出版于 1500 年)被记述为一部无聊的宗教沉思录,书中配有轻薄或猥亵得来令人惊慌失措的插图。"⑤

点评:曹译本的这两个注释都很必要,但 Hortulus Animæ 依然应该设法翻译出来。

笔者的译文是:"《霍图勒斯的灵魂》[1]是一本不能让人读懂的书,可比之世人最坏之心,它依然要逊色很多;或许是由于上帝的伟大仁慈,'世人之心也不许被人读懂'。"⑥

笔者给编号[1]写的脚注是:"原文为 Hortulus Animæ,原书名为'Hortulus Animæ cum Oratiunculis Aliquibus Superaddits',为 John Grünninger 大约在 1500 年印刷的德文书。坡的想法来自伊撒·迪斯雷里(Isaac Disraeli)的《文学的好奇心》(Curiosities of Literature),该书引用它时以指其实例的冒犯无礼和宗教特

---

① 钱满素.世界心理小说名著选(美国部分)(上)[M].罗长斌等,译.贵阳:贵州人民出版社,2002:264

② 钱满素.世界心理小说名著选(美国部分)(上)[M].罗长斌等,译.贵阳:贵州人民出版社,2002:264.

③ 帕蒂克·奎恩.爱伦坡集(诗歌与故事)(上、下)[M].曹明伦,译.北京:生活·读书·新知三联书店,1995:450.

④ 帕蒂克·奎恩.爱伦坡集(诗歌与故事)(上、下)[M].曹明伦,译.北京:生活·读书·新知三联书店,1995:450.

⑤ 帕蒂克·奎恩.爱伦坡集(诗歌与故事)(上、下)[M].曹明伦,译.北京:生活·读书·新知三联书店,1995:1503.

⑥ 钱满素.世界心理小说名著选(美国部分)(上)[M].罗长斌等,译.贵阳:贵州人民出版社,2002:268.

性。——译注"①

在《反常之魔》中，曹明伦自己写了一条脚注。在第 1 段第 24 行中，曹译本写道："在对人类行为原则所作的这些安排中，施普尔茨海姆*的信徒们不管是对是错，都一直部分地或全盘地对他们师辈的脚印亦步亦趋。"②

曹明伦对星号的注释是："约翰·卡斯珀·施普尔茨海姆（1776—1832），德国医生，骨相学创始人 F. J. 加尔（1758—1828）的学生和合作者，是他把加尔的骨相学理论发展成为完整的体系。——译者注"③

点评：这是及时、有用的译者注，但是还有一处（拉丁语"原则"）没有加注。星号的原文是 the Spurzheimites，曹先生翻译为"施普尔茨海姆的信徒们"。

笔者的译文是："在对人类行为原则[2]所做的这些安排之中，斯珀津姆们[3]不管是对是错，都一直是部分地或全盘地在原则上追随着先辈们的足迹。"④

笔者给编号[2]的脚注是："原文为拉丁语 principia。——译注"⑤

笔者给编号[3]的脚注是："原文为 Spurzheimites，见前页注释。——译注"⑥

笔者在前一页写下的脚注是：

"颅相学（phrenology）指分析人头颅轮廓以测定他的气质、特性和才能的学说。奥地利维也纳医学家加勒（Gall, 1758—1828）指出，人颅形状与智力、宗教信仰、犯罪倾向等属性有直接关系。他的门生斯珀津姆（Spurzheim, 1776—1832）大力宣传颅相学。在现代，颅相学已不再被承认为科学。——译注"⑦

这一条注释，笔者写得很详细。还有一些很重要的知识点，也必然是读者阅读的难点，曹明伦都没有加注。又如，笔者给标题"人群中的精灵"写注释为：

---

① 钱满素.世界心理小说名著选（美国部分）（上）[M].罗长斌等，译.贵阳:贵州人民出版社，2002:268.

② 帕蒂克·奎恩.爱伦坡集（诗歌与故事）（上、下）[M].曹明伦，译.北京:生活·读书·新知三联书店,1995:918.

③ 帕蒂克·奎恩.爱伦坡集（诗歌与故事）（上、下）[M].曹明伦，译.北京:生活·读书·新知三联书店,1995:918.

④ 钱满素.世界心理小说名著选（美国部分）（上）[M].罗长斌等，译.贵阳:贵州人民出版社，2002:271.

⑤ 钱满素.世界心理小说名著选（美国部分）（上）[M].罗长斌等，译.贵阳:贵州人民出版社，2002:271.

⑥ 钱满素.世界心理小说名著选（美国部分）（上）[M].罗长斌等，译.贵阳:贵州人民出版社，2002:271.

⑦ 钱满素.世界心理小说名著选（美国部分）（上）[M].罗长斌等，译.贵阳:贵州人民出版社，2002:270.

"《人群中的精灵》(*The Man of the Crowd*)首次发表在 Graham's Magazine (1840 年 12 月第 267—270 页)。在坡的构想后面,有一个流浪犹太人的传说,这个犹太人拒绝让耶稣在室外留宿,耶稣因此判他在世上流浪直到主的第二次降临,以示惩处。在对陌生人'来回'走动的重复性描写中,坡可能在向撒旦暗示,因为根据《约伯纪》第一章第七段,这个罪人的原型撒旦回答主说,他在'地上走来走去,爬上爬下'。——译注"①

注释的撰写需要译者付出极多的时间、极大的耐心、极多的辛劳和责任心,为的是服务于读者的阅读方便,为读者解决阅读疑问,这就是译者的目的、任务和责任。在细读注释内容时,读者必能发现这些注释能够拓展原作的深度和广度,并解说理解上的难点和疑点。所以,注释的写作代表着译者对于原作的理解深度和翻译工作的责任心,进而反映译文是否具有权威性。

三、部分译文和注释的再比较

(1)小说标题译得不同。

第一篇是 The Man of the Crowd,曹译本是"人群中的人",系为直译,第二个"人"字语气较弱。

笔者译为"人群中的精灵",以突出主人公的狡猾、恐惧和深藏不露的凶狠。理由是该篇以伦敦为背景,那位匿名主人公系作者着意刻画的特殊之人。作者竭力跟踪他以搞清楚他的人生秘密,最后只好徒然收场。然而作者却说:"除非视觉误导了我,透过大衣裂缝上,我瞥见衣内藏有一颗钻石和一把匕首。这些观察大大提高了我的好奇心,于是决心跟随他到天涯海角。"②

在这里,"钻石"和"匕首"是作者能够窥见的唯一秘密,更深的了解则始终不可能。"钻石"代表富有,而"匕首"代表凶狠,即那人时刻准备着拔刀相向。

主人公为何外表非常落魄,衣着破烂,却怀有"钻石"和"匕首"? 此人的秘

① 钱满素.世界心理小说名著选(美国部分)(上)[M].罗长斌等,译.贵阳:贵州人民出版社,2002:258.

② 钱满素.世界心理小说名著选(美国部分)(上)[M].罗长斌等,译.贵阳:贵州人民出版社,2002:264.

密自然是非同一般。作者最初感叹道:"有些秘密是不能让人知晓的。"①长时间跟踪此人之后,他总结道:"或许是由于上帝的伟大仁慈,'世人之心也不许被人读懂。'"②

为什么这样说呢?因为人心的秘密如同那些海面冰山下面的部分,是"本我"(id),是很庞大的黑暗;不仅触碰意味着死亡,了解也意味着噩梦。上帝的仁慈就在于,他创造了一个肉体作为特殊的衣服,束缚住了那人内心邪恶的冲动,同时让别人看不到他的黑暗心灵。

对此,作者通过标题也给予了暗示,这一点寓意部分读者也许能够看懂。中译本读者可从笔者的第一条注释中看到,该主人公的原型可能就是在前世轻慢耶稣之富人。他不让耶稣留宿在室外的房檐下,这在人间会看成是小事,但在上帝那里,他就是不可饶恕的极端自私之人。耶稣没问他要一分钱、一口水,他却拒绝耶稣在房檐下就宿的请求。然后他被耶稣判决,贬入人间,被罚在人间流浪1500年以上,不配拥有房屋,直到耶稣第二次降临人间。但他本人不服气,时刻想着报复。"钻石"暗示其曾经的富有,"匕首"暗示其极端的恐惧、戒心、报复心和杀戮心。

爱伦·坡把小说写得这么深刻,说明他的基督教修学很高深了。那么他又如何会写出《致海伦》和《安娜贝尔·李》那样宗教思想混乱而寓意肤浅的诗歌呢?原因只有一个,即那两首诗是他少年时写的习作。

英国史诗《贝奥武甫之歌》在描写人民悼念英雄时,这样写道:

Thus the (Geat's) people, sharers of his hearth,

Mourned their chief's fall, praised him of kings, of men③

英雄死后,人民赞扬他是 him of kings, of men。其完整的短语应是 king of kings, man of men。man of men 应译为"人杰",不可译为"人中之人"。这是在褒奖贝奥武甫王为"人杰"和"王中王"。但是,在 The Man of the Crowd 中,因为

①　钱满素.世界心理小说名著选(美国部分)(上)[M].罗长斌等,译.贵阳:贵州人民出版社,2002:258.

②　钱满素.世界心理小说名著选(美国部分)(上)[M].罗长斌等,译.贵阳:贵州人民出版社,2002:268.

③　吴伟仁.英国文学史及选读(1)[M].北京:外语教学与研究出版社,2007:6.

作者并未明确此人为魔鬼撒旦,译者宜用中性词"精灵"来翻译 Man。于是,笔者翻译为"人群中的精灵"。

另外,曹译本的字数比笔者的字数少 1032 字,曹译本在翻译时惜墨如金。

第二篇是 The Imp of the Perverse。曹译本是"反常之魔",笔者译为"反常者的孽障",这没有明显差异。"魔(鬼)"和"孽障"的本意相同。曹译本的字数和笔者的字数非常相似,几乎是一样的字数。

(2)非英语词汇的译文对比。

现列表如下:

①《人群中的精灵》。

表 17

语种	非英语词汇	曹明伦译	罗长斌译
法语	Ce grand malheur, de ne pouvoir être seul. —La Bruyère	不幸起因于不能承受孤独。 ——拉布吕耶尔	最大的不幸,乃是不能独处。 ——拉布吕耶尔
德语	er lasst sich nicht lesen	它不允许自己被人读。	不许自己被人读懂。
古希腊语	αχλυ os πριν επηεν	曾经笼罩着(他们的)阴霾(正文中未翻译,这是注释语言)	先前笼罩着的薄雾
法语	ennui	倦怠	无聊
法语	bon ton	优雅风度	上流社会
法语	roquelaire	一种长及膝部的男外衣(正文中未翻译,这是注释语言)	宽大齐膝外套
德语	Hortulus Animæ	(正文中未翻译,也没加注)	霍图勒斯的灵魂

②《反常者的孽障》。

表18

语种	非英语词汇	曹明伦译	笔者译
拉丁语	prima mobilia	原动力	原初动力
拉丁语	primum mobile	原动力	原初动力
法语	à priori	先验的	先验地
拉丁语	principia	原则	原则
法语	à pesteriori	由果溯因	由果溯因
拉丁语	motivirt	一种不是动机的动机	无正当理由作支持

通过以上两个表格的对比,我们可以看到两种译文的相似性和差异性。我们尤其可以看出不同译者独立翻译时的中文表达效果;一旦在两个译本里出现了一模一样的两句汉语,毫无疑问会有抄袭现象。

四、小结

毫无疑问,西方文学的主流是基督教文学,因为作家生来就是基督徒,很多外国文学研究者竭力回避这一事实,但是回避不解决问题。在作品中,作家们会很自然地写进去许多中国读者基本看不懂的宗教内涵和引申寓意,译者需对基督教义有相当深刻的研习和理解才能胜任翻译工作。如果译者不懂宗教,就无法翻译出那种基督教的味道,也无法添加出必要的富含宗教味道的注释,无法帮助读者顺利完成阅读和理解。

文学注释是文学译本中最重要的附件和镜子,它所解说的内容都是原作的内涵之所在和延伸,是原作丰富内容的重要拓展,是读者很有必要了解和知道的补充知识。如果缺少必要的注释,中文读者的阅读难点和障碍必会增加。

关于提高译本质量问题,笔者的建议如下:

(1)由于错译、歪译、抄袭现象普遍存在,小说译著质量的提高首先是个不容忽视和回避的研究课题。而解决译本质量问题,需要翻译界的研究者们大量开展译本对比研究,指出译本的差异和不足,推举优秀译著,淘汰劣质译著。

(2)最简单的调查手段,就是研究译本注释的质量,因为它们反映了译者翻译时所投入的精力、努力和认真程度。如果努力程度不够高,注释就很少、很简略,译本的可靠性、权威性就必会受到不利影响。反过来讲,加强译本质量和权威性的首要办法,就是译者需要加强对注释工作的认真态度,加大时间投入。

（3）一本原著多种译本的存在是无法回避的现实,但是译本质量有好有差。如能恰当利用多种译本的现有资源,整合数位译者的知识,像玄奘大师的译场一样,形成小组翻译的形式,进行集体翻译,就必然能够翻译出更高质量的权威译本,也就能够更好地服务于广大读者和研究者。

本章的写作目的是为翻译工作者提供一个翻译示范。通过对以上两种注释的对比研究,我们看到,详细周到的注释可以对原文起到加深理解和提高认知的作用,也可以起到提高译本质量和权威性的作用;而且注释本身所包含的资料价值、文献价值和考据价值也会极大地扩大译本的包容量,尽显其科研价值,从而会使译本变身成为一个实在精致的精加工产品。

第七章

爱伦·坡小说段落译文的对比观察

一、引言

　　前面很多章节安排了文学研究、文学翻译研究、诗歌的英汉互译研究、小说注释研究等方面。本章安排的是小说正文的译文及其注释的质量观察,以弥补前文的不足。因为小说太长,现以爱伦·坡的两个难度颇大的短篇小说《人群中的精灵》和《反常者的孽障》中的片段为目标观察对象。

　　这两个短篇小说似乎比较老旧,其实不然,爱伦·坡在小说中所谈论的心理话题至今仍然有效,属于超前的心理小说。但是至今为止,关于爱伦·坡的这两个短篇,除了曹明伦和笔者的译文之外,笔者没有看到第 3 种译文。

　　在本章中,笔者以这两个短篇为重点,选取了重要而简短的开头段和结尾段的两种译文及其注释作为对比观察的内容,主要是供读者以自己的细致阅读方式深入学习文学翻译之用,默默体会比较,用心提高。这是小说翻译的实习篇。

二、《人群中的精灵》的译文对比观察

该篇小说的第 1、2 段原文如下:

The Man of the Crowd

Ce grand malheur, de ne pouvoir être seul.

　　　　　　　　　　　　　　　　—LA BRUYÈRE.

IT was well said of a certain German book that "*er lasst sich nicht lesen*"—it does not permit itself to be read. There are some secrets which do not permit themselves to be told. Men die nightly in their beds, wringing the hands of ghostly confessors, and looking them piteously in the eyes—die with despair of heart and convulsion of throat, on account of the hideousness of mysteries which will not *suffer themselves to be revealed*. Now and then, alas, the conscience of man takes up a burden so heavy in horror that it can be thrown down only into the grave. And thus the essence of all crime is undivulged.

Not long ago, about the closing in of an evening in autumn, I sat at the large bow-window of the D-Coffee-House in London. For some months I had been ill in health, but was now convalescent, and, with returning strength, found myself in one of those happy moods which are so precisely the converse of *ennui*—moods of the keenest appetency, when the film from the mental vision departs—αχλυs os πριν επηε—and the intellect, electrified, surpasses as greatly its everyday condition, as does the vivid yet candid reason of Leibnitz, the mad and flimsy rhetoric of Gorgias. Merely to breathe was enjoyment; and I derived positive pleasure even from many of the legitimate sources of pain. I felt a calm but inquisitive interest in every thing. With a cigar in my mouth and a newspaper in my lap, I had been amusing myself for the greater part of the afternoon, now in observing over advertisements, now in observing the promiscuous company in the room, and now in peering through the smoky panes into the street.

曹明伦和笔者的译文如下：

人群中的人
曹明伦译①

不幸起因于不能承受孤独。

——拉布吕耶尔

据说有那么一部德文书 "er lasst sich nicht lesen" ——它不允许自己被人读。世上也有那么些秘密不允许自己被人讲。每夜都有人在自己的床上死去，临死前紧握住忏悔牧师苍白的手，乞哀告怜地望着神父的眼睛——随着心灵的绝望和喉头的痉挛与世长辞，这都是因为他们心中包藏着不堪泄露的可怕的秘密。唉，人的良心时常承受起一个太沉重而可怕的负担，以致于只有躺进坟墓才能卸下。而所有罪恶之本就这样未能大白于天下。

人群中的精灵②
罗长斌译③

最大的不幸，乃是不能独处。

——拉布吕耶尔④

传说有本德文书《Er lasst sich nicht lesen》——不许自己被人读懂。有些秘密是不能让人知晓的，每天晚上都有人死于床榻之上，握紧听忏悔的牧师的双手，凄惨地紧紧盯着牧师的眼睛——由于那不能泄露出去的诡秘原因，他们带着内心的绝望和喉头的痉挛离开了人世。哎，人类的良心不时地在惊恐中背起如此沉重的包袱，却只能抛之于坟墓之中。如此，一切罪行的本质就不曾泄露于世。

---

① 帕蒂克·奎恩.爱伦坡集（诗歌与故事）（上）[M].曹明伦，译.北京:生活·读书·新知三联书店,1995:441—442.

② 《人群中的精灵》（*The Man of the Crowd*）首次发表在 Graham's Magazine（1840 年 12 月第 267—270 页）。在坡的构想后面，有一个流浪犹太人的传说，这个犹太人拒绝让耶稣在室外留宿，耶稣因此判他在世上流浪直到主的第二次降临，以示惩处。在对陌生人"来回"走动的重复性描写中，坡可能在向撒旦暗示。因为根据《约伯纪》第一章第七段，这个罪人的原型撒旦回答主说，他在"地上走来走去，爬上爬下"。——译注，下同。

③ 钱满素.世界心理小说名著选（美国部分）（上）[M].罗长斌等，译.贵阳:贵州人民出版社,2002:258—259.

④ 拉布吕耶尔（Jean de La Bruyère,1645—1696），法国以写讽刺作品闻名的道德学家，以《品格论》（*Characters*）著称于世。因其貌不扬，性情阴郁，说话刻薄，他总是成为人们的笑料，这却使他以敏锐的眼光看到金钱在一个道德败坏的社会中所具有的威力，看到贵族的惰性、狂热及其赶时髦的积习带来的危险。该书于 1688 年出版，后重版 8 次，引文 "Ce grand malheur, de ne pouvoir être seul" 即选自该书。1693 年他被选入法兰西学院。

不久前一个秋日下午将近黄昏的时候，我坐在伦敦 D 饭店咖啡厅宽敞的凸窗旁边。前几个月我一直健康欠佳，但是正久病初愈，精力恢复，我觉得自己正处于一种与倦怠截然相反的愉快心境——欲望最强烈的心境，每当那层薄雾从心头飘去——那层 αχλυs os πριν επηεν——而惊醒的理智会远远超越它平日的状态，会像莱布尼茨那样生动而公正地推理，会像高尔吉亚那样疯狂而浮夸地雄辩。当时我连呼吸都觉得是享受，我甚至从许多正统的痛苦之源中得到真正的乐趣。我感受到一种宁静，但对一切都觉得好奇。嘴里叼着雪茄，膝上摊着报纸，大半个下午我就这样自得其乐，一会儿细读报纸上那些广告，一会儿观察咖啡厅里杂乱的人群，一会儿又透过被烟熏黑的玻璃凝望窗外的大街。

不久以前，秋季夜晚即将来临之时，我端坐在伦敦 D 咖啡馆巨大弓形窗户的内侧。病魔缠身已达数月之久，但而今已痊愈；因为气力恢复，我发觉心情也颇为愉快，确切言之，实为和无聊①心情相对立的情绪——即处于最强烈追求的渴望之中。当薄雾②——先前笼罩着的薄雾——和精神幻觉相脱离之时，苏醒的智力就极大地超越了往日的状态，其程度就和莱布尼兹③生动而坦率的推理以及格尔加斯④疯癫而浮夸的雄辩术相媲美。仅只呼吸就让人愉快；我甚至从许多应导致痛苦的源头中找到了毫无疑义的欢乐。对每件事我都感到有种镇定沉着、爱盘根究底的兴趣。嘴里叼着烟，膝上放张报纸，几乎整个下午我都坐在那儿自得其乐，一会儿细心研究广告，一会儿观察室内杂乱的来客，一会儿又透过烟雾弥漫的窗格玻璃凝视着大街。

点评：在曹译文中，最应修改的要点有：

①"它不允许自己被人读"，作为书名其语气较弱。

②因为小说描写的是一个普通人的生活，不宜用"与世长辞"来翻译 die。

---

① 原文为法文 ennui。

② 原文为古希腊文 αχλυs os πριν επηεν，来自荷马史诗《伊利亚特》第五卷。

③ 莱布尼兹（Gottfried Wilhelm Leibniz, 1646—1716），德国自然科学家，数学家，哲学家，不知疲倦的作家，爱国主义者和世界主义者。他被认为是一位伟大的科学家，西方文明最伟大的人物之一。原文 Leibnitz，疑为拼写错误，原文多出一个字母 t。

④ 格尔加斯（Gorgias），公元前 4 世纪时的希腊怀疑论者，以一种牺牲理智的方式去标榜自己的雄辩术而闻名。

③正文中的希腊文 αχλυs os πριν επηεν 应该翻译出来。

最后一段的原文如下:

It was now nearly daybreak; but a number of wretched inebriates still pressed in and out of the flaunting entrance. With a half shriek of joy the old man forced a passage within, resumed at once his original bearing, and stalked backward and forward, without apparent object, among the throng. He had not been thus long occupied, however, before a rush to the doors gave token that the host was closing them for the night. It was something even more intense than despair that I then observed upon the countenance of the singular being whom I had watched so pertinaciously. Yet he did not hesitate in his career, but, with a mad energy, retraced his steps at once, to the heart of the mighty London. Long and swiftly he fled, while I followed him in the wildest amazement, resolute not to abandon a scrutiny in which I now felt an interest all-absorbing. The sun arose while we proceeded, and, when we had once again reached that most thronged mart of the populous town, the street of the D-Hotel, it presented an appearance of human bustle and activity scarcely inferior to what I had seen on the evening before. And here, long, amid the momently increasing confusion, did I persist in my pursuit of the stranger. But, as usual, he walked to and fro, and during the day did not pass from out the turmoil of that street. And, as the shades of the second evening came on, I grew wearied unto death, and, stopping fully in front of the wanderer, gazed at him steadfastly in the face. He noticed me not, but resumed his solemn walk, while I, ceasing to follow, remained absorbed in contemplation. "This old man," I said at length, "is the type and the genius of deep crime. He refuses to be alone. *He is the man of the crowd.* It will be in vain to follow; for I shall learn no more of him, nor of his deeds. The worst heart of the world is a grosser book than the "Hortulus Animæ",[1] and perhaps it is but one of the great mercies of God that "*er lasst sich nicht lesen*".

---

[1] The "Hortulus Animæ cum Oratiunculis Aliquibus Superadditis" of Grünninger.

两种译文对比如下：

曹明伦　译①

　　当时已经快要天亮，可一群群肮脏的酒鬼还在从那道花里胡哨的门洞进进出出。随着一声低低的半惊半喜的尖叫，老人挤身于人群之中，他顿时又恢复了不久前的举止，毫无目的但却大踏步地走来走去。不过这一次他没走上两个来回，酒鬼们纷纷涌出门来说明老板就要打烊。这时我从被我锲而不舍地跟踪的那位怪老头的脸上，看到了一种甚至比绝望还绝望的神情。但他并没有为他的行程而踌躇，而是立刻疯野地甩开大步，顺着原路返回伦敦那颗巨大的心脏。在他匆匆而行的长路上，紧随其后的我已到了最惊讶的地步，我横下心绝不放弃现在已吸引了我全部兴趣的这场追究。我们还在路上太阳就已经升起，而当我们再一次回到最繁华的市中心、D 饭店所在的那条大街之时，街上的喧哗与拥挤几乎已不亚于前一天晚上我所见到的情景。在这儿，在不断增加的人山人海中，我坚持不懈地紧跟在那位陌生老人

罗长斌　译②

　　天快破晓；但一群可怜的酒徒仍招摇着在入口处挤出挤进。几乎是欢快地尖叫了一声后，老人也挤了进去，并且立刻恢复了原有的举止，没有明显目的地在人群里来回踱步。他还没踱多久，人群便向门口冲去，显示主人要下夜关门了。这个独特的生灵，我曾如此执拗地监视过，而今从他的脸上我观察到的是某种比绝望更为强烈的东西。现在，在其事业中，他不再犹豫了，而且似乎由一种疯狂的力量所支配；他立刻折回头，来到巨大的伦敦的心脏。他长时间快步飞跑，而我在最为狂放的惊讶中尾随其后，并暗下决心绝不放弃此时最为诱人的研究机会。我们正向前跑时，太阳升起来了；再次返回到人口稠密城市中最拥挤的商业中心地带，即 D 旅馆大街时，那里已呈现出人声喧闹沸腾的活跃景象。一点儿都不逊色于前一天晚上我之所见。在此地长时间不断增长的混乱中，我依然坚持追寻着这个陌生人。但是他

①　帕蒂克·奎恩.爱伦·坡集(诗歌与故事)(上)[M].曹明伦,译.北京:生活·读书·新知三联书店,1995：449—450.
②　钱满素.世界心理小说名著选(美国部分)(上)[M].罗长斌等,译.贵阳:贵州人民出版社,2002：267—268.

身后。可他与昨晚一样,只是在街上走过来又走过去,整整一天也没走出那条大街的骚动与喧嚷。而当夜幕重新降临之时,我已经累得精疲力竭,于是我站到那流浪者跟前,目不转睛地注视他的脸庞。他没有注意我,但又一次开始了他庄严的历程,这下我停止了跟踪,陷入了沉思。最后我说:"那个老人是罪孽深重的象征和本质。他拒绝孤独。他是人群中的人。我再跟下去也将毫无结果,因为我既不会对他了解得更多,也不会知道他的罪孽。这世上最坏的那颗心是一部比 *Hortulus Animæ* ①还下流的书,它拒绝被读也许只是上帝的大慈大悲。"

又像往常一样走来走去,一整天都没从喧嚷中走出来。当第二个夜晚的阴影投射而来时,我疲倦得要死,于是就完全站他的面前,目不转睛地盯着他的脸。他并不看我,而是又恢复了庄严的踱步;于是我放弃了跟踪,深深地陷入沉思之中。"这老头。"我终于认识到,"是那种精于谋划大罪的天才。他不肯独处,他是人群中的精灵。跟踪他也是白搭;因为我并不能从中了解到什么。《霍图勒斯的灵魂》②是一本不能让人读懂的书,可比之世人最坏之心,它依然要逊色很多;或许是由于上帝的伟大仁慈,'世人之心也不许被人读懂'。"③

点评:曹译文中存在的主要问题有:

①在本段的最后几句中译掉了一些单词。

②译文中的 Hortulus Animæ 应该翻译出来。

③首尾段中出现两次的 *er lasst sich nicht lessen*,在最后一段里没有予以合适的处理和交待。

---

① 即格吕宁格尔所著"Hortulus Animq cum Oratiun-culis Aliquibus Superadditis"。——原注
　　[Animq 原译著如此,应为 Animæ。——笔者注]
② 原文为 Hortulus Animæ,原书名为"Hortulus Animæ cum Oratiunculis Aliquibus Superadditis"为 John Grünninger 大约在 1500 年印刷的德文书。坡的想法来自伊撒·迪斯雷里(Isaac Disraeli)的《文学的好奇心》(*Curiosities of Literature*),该书引用它时以指其实例的冒犯无礼和宗教特性。——译注
③ 原文为德语"er lasst sich nicht lesen",和本文第一句中的引语相同。

三、《反常者的孽障》的译文对比观察

该篇小说的第 1 段原文如下：

The Imp of the Perverse

IN the consideration of the faculties and impulses—of the *prima mobilia* of the human soul, the phrenologists have failed to make room for a propensity which, although obviously existing as a radical, primitive, irreducible sentiment, has been equally over-looked by all the moralists who have preceded them. In the pure arrogance of the reason, we have all overlooked it. We have suffered its existence to escape our senses, solely through want of belief—of faith;—whether it be faith in Revelation, of faith in the Kabbala. The idea of it has never occurred to us, simply because of its supererogation. We saw no *need* of the impulses—for the propensity. We could not perceive its necessity. We could not understand, that is to say, we could not have understood, had the notion of this *primum mobile* ever obtruded itself;—we could not have understood in what manner it might be made to further the objects of humanity, either temporal or eternal. It cannot be denied that phrenology and, in great measure, all metaphysicianism have been concocted à *priori*. The intellectual or logical man, rather than the understanding or observant man, set himself to imagine designs—to dictate purposes to God. Having thus fathomed, to his satisfaction, the intentions of Jehovah, out of these intentions he built his innumerable systems of mind. In the matter of phrenology, for example, we first determined, naturally enough, that it was the design of the Deity that man should eat. We then assigned to man an organ of alimentiveness, and this organ is the scourge with which the Deity compels man, will-I nill-I, into eating. Secondly, having settled it to be God's will that man should continue his species, we discovered an organ of amativeness, forthwith. And so with combativeness, with ideality, with causality, with constructiveness,—so, in short, with every organ, whether representing a propensity, a moral sentiment, or a faculty of the pure intellect. And in these arrangements of the *principia* of human action the Spurzheimites, whether right or wrong, in part, or upon the whole, have but followed, in principle, the footsteps of their predecessors: deducing and establishing every thing from the preconceived destiny of man, and upon the ground of the objects of his Creator.

曹明伦和笔者的译文如下：

<table>
<tr><td align="center">

反常之魔
曹明伦　译①

</td><td align="center">

反常者的孽障
罗长斌　译②

</td></tr>
<tr><td>

　　在考虑人类精神原动力的官能和冲动之时，骨相学家们从来没给一种性格倾向让出一席之地，尽管这种性格倾向一直明显地作为一种固有的、原始的、不可缺少的感情而存在，但它同样也被所有比骨相学家高明的伦理学家们所忽视。鉴于理性十足的傲慢，我们全都对它漠然置之。我们容忍自己的理性不注意它的存在，完全是因为缺乏信念——缺乏信仰；——不管是信基督教的启示录，还是信犹太教的神秘经。我们脑子

</td><td>

　　在考虑人类灵魂的原初动力③——机能和冲动时，颅相学④家们一直没有给一种癖好让出一席之地，尽管它明显地作为一种激进、原始、不能转换的情绪而存在着，它也一直被所有先于颅相学家的道学家们忽视了。在一本正经地炫耀理性时，我们对它也都漠然置之。由于我们需求信仰，需求信念，我们让自己的感受忽略了它的存在——且不论这是《启示录》⑤中的信念还是神秘教义中的信念。仅只是因为它不是份内事儿，

</td></tr>
</table>

---

① 帕蒂克·奎恩.爱伦·坡集(诗歌与故事)(下)[M].曹明伦,译.北京:生活·读书·新知三联书店,1995:917—918.

② 钱满素.世界心理小说名著选(美国部分)(上)[M].罗长斌等,译.贵阳:贵州人民出版社,2002:270—271.

③ 原文为拉丁文 prima mobilia.——译注.

④ 颅相学(phrenology)指分析头颅轮廓以测定他的气质、特性和才能的学说。奥地利维也纳医学家加勒(Gall,1758—1828)指出,人颅形状与智力、宗教信仰、犯罪倾向等属性有直接关系。他的门生斯珀津姆(Spurzheim,1776—1832)大力宣传颅相学。现代,颅相学已不再被承认为科学。

⑤ 《启示录》(the Revelations)为《圣经·新约》的最后一卷,其中唯一的启示文学作品,大量采用异象、象征和寓言,特别是在讲到未来事件时更是如此。——译注

里从来不想到它，仅仅是由于它表面上的多余。我们看不出冲动之必要——就这种性格倾向而言。我们不能察觉它的必然性。我们不可能懂得，也就是说，即使这种原动力的概念曾自己冒出来过，我们也一直未能懂得；——我们一直未能懂得以何种方式它可以被用来促进人类目的之实现，现世的目的或是永生的目的。不能否认，骨相学以及所有形而上学，已在很大程度上被调合进了先验的推理。不是一般理解力强或观察力敏锐的人，而是明智之士或逻辑学家使自己去推测上帝的旨意——向上帝口授其旨意。就这样称心如意地推测出了耶和华的意图之后，推测者便引用这些意图建立起自己多得数不清的思想体系。以骨相学为例，首先，我们理所当然地确定人要吃饭是上帝的意志，于是我们为人指定一个进食器官，而不管我愿意不愿意，这个器官就是上帝用来强迫人进食的工具。其次，一旦决定人要传种接代是上帝的意志，我们马上就发现了一个性爱器官。同样我们发现了争斗器官、想象器官、追因器官、推断

我们从未想起它。于是，我们就看不到为这种癖好而冲动的必要。我们没能理会它的需要。我们不懂，也就是说，我们不可能懂得这个原初动力①的观念是否曾经硬冲了出来；——我们不可能懂得以何种方式，暂时地或永久地，运用它来推动仁爱的目标。颅相学和所有玄学是被大规模先验地②炮制出来的，这是不容否认的事实。是凭理智行事者或条理分明者（而非善于理解者或观察敏锐者）自己想象出一些方案——向上帝叙述其意图。在令他满意地推测了耶和华的旨意后，他据此建立了无数的心智体系。例如，就颅相学而论，我们首先足够自然地推定，人应该进食，这是造物主的设计。然后我们给人分配一个消化器官，不管你愿不愿意，这就是造物主迫使人就食的鞭子。其次，使之符合上帝要人不断繁衍后代的愿望，我们立刻发现了一个情恋器官。于是，还发现有争斗器官、空想器官、诱因器官、推理器官，——一句话，发现了所有器官，不管它代表一种癖好，一种符合道德的情感，还是一种纯粹智力的机能。在

器官——总而言之,每一种器官,要么代表一种性格倾向,要么代表一种道德情感,不然就代表一种纯粹的智力。在对人类行为原则所作的这些安排中,施普尔茨海姆①的信徒们不管是对是错,都一直部分地或全盘地对他们师辈的脚印亦步亦趋;他们以上帝的意志为理由,从事先想好的人类命运中去推断和证实每一件事。

对人类行为原则②所做的这些安排之中,斯珀津姆们③不管是对是错,都一直是部分地或全盘地在原则上追随着先辈们的足迹:从人类既定的命运,即作为主的创造物的基础之上,对每件事进行推断和确认。

点评:在曹译本的《人群中的精灵》和《反常者的孽障》中,这里的一条注释是他本人唯一撰写的注释。

在他的译文中,他本人没有积极撰写注释是其最大的失误。就他对两个短篇小说的翻译而言,其译文的质量还是有可取之处的。

最后四段的原文如下:

At first, I made an effort to shake off this nightmare of the soul. I walked vigorously—faster—still faster—at length I ran. I felt a maddening desire to shriek aloud. Every succeeding wave of thought overwhelmed me with new terror, for, alas! I well, too well understood that to *think*, in my situation, was to be lost. I still quickened my pace. I bounded like a madman through the crowded thoroughfares. At length, the populace took the alarm, and pursued me. I felt *then* the consummation of my fate. Could I have torn out my tongue, I would have done it, but a rough voice resounded in my ears—a rougher grasp seized me by the shoulder. I turned—I gasped for breath. For a moment I experienced all the pangs of suffocation; I became blind, and deaf, and giddy; and

---

① 　约翰·卡斯珀·施普尔茨海姆(1776—1832),德国医生,骨相学创始人 F. J. 加尔(1758—1828)
　的学生和合作者,是他把加尔的骨相学理论发展成为完整的体系。——译注
② 　原文为拉丁语 principia。——译注
③ 　原文为 Spurzheimites,见前页注释。——译注

then some invisible fiend, I thought, struck me with his broad palm upon the back. The long imprisoned secret burst forth from my soul.

They say that I spoke with a distinct enunciation, but with marked emphasis and passionate hurry, as if in dread of interruption before concluding the brief, but pregnant sentences that consigned me to the hangman and to hell.

Having related all that was necessary for the fullest judicial conviction, I fell prostrate in a swoon.

But why shall I say more? To-day I wear these chains, and am *here*! To-morrow I shall be fetterless! —*but where*?

曹明伦和笔者的译文如下：

曹明伦　译①	罗长斌　译②
开始我还努力要摆脱这个精神上的梦魇。我迈开大步行走——越走越快——越走越快——最后竟开始奔跑。我感到了一种想大声喊叫的疯狂欲望。随之接连涌上的每一阵思潮都以一种新的恐惧把我压倒，因为，天哪！我知道，我非常清楚地知道,在那种状态下我的思维能力必然失去。我继续加快步伐，像疯子一样跳着跑着穿过拥挤的大街。终于，人们有所警觉并开始追我。这时我就感觉到了我命运的结局。若是我	开始我努力去挣脱灵魂内的梦魇。我急步行走——快点——再快点——最后跑将起来。我感到有种要大喊大叫的疯狂愿望。每种思绪的波涛都伴随着新的恐惧使我窒息，因为，天哪！我十分清楚地懂得,处在我的地位，去想就意味着自取灭亡。我依然加快步伐，像个疯子在拥挤的大街上跳跃般穿行。后来，人群一阵惊慌并在后面追赶我。此时我感觉到了穷途末路。我若能撕掉舌头，我一定会的；但是刺耳的声音在我

---

① 帕蒂克·奎恩.爱伦坡集(诗歌与故事)(下)[M].曹明伦,译.北京:生活·读书·新知三联书店,1995：923.
② 钱满素.世界心理小说名著选(美国部分)(上)[M].罗长斌等,译.贵阳:贵州人民出版社,2002：276—277.

能够扯掉自己的舌头，那我当时肯定会把它扯掉，可我耳边响起了粗暴的声音——一只更粗暴的手抓住了我肩膀。我转过身来——我透不过气。一时间我体验到了窒息的全部痛苦；我变得眼花，耳聋，脑袋发晕；接着，我相信有个看不见的魔鬼在我背上狠狠拍了一掌。于是我心中掩埋了多年的秘密便突然冒出。

　　他们说我当时发音清楚，但语气很重，语速很快，而且感情激烈，仿佛生怕有人打断我那番简短但意味深长的话，正是那番话把我交给了刽子手，并将把我送进地狱。

　　讲完了那番为我定死罪所必须的话，我在一阵昏厥中倒在了地上。

　　可我干吗还要讲下去？今天我戴着镣铐，我在这里！明天镣铐将除去！——但我将在何方？

耳边轰然作响——更为粗暴的手抓住了我的肩膀。我转过身——喘着气。把它扯掉，可我耳边响起了粗暴的声音。一时间我经历了完全窒息的痛苦；两眼发昏，眩晕，什么也听不见；然后，我猜想某个看不见的恶魔，用那宽大的巴掌猛击我背部，长期禁锢的秘密就从灵魂深处一泻而出了。

　　他们说我讲述时清楚明白，只是带有明显的强调、急躁和匆忙，似乎生怕在结束简短但意义深远的语句之前被人打断，这些语句就把我打发到刽子手和牢房那里。

　　讲完了判罪所需的最充分的供词后，我在一阵晕厥中跌倒在地。

　　但是，我为何还要说这么多？今——天我披戴着镣铐，囚禁于此！明——天我将卸下镣铐！——但我将往何方！

　　点评：有几句英文的内涵中包含着唯心的宗教思想，其内涵是可以准确翻译出来的。比如，曹先生将最后一句"To-day I wear these chains, and am *here*! To-morrow I shall be fetterless! —*but where*?"翻译为"今天我戴着镣铐，我在这里！明天镣铐将除去！——但我将在何方？"，其中"我在这里"的语气太弱，没有译出内涵。

　　所谓"戴着镣铐"有两层意思，其一是指他戴着镣铐坐牢，其二是指灵魂被"肉身"所束缚，犹如灵魂是戴着镣铐，这个理解是很准确的。"肉身"就是"镣铐"；所谓"镣铐将除去"是指伏法后的肉身"死去"，死后便可同时除去镣铐和肉身，然后灵魂就离开肉身，但是将向何方呢？作者最担心的是灵魂的归宿。"这里"是同时指监狱和"人间"。

因为理解到了这一层意思,笔者就翻译为:"今——天我披戴着镣铐,囚禁于此!明——天我将卸下镣铐!但我将往何方!"这和曹译文虽然只相差几个字,可内涵就大不一样了。

附 录 一

翻译实例研究

一、林肯《葛底斯堡演说》的译文修改

　　翻译林肯总统的著名短文,需先学习与该文有关的历史背景,然后才能翻译好。原文和匿名者的译文如下,中括号中的字是笔者对中译文给予演说要点的简单修改。

原文:

The Gettysburg Address

Abraham Lincoln（1809—1865）

Gettysburg, Pennsylvania

November 19, 1863

Four score and seven years ago our fathers brought forth on this continent, a new nation, conceived in Liberty, and dedicated to the proposition that all men are created equal.

Now we are engaged in a great civil war, testing whether that nation, or any nation so conceived and so dedicated, can long endure. We are met on a great battle-field of that war. We have come to dedicate a portion of that

匿名者的译文以及笔者的修改:

葛底斯堡演说

亚伯拉罕·林肯（1809—1865）

宾夕法尼亚州,葛底斯堡

1863 年 11 月 19 日

　　八十七年前,我们的父辈[们]在这块大陆上创建了一个新的国家。这个新的国家在<u>自由中孕育</u>[设计出自由的制度],信奉人人生而平等的主张。

　　现在我们正在从事伟大的国内战争,来考验这个国家,或任何在<u>自由中孕育,信奉人人生而平等的主张</u>[如此设计,如此奉献]的国家,能否长久存在下去。我们今天相聚在这场战争的一个伟大的战场上。我们相聚在这里是为了把这伟大战场的一部分奉献给那

field, as a final resting place for those who here gave their lives that that nation might live. It is altogether fitting and proper that we should do this.

　　But, in a larger sense, we can not dedicate—we can not consecrate—we can not hallow—this ground. The brave men, living and dead, who struggled here, have consecrated it, far above our poor power to add or detract. The world will little note, nor long remember what we say here, but it can never forget what they did here. It is for us the living, rather, to be dedicated here to the unfinished work which they who fought here have thus far so nobly advanced. It is rather for us to be here dedicated to the great task remaining before us

　　—that from these honored dead we take increased devotion to that cause for which they gave the last full measure of devotion

　　—that we here highly resolve that these dead shall not have died in vain

　　—that this nation, under God, shall have a new birth of freedom

　　—and that government of the people, by the people, for the people, shall not perish from the earth.

些为了我们国家的生存而献出了生命的烈士们作为最后的安息地。我们这样做完全是合情合理的。

　　但在更广泛的意义上来说,我们不能奉献[出]这块土地,我们不能使这块土地[变得]神圣,我们[也]不能使这块土地光耀。那些勇敢的<u>人们</u>[战士],那些曾经在这里战斗过的,活着和死去的<u>人们</u>[战士],已经使这块土地神圣了,远非我们所能增加或减少。<u>世界</u>[世人]不大会注意,也不会<u>永久</u>[长久]记住我们今天在这里所说的话,但世界决不能[会]忘记他们在这里所做过的事情。我们这些活着的人,倒是应该在这里<u>献身于</u>[花些时间去完成]他们长久以来如此高尚地推进[着]的,<u>尚未完成的工作</u>[未竟事业]。我们倒是应该在这里献身于留[摆]在我们面前的伟大任务:

　　——那就是继承[学习]这些光荣的先烈,对他们在这里作出最后全部贡献的事业,作出我们进一步的贡献;

　　——那就是我们在这里狠下决心,决不让这些先烈的死成为白白的牺牲;

　　——<u>那就是我们的国家一定要在上帝底下获得新的自由</u>;[那就是要在上帝的庇护下,我们要使自由在这个国家获得新生;]

　　——那就是决不让这个<u>人民的政府</u>[民有],<u>人民选举</u>[民治]的政府,并<u>且是为了人民</u>[民享]的政府从地球上消<u>亡</u>[失]。

点评:中括号中的字是笔者修改前面画线部分的汉字。

原文很有气派,很有思想,翻译时应以总统的口气来进行。而这个译文的口气很软弱,有多余的重复。

美国内战总共进行了 4 年(1861—1865)。南军的军队统帅是当时美国最优秀的军队指挥官罗伯特·李(Robert E. Lee,1807—1870)将军,他的老家在弗吉尼亚州。他说,他的家乡在和北方打仗,他要回去服务家乡。所以在最初的两年多时间里,北军一直被李将军所打败;林肯的心情也不好,经常更换前线战败的将军。

但是,在葛底斯堡战斗中,北军在长达 3 天的战斗中获得了全胜,李将军被打败,北军从而扭转了整个战局。这是一个难得的转折点。此时林肯的心情异常兴奋。但是,在战争还未结束之时,他就迫不及待地要在葛底斯堡建立国家公墓,并召开纪念大会。林肯简短的发言稿就是在这种振奋人心的气氛中在火车上写成的。因此,译者一定要设法把总统的这种心情表达出来,这是译者的职责所在。

把 fathers 译成单数"父辈",这是译者在历史常识方面的错误,是不能原谅的。美国建国时有一批卓越的人士共同为美国奠定了这个良好的、可以自我制约和净化并能够促进社会发展的民主制度。这些父辈们、奠基者们有 12 名,他们是华盛顿(George Washington,1732—1799)、杰弗逊(Thomas Jefferson,1743—1826)、富兰克林(Benjamin Franklin,1706—1790)等一批人,尤其以杰弗逊的贡献为最大。

二、小说片段的翻译示范

理解原文分为低层次的理解和高层次的理解两个方面。

(1)低层次的理解,是指对于文本材料及其相关材料的理解。要先阅读和理解好它们,才能开始翻译。如果拿到手就翻译,肯定会出问题。笔者几次谢绝出版社的翻译邀请,就是因为笔者觉得,出版社给的时间有限,笔者没有时间做好准备,于是就必然面临着拿到手就翻译的局面,那肯定就会出问题。为了不出现错译,那就要放弃翻译。

(2)高层次的理解,是指对于英美国家的种种文化、历史、文学、传统等内容的广泛学习、钻研和了解。如果做好了一定的准备,在小规模翻译时,某些材料也是可以拿来就翻译的。

有人要翻译一本儿童小说,向笔者征求翻译意见。笔者对这本儿童小说一无所知,连小说标题都不知道。于是,就尝试着翻译了该书的开场白,以作为他进行翻译的示范。有关作家和全书的内容笔者都不知道,但笔者还是能够很快地体会到该书的语气、风格,然后就翻译了这一段。

小说原文及其两种译文列表如下:

原文	匿名译者 译	罗长斌 译
Prologue	**序**	**序幕**
The old lady looked wobbly and feeble. The minute our subway train started, she was going to keel over. Then she'd be a sick passenger, and the train would stop while we waited for an ambulance, and I'd be late for school.	这个老妇人看上去病恹恹而又颤巍巍的,仿佛我们乘坐的地铁一开动,她就会倒下似的。如果地铁因她生病停下来等救护车的话,我上学就要迟到了。	这位年迈的贵妇看起来是一副身体虚弱晃悠的样子。地铁一开动,她就会晕倒。然后她就是带病乘客,地铁就会停下来,我们大家就一起等救护车,我上学就迟到了。
Plus she looked terrified. I gave her my seat. I helped her into it.	而且,她看上去好像受了惊吓,于是,我给她让了座,扶她坐下。	而且她一脸惊恐的神色。我就给她让了座,扶她坐好。
"Thank you, dear. You have done me a good turn." She didn't have an old lady's voice. Her tones were as round and juicy as an anchorwoman's. "And you know what they say about good turns—"	"谢谢你帮了我,亲爱的。"她的声音并不像一个老妇人,相反像个新闻播音员一样圆润甜美。"你知道人们得到了帮助会说什么吧——"	"谢谢你,好同学。你帮了个大忙。"她的音色一点都不老迈,像女播音员一样圆润甜美。"你知道关于做好事人们有什么说道——"

"That's okay." Was she going to tip me? "I don't want anything."

"Yes, you do, Wil-ma. You want many things. I will give you one."

How did she know my name?

The train stopped at Twenty-eight Street. I thought about going to an-other car, but I was get-ting off at the next stop.

"What is your wish?" she asked. The train star-ted moving again. "I know whether you tell me or not. But you ought to put it positively."

The train stopped. We were between sta-tions. In the silence, the old lady continued, "It should not be, 'I wish I weren't always left out or picked on.'"

"没关系。"我想她不是她要给我小费吧,赶紧说:"我不需要什么东西。"

"不,你需要的,威尔玛。你需要很多东西,我会给你一样的。"

我很纳闷,她怎么知道我的名字?

地铁停在了第二十八大街站。我想去另一节车厢,但我下一站就要下车了。

"你的愿望是什么?"她问。地铁又开动了。"即使你不说,我也是知道的。不过,你要把愿望说得更直接些。"

地铁在两站中途临时停了下来。寂静中,老妇人继续说"你不要说,'我不希望总是被人无视或捉弄'"。

"没什么。"她要给我小费?"我什么也不要。"

"需要,威尔玛,你真的需要。你需要很多,我会送你一样的。"

她怎么会知道我的名字?

地铁在第28街站停下。我想去另一节车厢,但我下一站就要下车。

她问,"你的愿望呢?"地铁又开动了。"你说不说我都知道。但是你应该明确说出来。"

还没到站地铁却停了下来。在寂静中贵妇继续说道:"不要说是这个样子的,'我希望我不要总是被轻视和指责。'"

She knew. And now so did everybody in our car. I looked around. Only adults, thank goodness. The train got going again.

"I can make your wish come true. You will be a sought-after member of the in crowd. You will be a cool cat."

The train screeched into the Twenty-third Street station. My stop.

The doors opened. I stood half in, half out, keeping them open. I didn't want to be just a member of the in crowd. I wanted more. "I want to be the most popular kid at Claver-ford," I blurted out. I figured I might as well go all the way with a wish nobody could grant.

She frowned. "Is it wise…? All right, dear. Granted."

她竟然知道我的愿望,不过,现在整个车厢里的人也都知道了。我四周看看,幸好周围只有不会取笑我这愿望的大人们。地铁再次开动了。

"我可以让你的愿望实现,我可以让你进入最受追捧的那个圈子,让你成为酷妹。"

地铁呼啸地进入了第二十三大街站,我到站了。

地铁门开了,我用身子挡着车门,一脚在外,一脚留在车里。心里暗念,我不仅仅想进入那个圈子,我想要得更多。"我想要成为克莱瓦福德学校最受欢迎的孩子,"这个想法破口而出。我心想,既然要许愿,不如许个没有人能够实现的愿望呢。

她皱皱眉头,说:"这明智吗?好吧,亲爱的,我会帮你实现的!"

她全知道。我们车厢里人人都知道了。我向周围看了看。谢天谢地,全都是大人。地铁又开动了。

"我可以让你的愿望成真。你会成为同学们中被追捧的一员。你会成为一只酷猫。"

地铁呼啸着进入了第 23 街站。我到站了。

门开了。我站在门口挡住门,一只脚站在门里,一只脚站在门外。我不仅仅想被人追捧,我需要更多。我脱口说道:"我想成为克莱瓦津学校最受欢迎的学生。"我认为我不妨许一个没人敢答应的愿望。

她皱着眉头说:"这明智吗……?好吧,好,同学,就这样吧。"

点评:后来得知这本儿童小说叫 *Wish*,被译为《魔法预言》。

原文简洁有力,代表着作者的写作风格。所以,翻译时也不能拖泥带水,要用词简洁,学生用语,一般应保留原文的标点,只有在个别情况下才可以合并两个英语短句。有些词的翻译要考虑到中文读者的阅读习惯。

比如,笔者把 dear 翻译成"好同学",而不是"亲爱的",这样更符合中国学生的口气。外国人在所有信件中都用 dear 开头,对关系亲密者而言,自然就译成"亲爱的"。而对于陌生人的信件,如 Dear Sir/Madam,翻译成"亲爱的先生/女士"显然不合适。应根据汉语的特点译成"尊敬的先生/女士"。此处译成"好同学",正同此理。Claverford 是一所学校的名字,如果翻译成"克莱瓦福德学校",念起来很不顺口。所以考虑到 Oxford 译成"牛津",就将它翻译成"克莱瓦津学校"。

笔者抄录下来的英文来自对方发给我的照片。a member of the in crowd 出现了两次,其中的 the in 不符合语法,应为书中排版错误,所以应按照 a member in the crowd 来翻译。

笔者的译文中简洁的汉语表达很多,这才符合原文的写作特点。如:①"She didn't have an old lady's voice. Her tones were as round and juicy as an anchorwoman's."这是两句话,为方便表达,笔者合成一句话,灵活翻译为:"她的音色一点都不老迈,像女播音员一样圆润甜美。"②笔者把简洁到家的一个字 Granted 译成"就这样吧"。③"I figured I might as well go all the way with a wish nobody could grant."笔者翻译为:"我认为我不妨许一个没人敢答应的愿望。"

附 录 二

翻译实例研究：*The Man of the Crowd*

在这个附录中,笔者安排了爱伦·坡的一个短篇小说的原文和笔者的译文,作为翻译练习的对比研究实例,以供翻译专业学习者进行高级翻译的操练之用。这个短篇小说,曹明伦先生也全文翻译了①,收录在《爱伦·坡集(诗歌与故事)》(上)中第441—450页(这部译著分上下卷,共有1520页,1995年3月由生活·读书·新知三联书店出版,学习者不妨找来研习一下)。笔者的译文收录在钱满素主编的《世界心理小说名著选》(美国部分)(上)第258—268页,于2002年10月由贵州人民出版社出版。

做翻译练习的过程也是锻炼工作耐心的过程。在具体翻译一篇故事之时,此时的"先理解",就是先要认真、仔细地阅读几遍这篇原文,在本人觉得理解好了原文之后,再开始翻译;在翻译的过程中,在需要添加注释的地方,要及时查阅资料,做好注释。翻译完成之后,需要对照原文进行全面的、仔细认真的修改。

采取的翻译步骤仍然是:先理解、再翻译、再修改、做注释。在1994年,笔者把它翻译了两遍,这是钱满素研究员推荐笔者翻译《兔子归来》之前的热身操练。

---

① 　爱伦·坡.爱伦·坡集(诗歌与故事)(上)[M].曹明伦,译.北京:生活·读书·新知三联书店,1995:441—450.

英文全文

The Man of the Crowd

Ce grand malheur, de ne pouvoir être seul.

LA BRUYÈRE

Edgar Allan Poe (1809—1849)

IT was well said of a certain German book that *"er lasst sich nicht lesen"*—it does not permit itself to be read. There are some secrets which do not permit themselves to be told. Men die nightly in their beds, wringing the hands of ghostly confessors, and looking them piteously in the eye—die with despair of heart and convulsion of throat, on account of the hideousness of mysteries which will not *suffer themselves to be revealed*. Now and then, alas, the conscience of man takes up a burden so heavy in horror that it can be thrown down only into the grave. And thus the essence of all crime is undivulged.

中译文全文①

人群中的精灵

最大的不幸,乃是不能独处。②

——拉布吕耶尔③

罗长斌　译

传说有本德文书"er lasst sich nicht lesen"——不许自己被人读懂。有些秘密是不能让人知晓的,每天晚上都有人死于床榻之上,握紧听忏悔的牧师的双手,凄惨地紧紧盯着牧师的眼睛——由于那不能泄露出去的诡秘原因,他们带着内心的绝望和喉头的痉挛离开了人世。哎,人类的良心不时地在惊恐中背起如此沉重的包袱,却只能抛之于坟墓之中。如此,一切罪行的本质就不曾泄露于世。

① 钱满素.世界心理小说名著选(美国部分)(上)[M].罗长斌等,译.贵阳:贵州人民出版社,2002:258—268.

② 《人群中的精灵》(*The Man of the Crowd*)首次发表在 *Graham's Magazine*(1840 年 12 月第 267—270 页)。在坡的构想后面,有一个流浪犹太人的传说,这个犹太人拒绝让耶稣在室外留宿,耶稣因此判他在世上流浪直到主的第二次降临,以示惩处。在对陌生人"来回"走动的重复性描写中,坡可能在向撒旦暗示,因为根据《约伯纪》第一章第七段,这个罪人的原型撒旦回答主说,他在"地上走来走去,爬上爬下"。——译注

③ 拉布吕耶尔(Jean de La Bruyère,1645—1696),法国以写讽刺作品闻名的道德学家,以《品格论》(*Characters*)著称于世。因其貌不扬,性情阴郁,说话刻薄,他总是成为人们的笑料,这却使他以敏锐的眼光看到金钱在一个道德败坏的社会中所具有的威力,看到贵族的惰性、狂热及其赶时髦的积习带来的危险。该书 1688 年出版,后重版 8 次,引文"Ce grand malheur, de ne pouvoir être seul"即选自该书。1693 年他被选入法兰西学院。——译注

Not long ago, about the closing in of an evening in autumn, I sat at the large bow-window of the D-Coffee-House in London. For some months I had been ill in health, but was now convalescent, and, with returning strength, found myself in one of those happy moods which are so precisely the converse of *ennui*—moods of the keenest appetency, when the film from the mental vision departs—αχλυς os πριν επηεν—and the intellect, electrified, surpasses as greatly its everyday condition, as does the vivid yet candid reason of Leibnitz, the mad and flimsy rhetoric of Gorgias. Merely to breathe was enjoyment; and I derived positive pleasure even from many of the legitimate sources of pain. I felt a calm but inquisitive interest in every thing. With a cigar in my mouth and a newspaper in my lap, I had been amusing myself for the greater part of the afternoon, now in poring over advertisements, now in observing the promiscuous company in the room, and now in peering through the smoky panes into the street.

不久以前,秋季夜晚即将来临之时,我端坐在伦敦 D 咖啡馆巨大弓形窗户的内侧。病魔缠我身已达数月之久,但而今已痊愈;因为气力恢复,我发觉心情也颇为愉快,确切言之,实为和无聊①心情相对立的情绪——即处于最强烈追求的渴望之中。当薄雾——先前笼罩着的薄雾②——和精神幻觉相脱离之时,苏醒的智力就极大地超越了往日的状态,其程度就和莱布尼兹③生动而坦率的推理以及格尔加斯④疯癫而浮夸的雄辩术相媲美。仅只呼吸就让人愉快;我甚至从许多应导致痛苦的源头中找到了毫无疑义的欢乐。对每件事我都感到有种镇定沉着、爱盘根究底的兴趣。嘴里叼着烟,膝上放张报纸,几乎整个下午我都坐在那儿自得其乐,一会儿细心研究广告,一会儿观察室内杂乱的来客,一会儿又透过烟雾弥漫的窗格玻璃凝视着大街。

---

① 原文为法语 ennui。——译注
② 原文为古希腊文 αχλυς os πριν επηεν,来自荷马史诗《伊利亚特》第五卷。——译注
③ 莱布尼兹(Gottfried Wilhelm Leibniz, 1646—1716),德国自然科学家,数学家,哲学家,不知疲倦的作家,爱国主义者和世界主义者。他是一位伟大的科学家,西方文明最伟大的人物之一。原文 Leibnitz,疑为拼写错误。多出一个字母 t。——译注
④ 格尔加斯(Gorgias),公元前 4 世纪时的古希腊怀疑论者,以一种牺牲理智去标榜自己的雄辩术而闻名。——译注

This latter is one of the principal thorough-fares of the city, and had been very much crowd-ed during the whole day. But, as the darkness came on, the throng momently increased; and, by the time the lamps were well lighted, two dense and continuous tides of population were rus-hing past the door. At this particular period of the evening I had never before been in a similar situa-tion, and the tumultuous sea of human heads filled me, therefore, with a delicious novelty of e-motion. I gave up, at length, all care of things within the hotel, and became absorbed in contem-plation of the scene without.

At first my observations took an abstract and generalizing turn. I looked at the passengers in masses, and thought of them in their aggregate re-lations. Soon, however, I descended to details, and regarded with minute interest the innumerable varieties of figure, dress, air, gait, visage, and expression of countenance.

By far the greater number of those who went by had a satisfied, business-like demeanor and seemed to be thinking only of making their way through the press. Their brows were knit, and their eyes rolled quickly; when pushed against by fellow wayfarers they evinced no symptom of impa-tience, but adjusted their clothes and hurried on. Others, still a numerous class, were restless in their movements, had flushed faces, and talked and gesticulated to themselves, as if feeling in

这是该城主要大街之一,整天都挤满了人,然而,随着黑夜的降临,人数却有增无减;掌灯时分,两股稠密的连绵不断的人流打门前一冲而过,每晚这同一特殊时刻,我内心体验从未相似过,看看骚动不安的人头海洋,内心总有种让人快意的新鲜感,我终于放下旅店内所有琐事,沉浸在对屋外场面的深思之中。

最初的观察是抽象而概括的。我看着一群群的行人,以为他们是聚众同行。然而不久,我转到细节方面,非常细心地注视着风度、服饰、气氛、步态、面孔和脸部表情的无数变化。

绝大多数走过去的人都有一种知足的讲究实际的态度,似只想穿过人群向前走。他们眉头紧锁,双眼滴溜儿转;若是被同行人相撞,脸上也没任何厌恶的征兆,只是整理一下衣服又继续急匆匆朝前走。其他族类,人数也不少,行走时特不安分,涨红着脸,自言自语,手舞足蹈,似乎因为

solitude on account of the very denseness of the company around. When impeded in their progress, these people suddenly ceased muttering; but redoubled their gesticulations, and awaited, with an absent and overdone smile upon their lips, the course of the persons impeding them. If jostled, they bowed profusely to the jostlers and appeared overwhelmed with confusion.—There was nothing very distinctive about these two large classes beyond what I have noted. Their habiliments belonged to that order which is pointedly termed the decent. They were undoubtedly noblemen, merchants, attorneys, tradesmen, stock-jobbers—the Eupatrids and the commonplaces of society—men of leisure and men actively engaged in affairs of their own—conducting business upon their own responsibility. They did not greatly excite my attention.

The tribe of clerks was an obvious one; and here I discerned two remarkable divisions. There were the junior clerks of flash houses—young gentlemen with tight coats, bright boots, well-oiled hair, and supercilious lips. Setting aside a certain dapperness of carriage, which may be termed *deskism* for want of a better word, the manner of these persons seemed to be an exact facsimile of

周围人群太稠密而倍感孤独。倘若被人妨碍，这些人会立刻停止喃喃不休；但是加倍地手舞足蹈，嘴唇上带着不在意而夸张的微笑等着妨碍他们的那拨人走开。若被人推挤，他们就大方地向推挤者鞠躬，表现出因混乱而惊讶的样子。——除了我所记录下的这些以外，这两个庞大的人群就再没有非常明显的区别了。穿着明显是属于体面人家的服装，毫无疑问他们属于绅士、商人、律师、手艺人、股票投机商——世袭贵族和社会凡人——悠闲之人和积极处理自己事务之人——把经营商业作为自己的责任。他们并未引起我多大的注意。

职员族是很显眼的，在这里我分辨出了两大类别。一类是留宿在低级场所的低级职员——年轻的绅士，身穿紧身外衣，脚蹬明亮马靴，梳着油光水亮的头发，嘴唇带着傲慢的神态。除了那股因缺少合适词汇而可称为案卷气①的整齐外，他们的神态举止似乎是对十二或十八个月前上流社会②的完美所

① 原文为 deskism。——译注
② 原文为法语 bon ton。——译注

what had been the perfection of *bon ton* about twelve or eighteen months before. They wore the cast-off graces of the gentry;—and this, I believe, involves the best definition of the class.

The division of the upper clerks of staunch firms, or of the "steady old fellows," it was not possible to mistake. These were known by their coats and pantaloons of black or brown, made to sit comfortably, with white cravats and waistcoats, broad solid-looking shoes, and thick hose or gaiters. They had all slightly bald heads, from which the right ears, long used to pen-holding, had an odd habit of standing off on end. I observed that they always removed or settled their hats with both hands, and wore watches, with short gold chains of a substantial and ancient pattern. Theirs was the affectation of respectability—if indeed there be an affectation so honorable.

There were many individuals of dashing appearance, whom I easily understood as belonging to the race of swell pick-pockets, with which all great cities are infested. I watched these gentry with much inquisitiveness, and found it difficult to imagine how they should ever be mistaken for gentlemen by gentlemen themselves. Their voluminousness of wristband, with an air of excessive frankness, should betray them at once.

进行的精确复制。他们捡起了被贵族们抛弃的斯文;我深信,这是对这一阶层给予的最好描述。

根基扎实的公司里的高级职员或"镇定的老家伙们"的特点是不可能弄错的。我们知道他们身穿黑色或棕色外套裤子,适合舒舒服服地坐着办公,系着白色领带,内穿白色背心,脚穿宽大厚实的鞋子,再配之以厚袜或绑腿,这些人的脑袋都微微秃顶,右手由于长期夹笔形成了竖起来的奇特习惯。我观察到他们总是用双手移动和稳住帽子,揣的怀表也配着质地上好的旧式短金链。他们的样子是矫揉造作的体面——如果确有如此令人敬仰的矫揉造作的话。

有许多人打扮得浮华漂亮,我很容易看出他们属于时髦的扒手族,这是所有大城市都染上的通病,带着特爱刨根问底的态度我注视着这些先生们,难以想象他们为何被绅士们误认为同族。他们宽松的袖口以及流露出的过分坦率本该一下就会泄露了天机。

The gamblers, of whom I descried not a few, were still more easily recognizable. They wore every variety of dress, from that of the desperate thimble-rig bully, with velvet waist-coat, fancy neckerchief, gilt chains, and fila-greed buttons, to that of the scrupulously inor-nate clergyman, than which nothing could be less liable to suspicion. Still all were distin-guished by a certain sodden swarthiness of com-plexion, a filmy dimness of eye, and pallor and compression of lip. There were two other traits moreover, by which I could always detect them: a guarded lowness of tone in conversation, and a more than ordinary extension of the thumb in a direction at right angles with the fingers. Very often, in company with these sharpers, I ob-served an order of men somewhat different in habits, but still birds of a kindred feather. They may be defined as the gentlemen who live by their wits. They seem to prey upon the public in two battalions—that of the dandies and that of the military men. Of the first grade the leading features are long locks and smiles; of the second, frogged coats and frowns.

Descending in the scale of what is termed gentility, I found darker and deeper themes for speculation. I saw Jew pedlars, with hawk eyes flashing from countenances whose every

赌徒们并不少见,也更易识别。其服装各异,从绝望地表演隐豆戏法①的恶少服饰到完全不修边幅的教士服饰。前者内穿丝绒背心,脖子上围着时髦围巾,胸前挂着镀金表链,外套上镶嵌着用华而不实材料做成的钮扣,后者则是最不容易让人怀疑的了。然而,有点呆滞黝黑的脸色,蒙眬阴暗的眼睛和苍白干巴的嘴唇却是识别他们的显著标志。还有另外两个特征总能让我看破真相:言谈中谨慎的低音调以及手指指向前方时拇指过度的伸长。和这些骗子在一起时,我经常观察到这一类人习惯上有点不同,但仍趣味相投,可以把他们称为靠小聪明谋生的绅士。他们似乎是混在两个群体——纨绔子弟和军人族之中,掠夺公众。前者的主要特征是长发和微笑;后者的主要特征则是皱巴巴的上衣和眉头紧锁。

从所谓的绅士级别往下追溯,我发现可供思索的主题更加阴暗深沉。犹太小贩,一双鹰眼贼光发亮,所有的脸上都

---

① 隐豆戏法,用三只杯子和一粒豆表演的快手戏法,是一些骗子最喜爱的打赌游戏。——译注

other feature wore only an expression of abject humility; sturdy professional street beggars scowling upon mendicants of a better stamp, whom despair alone had driven forth into the night for charity; feeble and ghastly invalids, upon whom death had placed a sure hand, and who sidled and tottered through the mob, looking every one beseechingly in the face, as if in search of some chance consolation, some lost hope; modest young girls returning from long and late labor to a cheerless home, and shrinking more tearfully than indignantly from the glances of ruffians, whose direct contact, even, could not be avoided; women of the town of all kinds and of all ages—the unequivocal beauty in the prime of her womanhood, putting one in mind of the statue in Lucian, with the surface of Parian marble, and the interior filled with filth—the loathsome and utterly lost leper in rags—the wrinkled bejeweled, and paint-begrimed beldame, making a last effort at youth—the mere child of immature form, yet, from long association, an adept in the dreadful coquetries of her trade, and burning with a rabid ambition to be ranked the equal of her elders in vice; drunkards innumerable

带有一副落魄谦卑的表情。大胆的街头职业乞丐怒视着境况更佳的托钵僧，因为绝望仅只驱使后者夜间行乞。身体虚弱样子可怕的病鬼，死神已放心地把一只手搭在了他们的肩上；他们侧着身蹒跚着穿过人群，带着恳求的目光盯住每张脸，似乎在寻找意外的抚慰，一些人已丧失了希望。羞怯的年轻姑娘在工作太久之后正返回沉闷的家中；他们在恶棍的窥视下胆战心惊，眼中含着更多的眼泪而非怨恨，甚至恶棍们的直接骚扰也是无法回避的。该城各种类型和各种年龄的女人，有的正处于青春成熟之时而具有无可置疑的花容美貌，这使人想起卢奇安①的塑像，其美貌犹如帕罗斯岛②的大理石表面，而其内心则装满了污秽，犹如叫人恶心、彻底绝望、衣着褴褛的麻风病人；满脸皱纹、珠光宝气、满身油污的泼妇，在做最后一次努力想挽回青春。远未成熟的幼年孩童，由于长期交际，已成为那一行当中令人生畏的卖弄风情的老手，燃烧着疯

① 卢奇安(Lucian,约120—约180),2世纪希腊修辞学家、讽刺作家。著名作品有《神的对话》和《冥间的对话》,对后世欧洲讽刺文学的发展有一定影响。——译注
② 帕罗斯岛(Paros),爱琴海中盛产大理石的岛屿。——译注

and indescribable—some in shreds and pat-
ches reeling, inarticulate, with bruised vi-
sage and lacklustre eyes—some in whole al-
though filthy garments, with a slightly un-
steady swagger, thick sensual lips, and heart-
y-looking rubicund faces—others clothed in
materials which had once been good, and
which even now were scrupulously well
brushed—men who walked with a more than
naturally firm and springy step, but whose
countenances were fearfully pale, and whose
eyes were hideously wild and red; and who
clutched with quivering fingers, as they
strode through the crowd, at every object
which came within their reach; beside these,
piemen, porters, coal-heavers, sweeps; or-
gangrinders, monkey-exhibitors, and ballad-
mongers, those who vended with those who
sang; ragged artizans and exhausted laborers
of every description, and all full of a noisy
and inordinate vivacity which jarred discord-
antly upon the ear, and gave an aching sen-
sation to the eye.

As the night deepened, so deepened to
me the interest of the scene; for not only did
the general character of the crowd materially
alter (its gentler features retiring in the grad-
ual withdrawal of the more orderly portion of
the people, and its harsher ones coming out
into bolder relief, as the late hour brought

狂的欲望,试图在恶习中与年长一辈相争雄。数不清的难以描述的酒鬼——一些身披破布片,摇摇晃晃,语无伦次,脸色铁青,双眼漠然——一些人在整体上尽管长袍肮脏,却带有略为古怪的傲慢,嘴唇厚实淫荡,脸庞红润,胃口极好——另一些人穿着过时布料,精心刷洗——他们走路时一蹦一跳,极不自然,但脸色呈现出可怕的苍白,眼睛露出邪恶的凶光和贪婪;这些人在大踏步穿越人群时,颤抖的双手攥得紧紧的,向每个够得着的目标挥舞,旁边是卖馅饼的、搬运工、卸煤工、扫烟囱工人、手摇风琴师、耍猴儿的、街头卖唱的民谣歌手、各式各样头发蓬乱的工匠和疲惫不堪的劳动者。所有人都洋溢着吵闹不休的过度快乐,这情绪纷至沓来,震耳欲聋,异常刺眼。

夜色正浓,我对此景的兴趣也正浓;因为不仅人群的总体性格发生了实质性改变(随着更守秩序的人们渐渐的撤退,文雅的特征就随之而消退,并且随着夜晚把每个恶种从巢穴里带将出来,粗俗的特征就肆无忌惮地表现出来)。而且昏暗的气灯光线,

forth every species of infamy from its den), but the rays of the gas-lamps, feeble at first in their struggle with the dying day, had now at length gained ascendancy, and threw over every thing a fitful and garish lustre. All was dark yet splendid—as that ebony to which has been likened the style of Tertullian.

The wild effects of the light enchained me to an examination of individual faces; and although the rapidity with which the world of light flitted before the window prevented me from casting more than a glance upon each visage, still it seemed that in my then peculiar mental state, I could frequently read, even in that brief interval of a glance, the history of long years.

With my brow to the glass, I was thus occupied in scrutinizing the mob, when suddenly there came into view a countenance (that of a decrepit old man, some sixty-five or seventy years of age)—a countenance which at once arrested and absorbed my whole attention, on account of the absolute idiosyncrasy of its expression. Any thing even remotely resembling that expression I had never seen before. I well remember that my first thought, upon beholding

起初还在与正将逝去的白昼相抗衡,现在终于赢得了优势,并给每件东西投去忽明忽灭和耀眼的光泽。一切变得黑暗而壮丽——就像那和德尔图良①的风格相媲美的乌木。

灯光狂放的效果牢牢吸引我去研究每张面孔;尽管那灯光世界在窗前掠来掠去的变化速度让人无法对同一张脸投去第二次眼光,但处在那种特殊的精神状态下,我似乎能从那简短的间歇中频频悟出其人多年的历史。

我扬起眉头,进而沉迷于研究这群乌合之众,突然一张面孔进入我的视野(一张体衰老人的面孔,大约 65 或 70 岁光景)——由于表情具有绝对的个性,这幅面孔立刻吸引了我全部的注意力。这样的表情,哪怕是有一丁点儿相像的,我过去都未曾见过。我记得很清楚,看见它时的第一个

---

① 德尔图良(Tertullian,约 155—约 160,一说约 160—约 230),出生于非洲迦太基城(今突尼斯城)。古代基督教著作家、雄辩家、思想家。40 岁至 60 岁全力从事文学创作,发展了一种崭新的拉丁文风。其著作充满警句、格言和双关语。他自著新词,嬉笑怒骂,皆成文章。著有《论基督肉体复话》《论灵魂》《论女性崇拜》《论一夫一妻制》等。——译注

it, was that Retszch, had he viewed it, would have greatly preferred it to his own pictural incarnations of the fiend. As I endeavored, during the brief minute of my original survey, to form some analysis of the meaning conveyed, there arose confusedly and paradoxically within my mind, the ideas of vast mental power, of caution, of penuriousness, of avarice, of coolness, of malice, of blood-thirstiness, of triumph, of merriment, of excessive terror, of intense—of supreme despair. I felt singularly aroused, startled, fascinated. "How wild a history," I said to myself, "is written within that bosom?" Then came a craving desire to keep the man in view—to know more of him. Hurriedly putting on an overcoat, and seizing my hat and cane, I made my way into the street, and pushed through the crowd in the direction which I had seen him take; for he had already disappeared. With some little difficulty I at length came within sight of him, approached, and followed him closely, yet cautiously, so as not to attract his attention.

I had now a good opportunity of examining his person. He was short in stature, very thin and apparently very feeble. His clothes, generally, were filthy and ragged; but as he came, now and then, within the strong glare of a lamp,

想法就是,如果雷茨希①瞧见的话,他定会非常喜爱它而非自己的魔鬼形象。在最初审视的短暂瞬间里,我试图分析它所表述的意义,然而心中却慌乱反常地滋生出一种想法,认为它包含着巨大的智力、谨慎、吝啬、贪婪、冷漠、邪恶、残忍、成功、欢乐、过度的恐怖、紧张——乃至极度的绝望。我的内心被一种奇特之情所唤醒,所震惊,所迷惑。"如此疯狂的经历,"我想,"竟藏于此人胸中!"然后就产生出要追踪他的强烈愿望——试图了解到更多详情。我急忙披上大衣,抓起帽子和手杖,冲到街上,推开人群,朝那人走路的方向奔去,因为他几乎要消失了。颇费了一番周折之后我终于又找见了他,快步走上前去,小心谨慎地紧紧跟着他,以免被他察觉。

现在研究此人的机会很好。他身材矮小,很瘦削,明显虚弱。总的说来,他的衣服又脏又破,但当他不时地走进强烈光线之中时,我发现亚麻

① 雷茨希(Retszch, 1799—1857),德国画家及雕刻家,由于为歌德的《浮士德》画插图而闻名。——译注

I perceived that his linen, although dirty, was of beautiful texture; and my vision deceived me, or, through a rent in a closely-buttoned, and evidently second-handed *roquelaire* which enveloped him, I caught a glimpse both of a diamond and of a dagger. These observations heightened my curiosity, and I resolved to follow the stranger whithersoever he should go.

It was now fully night-fall, and a thick humid fog hung over the city, soon ending in a settled and heavy rain. This change of weather had an odd effect upon the crowd, the whole of which was at once put into new commotion, and overshadowed by a world of umbrellas. The waver, the jostle, and the hum increased in a tenfold degree. For my own part I did not much regard the rain—the lurking of an old fever in my system rendering the moisture somewhat too dangerously pleasant. Tying a handkerchief about my mouth, I kept on. For half an hour the old man held his way with difficulty along the great thoroughfare; and I here walked close at his elbow through fear of losing sight of him. Never once turning his head to look back, he did not observe me. By and by he passed into a cross street, which, although densely filled with people, was not quite so much thronged as the main one he had quitted. Here a change in

布虽脏,质地却极好;包裹着他的是紧扣着的明显是二手货的宽大齐膝外套①;除非视觉误导了我,透过大衣裂缝口,我瞥见衣内藏有一颗钻石和一把匕首。这些观察大大提高了我的好奇心,于是决心跟随他到天涯海角。

夜幕完全降落了下来,笼罩着整座城市的浓厚潮湿的雾气很快在一阵扎实的大雨中消散。天气的变化给予人群一种奇特的影响,整个人群立刻陷入新的混乱,接着被伞的海洋所淹没。晃动的东西,推撞,嗡嗡声增长了十倍。就我而言,我并不在乎大雨——体内未曾根除的热病,使我在湿气中略感舒适,但这也太危险了。用手巾捂住嘴,我又继续向前走,那老人沿着大街不顾干扰地艰难行走了半个小时;由于生怕目标走失,我紧靠在他的肘边。他从未回头看过,也未打量我一下。渐渐地,他来到一个十字街口,尽管这里也挤满了人群,但毕竟没有刚离开的大街那般拥塞。

---

① 原文为法语 roquelaire。——译注

his demeanor became evident. He walked more slowly and with fewer objects than before—more hesitatingly. He crossed and recrossed the way repeatedly, without apparent aim; and the press was still so thick, that, at every such movement, I was obliged to follow him closely. The street was a narrow and long one, and his course lay within it for nearly an hour, during which the passengers had gradually diminished to about that number which is ordinarily seen at noon in Broadway near the park—so vast a difference is there between a London populace and that of the most frequented American city. A second turn brought us into a square, brilliantly lighted, and overflowing with life. The old manner of the stranger reappeared. His chin fell upon his breast, while his eyes rolled wildly from under his knit brows, in every direction, upon those who hemmed him in. He urged his way steadily and perseveringly. I was surprised, however, to find, upon his having made the circuit of the square, that he turned and retraced his steps. Still more was I astonished to see him repeat the same walk several times—once nearly detecting me as he came around with a sudden movement.

In this exercise he spent another hour, at the end of which we met with far less interruption from passengers than at first. The

这时他的举动明显地改变了。他走得更慢,比以前更无目的——也更迟疑不决。他没有明显目的,不断地来回重复穿越十字街口。人群依然稠密,以致每次这样穿行时我都被迫紧跟着他。街道又长又窄,他就这样走了近一个小时,这期间,路人慢慢减少到中午时分在公园边百老汇大街上常见的数目——伦敦民众和经常有人光顾的美国城市里的民众之间竟有如此大的差距。第二次拐弯把我们带到了一个灯火通明、活力四溢的广场。陌生人又故态复萌,他低着头,下巴顶着胸膛,眼睛在紧锁的眉头下向四周疯狂地转动,盯住他周围的人群。他迈着稳定而不屈的步伐。我惊讶地发现,他绕广场转了一圈后又转回头重新开始。我更感吃惊的是看见他好几次来回走同一条路——在一次突然的转身时他差点发现了我。

他在这种运动中又度过了一小时之后,我们受到路人的干扰比开始时少得多了。雨下得更快了;寒气袭人;人

rain fell fast; the air grew cool; and the people were retiring to their homes. With a gesture of impatience, the wanderer passed into a by-street comparatively deserted. Down this, some quarter of a mile long, he rushed with an activity I could not have dreamed of seeing in one so aged, and which put me to much trouble in pursuit. A few minutes brought us to a large and busy bazaar, with the localities of which the stranger appeared well acquainted, and where his original demeanor again became apparent, as he forced his way to and fro, without aim, among the host of buyers and sellers.

During the hour and a half, or there-abouts, which we passed in this place, it required much caution on my part to keep him within reach without attracting his observation. Luckily I wore a pair of caoutchouc overshoes, and could move about in perfect silence. At no moment did he see that I watched him. He entered shop after shop, priced nothing, spoke no word, and looked at all objects with a wild and vacant stare. I was now utterly amazed at his behavior, and firmly resolved that we should not part until I had satisfied myself in some measure respecting him.

A loud-toned clock struck eleven, and the companies were fast deserting the bazaar. A shopkeeper, in putting up a shutter, jostled

们纷纷撤退回家。漫游者不耐烦地打了个手势，就走进一条相对荒僻的小街。大约走了四分之一英里，他精神充沛地向前冲去；我从未想到会看见如此年纪的人有如此的精力，这给我的追踪也带来了不少麻烦。几分钟的时间内我们就到了一个又大又热闹的集市区，陌生人对此地似乎非常熟悉。当他毫无目的地在一大群买者和卖者之间坚定地走来走去时，他别出心裁的举止又死灰复燃了。

我们在这个地方度过了大约一个半小时，就我而言，这需要更多的谨慎以使他处在我的视线之内而不至于被他发觉。幸运的是我穿着一双橡胶套鞋，走路不会出声，所以他一刻也未觉察到我在监视着他。他钻进一家又一家店铺，既不讲价，也不说话，用一副贪婪而茫然的眼光盯着所有货物。对此神态，我完全感到惊奇，于是下定决心在他能让我稍感满足之前决不弃他而去。

钟声洪亮地响了十一下，人群迅速地离开集市。一个店主在关铺子时撞了一下老人，我立刻看见他全身一阵强烈的战栗。

the old man, and at the instant I saw a strong shudder come over his frame. He hurried into the street, looked anxiously around him for an instant, and then ran with incredible swiftness through many crooked and peopleless lanes, until we emerged once more upon the great thoroughfare whence we had started—the street of the D-Hotel. It no longer wore, however, the same aspect. It was still brilliant with gas; but the rain fell fiercely, and there were few persons to be seen. The stranger grew pale. He walked moodily some paces up the once populous avenue, then, with a heavy sigh, turned in the direction of the river, and, plunging through a great variety of devious ways, came out, at length, in view of one of the principal theatres. It was about being closed, and the audiences were thronging from the doors. I saw the old man gasp as if for breath while he threw himself amid the crowd; but I thought that the intense agony of his countenance had, in some measure, abated. His head again fell upon his breast; he appeared as I had seen him at first. I observed that he now took the course in which had gone the greater number of the audience—but, upon the whole, I was at a loss to comprehend the waywardness of his actions.

As he proceeded, the company grew more scattered, and his old uneasiness and vacillation were resumed. For some time he followed

他急忙走到街上，焦急地向四周看了一会儿，然后以惊人的快速穿过许多弯弯曲曲的无人小巷，直到我们再次来到开始跟踪的那条大街——D 旅馆大街。无论如何，它不再是原来那副样子了。它依然灯火辉煌；然而雨下得很猛，几乎看不到别人。陌生人脸色苍白。他忧郁地走了几步，到达曾经是人群稠密的大街，然后深深地叹了口气，向河流的方向转过身去；在绕过一个大圈之后，终于出现在一家大剧院门前。它快要关门了，观众正从门口蜂拥而出。我看见老人钻进人群时喘息着像是为了呼吸；但是我想他脸上剧烈的痛苦已稍有几分减轻。他的头又低了下来顶住胸脯；似乎是我先前看到的那个样子。我观察到他现在沿着大多数观众的行走路线向前走——但我大体上还没法弄懂这意料不到的行动有何意义。

越向前走，人就越少，他原来的不安和踌躇又恢复了。有一段时间，他紧紧地跟随在大约十个或十二个喧闹者后

closely a party of some ten or twelve roisterers; but from this number one by one dropped off, until three only remained together, in a narrow and gloomy lane, little frequented. The stranger paused, and, for a moment, seemed lost in thought; then, with every mark of agitation, pursued rapidly a route which brought us to the verge of the city, amid regions very different from those we had hitherto traversed. It was the most noisome quarter of London, where every thing wore the worst impress of the most deplorable poverty, and of the most desperate crime. By the dim light of an accidental lamp, tall, antique, worm-eaten, wooden tenements were seen tottering to their fall, in directions so many and capricious, that scarce the semblance of a passage was discernible between them. The pavingstones lay at random, displaced from their beds by the rankly-growing grass. Horrible filth festered in the dammed-up gutters. The whole atmosphere teemed with desolation. Yet, as we proceeded, the sounds of human life revived by sure degrees, and at length large bands of the most abandoned of a London populace were seen reeling to and fro. The spirits of the old man again flickered up, as a lamp which is near its death-hour. Once more he strode onward with elastic tread. Suddenly a corner was turned, a blaze of light burst upon our sight, and we stood before one of the huge

面;但是一个又一个人从人群中走掉了,最后在一条狭窄阴暗人迹罕至的小巷里只剩下了三个人。陌生人停了一会儿,似乎在沉思;然后带着异常焦虑的心情,迅速踏上一条通向城市边缘的道路,置身于非常不同于迄今游历过的地区之中。这是伦敦最臭的地区,每件东西都带上了最可叹的贫困和最不顾死活的犯罪留下的最恶劣的印迹。在微弱的路灯偶尔照射下,可以看见那又高又旧又被虫蛀的木制公寓建筑摇摇晃晃,像是要随意地向四面八方坠落下来的样子;房屋之间的通道从外观上已是难以辨认了。铺路石的排列毫无定规,其间夹杂着生长旺盛的杂草。可怕的污秽在堵住了出口的阴沟里发酵着。整个环境异常凄凉。然而继续向前走时,生命之声确信无疑地在惭惭恢复;终于,可以看见伦敦民众中最受摒弃的一群人正在摇摇摆摆地走来走去。老人的精神之光又复点燃,就像灯火在即将熄灭之时的闪光。他再次踏着轻快的脚步迈进。突然,转

suburban temples of Intemperance—one of the palaces of the fiend, Gin.

It was now nearly daybreak; but a number of wretched inebriates still pressed in and out of the flaunting entrance. With a half shriek of joy the old man forced a passage within, resumed at once his original bearing, and stalked backward and forward, without apparent object, among the throng. He had not been thus long occupied, however, before a rush to the doors gave token that the host was closing them for the night. It was something even more intense than despair that I then observed upon the countenance of the singular being whom I had watched so pertinaciously. Yet he did not hesitate in his career, but, with a mad energy, retraced his steps at once, to the heart of the mighty London. Long and swiftly he fled, while I followed him in the wildest amazement, resolute not to abandon a scrutiny in which I now felt an interest all-absorbing. The sun arose while we proceeded, and, when we had once again reached that most thronged mart of the populous town, the street of the D-Hotel, it presented an appearance of human bustle and activity scarcely inferior to what I had seen on the evening before. And here, long, amid

过一个角落,明亮的灯光出现在我们面前,我们来到了一座巨大的郊外放纵神殿——魔鬼金①的一个宫殿。

天快破晓;但一群可怜的酒徒仍招摇着在入口处挤出挤进。几乎是欢快地尖叫了一声后,老人也挤了进去,并且立刻恢复了原有的举止,没有明显目的地在人群里来回踱步。他还没踱多久,人群便向门口冲去,显示主人要下夜关门了。这个独特的生灵,我曾如此执拗地监视过,而今从他的脸上我观察到的是某种比绝望更为强烈的东西。现在,在其事业中,他不再犹豫了,而且似乎由一种疯狂的力量所支配;他立刻折回头,来到巨大伦敦的心脏。他长时间快步飞跑,而我在最为狂放的惊讶中尾随其后,并暗下决心绝不放弃此时最为诱人的研究机会。我们正向前跑时,太阳升了起来;再次返回到人口稠密城市中最拥挤的商业中心地带,即 D 旅馆大街时,那里已呈现出人声喧闹沸腾的活跃景象。一点儿都不逊色于前一天晚上我之所见。在

---

① 原文为 Gin,指"杜松子酒"。意指这是穷人聚众酗酒的地方。——译注

the momently increasing confusion, did I persist in my pursuit of the stranger. But, as usual, he walked to and fro, and during the day did not pass from out the turmoil of that street. And, as the shades of the second evening came on, I grew wearied unto death, and, stopping fully in front of the wanderer, gazed at him steadfastly in the face. He noticed me not, but resumed his solemn walk, while I, ceasing to follow, remained absorbed in contemplation. "This old man," I said at length, "is the type and the genius of deep crime. He refuses to be alone. *He is the man of the crowd.* It will be in vain to follow; for I shall learn no more of him, nor of his deeds. The worst heart of the world is a grosser book than the 'Hortulus Animæ',① and perhaps it is but one of the great mercies of God that "*er lasst sich nicht lesen.*"

此地长时间不断增长的混乱中，我依然坚持追寻着这个陌生人。但是，他像往常一样走来走去，一整天都没从喧嚷中走出来。当第二个夜晚的阴影投射而来时，我疲倦得要死，于是就完全站在他的面前，目不转睛地盯着他的脸。他并不看我，而是又恢复了庄严的踱步；于是我放弃了跟踪，深深地陷入沉思之中。"这老头。"我终于认识到，"是那种精于谋划大罪的天才。他不肯独处，他是人群中的精灵。跟踪他也是白搭；因为我并不能从中了解到什么。《霍图勒斯的灵魂》②是一本不能让人读懂的书，可比之世人最坏之心，它依然要逊色很多；或许是由于上帝的伟大仁慈，'世人之心也不许被人读懂'"③。

---

① The "*Hortulus Animæ cum Oratiunculis Aliquibus Superadditis*" of Grunninger.

② 原文为 Hortulus Animæ，原书名为"Hortulus Animæ cum Oratiunculis Aliquibus Superadditis"，为 John Grünninger 大约在 1500 年印刷的德文书。坡的想法来自伊撒·迪斯雷里(Isaac Disraeli)的《文学的好奇心》(Curiosities of Literature)，该书引用它时以指其实例的冒犯无礼和宗教特性。——译注

③ 原文为德语"er lasst sich nicht lesen"，和本文第一句中的引语相同。——译注

附 录 三

翻译实例研究:*The Imp of the Perverse*

在这个附录中,笔者安排了爱伦·坡的另一个短篇小说的原文和笔者的译文,作为翻译练习的对比研究实例,以供翻译专业学习者进行高级翻译的操练之用。这个短篇小说,曹明伦先生也全文翻译了①,收录在《爱伦·坡集(诗歌与故事)》(下)中第 917—923 页(这部译著分上下卷,共有 1520 页,1995 年 3月由生活·读书·新知三联书店出版,学习者不妨找来研习)。笔者的译文收录在钱满素主编的《世界心理小说名著选》(美国部分)(上)第 270—277 页, 于2002 年 10 月由贵州人民出版社出版。

在 1994 年,笔者把它也翻译了两遍,这是笔者翻译《兔子归来》之前的热身操练。笔者之所以在本书中给爱伦·坡安排大量的篇幅,并非是因为笔者特别中意研究该作者,而是出于一种偶然,是出于中国社科院外文所钱满素研究员在 1994 年前邀请笔者参与翻译爱伦·坡的缘故,我当时投入了较多精力,产生了较多的翻译体会。

我们知道,译者的翻译态度应是诚实、中立。翻译工作和翻译内容一般不取决于我们自己的爱好;只要努力、认真、踏实地去应对翻译任务,不仅可以为社会提供优质译本,还可以撰写出翻译研究的体会以利他人。希望每一位有翻译能力和机会的外语界人士能够倾其一生为社会贡献出一两本权威、精品的译著。

笔者在美国长篇小说《兔子归来》的翻译中也得到了深刻体会,翻译专业学习者不妨把英文版 *Rabbit Redux* 和上海译文出版社的精装本《兔子归来》进行对比研究。

---

① 爱伦·坡. 爱伦·坡集(诗歌与故事)(下)[M].曹明伦,译.北京:生活·读书·新知三联书店,1995:917—923.

英文全文

The Imp of the Perverse

Edgar Allan Poe (1809 – 1849)

IN the consideration of the faculties and impulses—of the *prima mobilia* of the human soul, the phrenologists have failed to make room for a propensity which, although obviously existing as a radical, primitive, irreducible sentiment, has been equally overlooked by all the moralists who have preceded them. In the pure arrogance of the reason, we have all overlooked it. We have suffered its existence to escape our senses, solely through want of belief—of faith;—whether it be faith in Revelation, or faith in the Kabbala. The idea of it has never occurred to us, simply because of its supererogation. We saw no *need* of the impulse—for the propensity. We could not perceive its necessity. We could not understand, that is to say, we could not have understood, had the notion of this *premium mobile* ever obtruded itself;—we could not have understood in what manner it might be made to further the objects of humanity,

中译文全文①

反常者的孽障

罗长斌　译

在考虑人类灵魂的原初动力②——机能和冲动时,颅相学③家们一直没有给一种癖好让出一席之地,尽管它明显地作为一种激进、原始、不能转换的情绪而存在着,它也一直被所有先于颅相学家的道学家们忽视了。在一本正经地炫耀理性时,我们对它也都漠然置之。由于我们需求信仰,需求信念,我们让自己的感受忽略了它的存在——且不论这是《启示录》④中的信念还是神秘教义中的信念。仅只是因为它不是分内事儿,我们从未想起它。于是,我们就看不到为这种癖好而冲动的必要。我们没能理会它的需要。我们不懂,也就是说,我们不可能懂得这个原初动

---

① 钱满素.世界心理小说名著选(美国部分)(下)[M].罗长斌等,译.贵阳:贵州人民出版社,2002:270—277.

② 原文为拉丁文 prima mobilia。——译注

③ 颅相学(phrenology)指分析人类头颅轮廓以测定他的气质、特性和才能的学说。奥地利维也纳医学家加勒(Gall, 1758—1828)指出,人颅形状与智力、宗教信仰、犯罪倾向等属性有直接关系。他的门生斯珀津姆(Spurzheim, 1776—1832)大力宣传颅相学。现代,颅相学已不再被承认为科学。——译注

④ 《启示录》(the Revelations)为《圣经·新约》的最后一卷,是其中唯一的启示文学作品,大量采用异象、象征和寓言,特别是在讲到未来事件时更是如此。——译注

either temporal or eternal. It cannot be denied that phrenology and, in great measure, all metaphysicianism have been concocted *à priori*. The intellectual or logical man, rather than the understanding or observant man, set himself to imagine designs—to dictate purposes to God. Having thus fathomed, to his satisfaction, the intentions of Jehovah, out of these intentions he built his innumerable systems of mind. In the matter of phrenology, for example, we first determined, naturally enough, that it was the design of the Deity that man should eat. We then assigned to man an organ of alimentiveness, and this organ is the scourge with which the Deity compels man, will-I nill-I, into eating. Secondly, having settled it to be God's will that man should continue his species, we discovered organ of amativeness, forthwith. And so with combativeness, with ideality, with causality, with constructiveness,—so, in short, with every organ, whether representing a propensity, a moral sentiment, or a faculty of the pure intellect. And in these arrangements of the *principia* of human action, the Spurzheimites, whether right or wrong, in part, or upon the whole, have but followed, in principle,

力①的观念是否曾经硬冲了出来;——我们不可能懂得以何种方式,暂时地或永久地,运用它来推动仁爱的目标。颅相学和所有玄学是被大规模先验地②炮制出来的,这是不容否认的事实。是凭理智行事者或条理分明者(而非善于理解者或观察敏锐者)自己想象出一些方案——向上帝叙述其意图。在令他满意地推测了耶和华的旨意后,他据此建立了无数的心智体系。例如,就颅相学而论,我们首先足够自然地推定,人应该进食,这是造物主的设计。然后我们给人分配一个消化器官,不管你愿不愿意,这就是造物主迫使人就食的鞭子。其次,使之符合上帝要人不断繁衍后代的愿望,我们立刻发现了一个情态器官。于是还发现有争斗器官、空想器官、诱因器官、推理器官,——一句话,发现了所有器官,不管它代表一种癖好,一种符合道德的情感,还是一种纯粹智力的机能。在对人类行为原则③所做的这些安排之中,斯珀津姆们④不

① 原文为拉丁文 primum mobile。——译注
② 原文为法语 à priori。——译注
③ 原文为拉丁语 principia。——译注
④ 原文为 Spurzheimites,见上页注释③。——译注

the footsteps of their predecessors: deducing and establishing every thing from the preconceived destiny of man, and upon the ground of the objects of his Creator.

It would have been wiser, it would have been safer, to classify (if classify we must) upon the basis of what man usually or occasionally did, and was always occasionally doing, rather than upon the basis of what we took it for granted the Deity intended him to do. If we cannot comprehend God in his visible works, how then in his inconceivable thoughts, that call the works into being? If we cannot understand him in his objective creatures, how then in his substantive moods and phases of creation?

Induction, *à posteriori*, would have brought phrenology to admit, as an innate and primitive principle of human action, a paradoxical something, which we may call *perverseness*, for want of a more characteristic term. In the sense I intend, it is, in fact, a *mobile* without motive, a motive not *motivirt*. Through its promptings we act without comprehensible object; or, if

管是对是错，都一直是部分地或全盘地在原则上追随着先辈们的足迹：从人类既定的命运，即作为主的创造物的基础之上，对每件事进行推断和确认。

倘若我们能在人类过去通常或偶尔之所作所为的基础上，以及在惯常偶尔之行为的基础上，而不是在我们臆想的造物主有意要人类去行事的基础上进行归类（如果我们必须归类的话），那将是更明智更谨慎的做法。我们若不能在神可见的作品中去理解神，那又怎能理解他那产生作品的不可思议的思想呢？我们若不能从神实在的创造物中去理解神，那么又怎能理解他的本质心态和创造阶段呢？

由果溯因①式推理将会使颅相学把某种和常识相悖的东西看做是人类行为的一种内在而基本的品质，因缺乏更有特色的术语，这个品质就称之为反常心态②。实际上，在这个意义上我是指一种没有动机的原动力③，该动机无正当理由作支持④。由于原动力的驱使，我们在目的不明的情况下行动；或

① 原文为法语 à pesteriori。——译注
② 原文为 perverseness。——译注
③ 原文为 mobile。——译注
④ 原文为拉丁语 motivirt。——译注

this shall be understood as a contradiction in terms, we may so far modify the proposition as to say, that through its promptings we act, for the reason that we should *not*. In theory, no reason can be more unreasonable; but, in fact, there is none more strong. With certain minds, under certain conditions, it becomes absolutely irresistible. I am not more certain that I breathe, than that the assurance of the wrong or error of any action is often the one unconquerable *force* which impels us, and alone impels us to its prosecution. Nor will this overwhelming tendency to do wrong for the wrong's sake, admit of analysis, or resolution into ulterior elements. It is a radical, a primitive impulse—elementary. It will be said, I am aware, that when we persist in acts because we feel we should *not* persist in them, our conduct is but a modification of that which ordinarily springs from the *combativeness* of phrenology. But a glance will show the fallacy of this idea. The phrenological combativeness has for its essence, the necessity of self-defence. It is our safeguard against injury. Its principle regards our well-being; and thus the desire to be well is excited simultaneously with its development. It follows, that the desire to be well must be excited simultaneously with any principle which shall be merely a modification of combativeness, but in the case of

者,如果不至于产生术语理解上的矛盾,我们可以这样修改一下命题,把它描述为,由于原动力的驱使而做在理性上是不能做的事。从理论上讲,再没有比这更不合理的理由了,但实际上,却没有比这更强烈的了。在某些人心中,在某种情况下,它变得绝对不可抗拒。确认某种行动的错误性经常会成为一种不可征服的力量,甚至是唯一的力量迫使我们去实践它,我对这点比对自己的呼吸更有把握。为错而错的倾向势不可挡,它不能被分析,也不能被进一步化解为其他成分。那是激进、原初、根本的冲动。我知道,当我们感觉到了不该坚持那样行动而偏要坚持那样行动时,人们会说我们的行为只是从颅相学的争斗器官里正常引发出的东西的一个变种。但是,稍加考虑就可看出其荒谬之所在。颅相学的争斗器官从本质上讲是自卫的需要。它是防止伤害的卫兵。它的原则是保护我们的福利,所以保持良好的愿望会在它发展的同时得到激发。由此推理,保持良好的愿望在被激发时,必然伴

that something which I term *perverseness*, the desire to be well is not only not aroused, but a strongly antagonistically sentiment exists.

An appeal to one's own heart is, after all, the best reply to the sophistry just noticed. No one who trustingly consults and thoroughly questions his own soul, will be disposed to deny the entire radicalness of the propensity in question. It is not more incomprehensible than distinctive. There lives no man who at some period has not been tormented, for example, by an earnest desire to tantalize a listener by circumlocution. The speaker is aware that he displeases; he has every intention to please, he is usually curt, precise, and clear; the most laconic and luminous language is struggling for utterance upon his tongue; it is only with difficulty that he restrains himself from giving it flow; he dreads and deprecates the anger of him who he addresses; yet, the thought strikes him, that by certain involutions and parentheses this anger may be engendered. That single thought is enough. The impulse increases to a wish, the wish to a desire, the desire to an uncontrollable longing, and the longing (to the deep regret and mortification of the speaker, and in defiance of all consequences) is indulged.

随着争斗器官某一变种的原则。但是在我称为反常心态的这一情况中，保持良好的愿望不仅未被激发，反而存在着一种强烈的对抗情绪。

迎合内心的需要毕竟是对上述似是而非的推理的最好回答。没有一个忠实求教并彻底审视自己灵魂的人会倾向于否认讨论中的癖好有彻底极端化倾向。它既很特别，也并非不能让人理解。所有人在某个阶段都曾受到过折磨，例如，热切地想转弯抹角地吊听众的胃口。讲话者明白他令人不快；他试图取悦听众，他通常讲话简洁、明了、清晰；最精练明快的语言在舌尖上挣扎着要吐将出来；他吃力地抑制着不要让它涌出来；他惧怕听众的愤怒，祈求赦免；可是，他想到愤怒可能因某种纠缠和插曲而产生，仅有此想法就足够了。冲动上升为希望，希望上升为欲望，欲望上升为无法控制的渴望，而渴望（它使演讲者深感遗憾屈辱，但又不顾一切后果）就放肆起来了。

We have a task before us which must be speedily performed. We know that it will be ruinous to make delay. The most important crisis of our life calls, trumpet-tongued, for immediate energy and action. We glow; we are consumed with eagerness to commence the work, with the anticipation of whose glorious result our whole souls are on fire. It must, it shall be undertaken today, and yet we put it off until tomorrow; and why? There is no answer, except that we feel *perverse*, using the word with no comprehension of the principle. Tomorrow arrives, and with it a more impatient anxiety to do our duty, but with this very increase of anxiety arrives, also, a nameless, a positively fearful, because unfathomable, craving for delay. This craving gathers strength as the moments fly. The last hour for action is at hand. We tremble with the violence of the conflict within us—of the definite with the indefinite—of the substance with the shadow. But, if the contest has proceeded thus far, it is the shadow which prevails,—we struggle in vain. The clock strikes, and is the knell of our welfare. At the same time, it is the chanticleer note to the ghost that has so long overawed us. It flies—it disappears—we are free. The old energy returns. We will labor *now*. Alas, it is *too late*!

我们面前有一个任务需要加速执行。我们明白拖延只能招致毁灭。人生最主要的危机吹起喇叭呼唤最快的能量和行动。我们热情洋溢，满心希望去开始工作，整个灵魂因对于光荣结局的期待而燃烧。应该在今天承担的工作，却推迟到了明天；这是为何？除了感觉反常以外，没有任何答案，我们虽使用该术语却不懂其本质。明天来到，我们带着更加急不可耐的焦虑去履行职责；但是随着焦虑的不断增加，产生了一种无可名状的、确实令人惧怕的想拖延的渴望，令人惧怕是因为这愿望不可理解。时间在流逝，要求拖延的渴望在积聚力量。行动的最后时刻即将到来。我们因内心冲突的激烈而颤抖——明确和含糊之间的冲突——实在与幻影之间的冲突。但是，两种力量的竞争若是进展到这个地步，阴影已经在占上风，——我们空自挣扎了一番。钟声敲响了，却是幸福的丧钟。同时，它也是雄鸡的叫声，驱走了威吓我们如此之久的魔鬼。魔鬼逃遁了——消失了——我们自由了。原来的力量又恢复了。我们现在就准备工作，哎呀，已经太迟了！

We stand upon the brink of a precipice. We peer into the abyss—we grow sick and dizzy. Our first impulse is to shrink from the danger. Unaccountably we remain. By slow degrees our sickness and dizziness and horror become merged in a cloud of unnamable feeling. By gradations, still more imperceptible, this cloud assumes shape, as did the vapor from the bottle out of which arose the genius in the *Arabian Nights*. But out of this *our* cloud upon the precipice's edge, there grows into palpability, a shape, far more terrible than any genius or any demon of a tale, and yet it is but a thought, although a fearful one, and one which chills the very marrow of our bones with the fierceness of the delight of its horror. It is merely the idea of what would be our sensations during the sweeping precipitancy of a fall from such a height. And this fall—this rushing annihilation—for the very reason that it involves that one most ghastly and loathsome of all the most ghastly and loathsome images of death and suffering which have ever presented themselves to our imagination—for this very cause do we now the most vividly desire it. And because our reason violently deters us from the brink, *therefore* do we the most impetuously approach it. There is no passion in nature so

我们站在悬崖的边缘,凝视着深渊——渐渐感到恶心目眩。我们最先的冲动就是从危险中撤退,但却莫名其妙地留在了原地。慢慢地,恶心、目眩和恐怖都融入一种不可名状的感情云雾之中。渐渐地,更为微妙的是,像《天方夜谭》中从瓶里升起的烟雾变成了妖怪一样,这片云雾也呈现出某种形状。但是,从悬崖边升腾而起的这片我们的云雾里,形成了清晰的东西,形成了一种形状,它比故事里任何一个妖怪或恶魔都可怕得多;然而它只是一个想法,尽管它是个令人害怕的想法,它那因恐怖而产生的狂喜让人心寒彻骨。其实不过是想到从如此高的悬崖上飞速坠落下去时我们会如何感觉。这一坠落——这一急速的毁灭——它是我们曾经想象过的所有关于死亡和灾祸的最可怕可厌的形象中的最最可怕可厌的一个——因此原因,我们此时反而最真切地产生这种愿望。由于理智猛烈地想把我们从边缘处拉回来,所以我们就最急切地想靠近它。他站在悬崖边战战兢兢,寻思着扑下去。大自然中的激情,没有比这更着魔般的急躁了。那一时刻,欲作此想而放纵

demoniacally impatient, as that of him who, shuddering upon the edge of a precipice, thus meditates a plunge. To indulge, for a moment, in any attempt at *thought*, is to be inevitably lost; for reflection but urges us to forbear, and *therefore* it is, I say, that we *cannot*. If there be no friendly arm to check us, or if we fail in a sudden effort to prostrate ourselves backward from the abyss, we plunge, and are destroyed.

Examine these similar actions as we will, we shall find them resulting solely from the spirit of the *Perverse*. We perpetrate them because we feel that we should not. Beyond or behind this there is not intelligible principle; and we might, indeed, deem this perverseness a direct instigation of the Arch-Fiend, were it not occasionally known to operate in furtherance of good.

I have said thus much, that in some measure I may answer your question, that I may explain to you why I am here, that I may assign to you something that shall have at least the faint aspect of a cause for my wearing these fetters and for my tenanting this cell of the condemned. Had I not been thus prolix, you might either have misunderstood me altogether; or, with the rabble, have fancied me mad. As it is, you will easily perceive that I am one of the many uncounted victims of the Imp of the Perverse.

自我就意味着无可挽回的消亡；多亏反思催促我们忍住，哎呀，我们这才没往下跳。若无友谊之手阻拦，或在一瞬间未能从深渊边缩身回来，我们就会纵身一跳,粉身碎骨。

若审察一些类似的行为，我们将发现它们都源于反常的精神状态。我们意欲犯错是因为感觉到我们不应该犯错。此外就没有任何能让人理解的动因；若不是因为反常偶尔也协助推进善事，我们的确可以把它看做是撒旦的一次直接煽动。

我已经说了这么多,对你的问题我就可以略加解答,解释我为何因禁于此,至少告诉你我戴脚镣蹲牢房的一些模糊的原因。我若不如此冗长啰嗦,你要么会完全误解我,要么会视我为与贱民为伍的疯子。但事实上,你会很容易地看出,我只是无数反常孽根的牺牲品之一。

It is impossible that any deed could have been wrought with a more thorough deliberation. For weeks, for months, I pondered upon the means of the murder. I rejected a thousand schemes, because their accomplishment involved a *chance* of detection. At length, in reading some French Memoirs, I found an account of a nearly fatal illness that occurred to Madame Pilau, through the agency of a candle accidentally poisoned. The idea struck my fancy at once. I knew my victim's habit of reading in bed. I knew, too, that his apartment was narrow and ill-ventilated. But I need not vex you with impertinent details. I need not describe the easy artifices by which I substituted, in his bed-room candlestand, a waxlight of my own making for the one which I there found. The next morning he was discovered dead in his bed, and the Coroner's verdict was— "Death by the visitation of God."

Having inherited his estate, all went well with me for years. The idea of detection never once entered my brain. Of the remains of the fatal taper I had myself carefully disposed. I had left no shadow of a clew by which it would be possible to convict, or even to suspect, me of the crime. It is inconceivable how rich a sentiment of satisfaction arose in my bosom as I reflected upon my absolute security. For a very long period of time I was accustomed to revel in

任何事不可能比这件更处心积虑地安排了，我仔细思索谋杀的手段达数周数月之久。我放弃了一千种方案，因为它们在执行时难免泄露天机。我终于在阅读某些法国人回忆录时发现一段记载，讲述由于偶然染毒的蜡烛作媒介，皮罗夫人几乎死于一场致命的疾病。这个主意立刻使我着迷。我知道我的牺牲品有躺在床上看书的习惯。我也知道他的房舍窄小不透气。但是，我就不必用不相干的细节去惹你烦恼了。我也不必描述我用自己制作的蜡烛去替换他卧室烛台上的蜡烛这种简便诡计，第二天早上他被发现死在床上，法官的裁决是——"死于上帝的光顾"。

继承他的家产之后，我平安顺利地生活了许多年。生怕被人察觉的想法从未进入我的脑海。那致命蜡烛的残末已被我小心地处理掉了。我未留下任何可能判决或怀疑我犯罪的线索。当我回顾自己完全安全的处境时，心中滋生出的满足之感竟会如此强烈，真令人难以置信。长期

this sentiment. It afforded me more real delight than all the mere worldly advantages accruing from my sin. But there arrived at length an epoch, from which the pleasurable feeling grew, by scarcely perceptible gradations, into a haunting and harassing thought. It harassed because it haunted. I could scarcely get rid of it for an instant. It is quite a common thing to be thus annoyed with the ringing in our ears, or rather in our memories, of the burthen of some ordinary song, or some unimpressive snatches from an opera. Nor will we be the less tormented if the song in itself be good, or the opera air meritorious. In this manner, at last, I would perpetually catch myself pondering upon my security, and repeating, in a low undertone, the phrase, "I am safe."

One day, whilst sauntering along the streets, I arrested myself in the act of murmuring, half aloud, these customary syllables. In a fit of petulance, I remodelled them thus; "I am safe—I am safe—yes—if I be not fool enough to make open confession!"

No sooner had I spoken these words, than I felt an icy chill creep to my heart. I had had some experience in these fits of perversity (whose nature I have been at some trouble to explain), and I remembered well

以来，我已习惯陶醉在这种情绪之中。它给予的快感比从罪恶中获取的所有世俗利益要多得多。但是好景不长，快乐的情绪正以难以察觉的速度演变成了一种无法摆脱的焦虑不安。它骚扰着我是因为摆脱不掉。我一刻也摆脱不了这心头之患。我们经常为耳边的嗡嗡声，或更确切地说，是记忆中的嗡嗡声所烦扰，这声音可能是一首普通歌曲的叠句，也可能是某歌剧中一些毫无特色的片断。即使歌曲本身很中听或者歌剧乐曲值得赞许，我们所受的折磨也并不因此减少。后来，我就这样不停地思索着自己的安全问题，并不断小声地重复说："我没事儿。"

一天，在街上闲逛时，我发现自己正在出声地喃喃低语这些习惯成自然的音节。一阵急躁之后，我把句子改成了："我没事儿——我没事儿——没错——只要我别傻乎乎地不打自招！"

刚说出这些字眼，我就感到毛骨悚然。我曾有过这类反常情绪发作的经历（其实质真难以解释），我记得很清楚当初不急不忙成功地制止住了，现在，我

that in no instance I had successfully resisted their attacks. And now my own casual self-suggestion that I might possible be fool enough to confess the murder of which I had been guilty, confronted me, as if the very ghost of him whom I had murdered—and beckoned me on the death.

At first, I made an effort to shake off this nightmare of the soul. I walked vigorously—faster—still faster—at length I ran. I felt a maddening desire to shriek aloud. Every succeeding wave of thought overwhelmed me with new terror, for alas! I well, too well understood that to *think*, in my situation, was to be lost. I still quickened my pace. I bounded like a madman through the crowded thoroughfares. At length, the populace took the alarm, and pursued me. I felt *then* the consummation of my fate. Could I have torn out my tongue, I would have done it, but a rough voice resounded in my ears—a rougher grasp seized me by the shoulder. I turned—I gasped for breath. For a moment I experienced all the pangs of suffocation; I became blind, and deaf, and giddy; and then some invisible fiend, I thought, struck me with his broad palm upon the back. The long imprisoned secret burst forth from my soul.

有可能傻到去坦白犯有谋杀罪，这一偶然的自我暗示使我进退维谷，似乎被害者的鬼魂在引诱我去偿命。

开始我努力去挣脱灵魂内的梦魇。我急步行走——快点——再快点——最后跑将起来。我感到有种要大喊大叫的疯狂愿望。每种思绪的波涛都伴随着新的恐惧使我窒息，因为，天哪！我十分清楚地懂得，处在我的地位，去想就意味着自取灭亡。我依然加快步伐，像个疯子在拥挤的大街上跳跃般穿行。后来，人群一阵惊慌并在后面追赶我。此时我感觉到了穷途末路。我若能撕掉舌头，我一定会的；但是刺耳的声音在我耳边轰然作响——更为粗暴的手抓住了我的肩膀。我转过身——喘着气。一时间我经历了完全窒息的痛苦；两眼发昏，眩晕，什么也听不见；然后，我猜想某个看不见的恶魔，用那宽大的巴掌猛击我背部，长期禁锢的秘密就从灵魂深处一泻而出了。

They say that I spoke with a distinct enunciation, but with marked emphasis and passionate hurry, as if in dread of interruption before concluding the brief, but pregnant sentences that consigned me to the hangman and to hell.

Having related all that was necessary for the fullest judicial conviction, I fell prostrate in a swoon.

But why shall I say more? To-day I wear these chains, and am here! To-morrow I shall be fetterless! —*but where*?

他们说我讲述时清楚明白，只是带有明显的强调、急躁和匆忙，似乎生怕在结束简短但意义深远的语句之前被人打断，这些语句就把我打发到刽子手和地狱那里了。

讲完了判罪所需的最充分的供词后，我在一阵晕厥中跌倒在地。

但是，我为何还要说这么多？今天我披戴镣铐，囚禁于此！明天我将卸下镣铐！但我将往何方？